全民阅读精品文库

当代中国最具实力中青年作家作品选
丁力中短篇小说选

股 东

丁力 著

中国言实出版社

图书在版编目（CIP）数据

股东：丁力中短篇小说选 / 丁力著. — 北京：中
国言实出版社，2016.1

ISBN 978-7-5171-1725-4

Ⅰ.①股… Ⅱ.①丁… Ⅲ.①中篇小说—小说集—中
国—当代②短篇小说—小说集—中国—当代 Ⅳ.①I247.7

中国版本图书馆 CIP 数据核字（2015）第 313170 号

出 版 人：王昕朋
责任编辑：胡　明
文字编辑：张凯琳
美术编辑：张美玲

出版发行　中国言实出版社
　　　　　　地　址：北京市朝阳区北苑路 180 号加利大厦 5 号楼 105 室
　　　　　　邮　编：100101
　　　　　　编辑部：北京市海淀区北太平庄路甲 1 号
　　　　　　邮　编：100088
　　　　　　电　话：64924853（总编室）64924716（发行部）
　　　　　　网　址：www.zgyscbs.cn
　　　　　　E-mail：zgyscbs@263.net
经　　销　新华书店
印　　刷　北京温林源印刷有限公司
版　　次　2016 年 3 月第 1 版　　2016 年 3 月第 1 次印刷
规　　格　710 毫米×1000 毫米　　1/16　　15.5 印张
字　　数　281 千字
定　　价　40.00 元　　ISBN 978-7-5171-1725-4

目录

担　保

张泰雷慧眼识珠，一眼就相中了叶宇同。

　　慧眼识珠是当今社会一个民企老板最重要的品质。在一次商会座谈会上，有个民营企业家发出感慨，说作为老板关键要抓两件事，一是高层公关，二是落实资金，张泰雷不敢苟同，他认为民企老板最关键的是抓一件事：用人。张泰雷就很会用人，比如高层公关，他自己并不操具体的心，因为他慧眼识珠地选用了侯玛丽，而侯玛丽跟市里某领导是零距离，这就让他省了很多心。当然，喜欢叫板的人也许会问，要是某领导突然退位或调走了怎么办？要是侯玛丽与某领导出现了距离怎么办？要是侯小姐哪一天突然不为你效力了怎么办？张泰雷的回答是：只要公式对，是 X 换成 Y 还是 Y 换成 X 无所谓，市里总会有领导，领导身边总有零距离的人，没有侯玛丽就会有王玛丽、陈玛丽、李玛丽。

　　说张老板"一眼"相中叶宇同并不确切，事实上，从这次鉴定会一开始张老板就认真观察研究到会的每一位专家学者，他觉得既然已下决心进军高科技，就一定要找一个实打实的专家学者来当副总甚至是老总，否则至少在门面上就说不过去，更不用说将来的二板上市了。顺便说一下，张泰雷下决心投资高科技主要是志在二板，如果没有二板这一说，他才不搞自己不懂的行业呢。不熟不做是他的经营信条。

　　通过几天的观察研究张泰雷发现，"专家学者"作为一个概念出现是不科学的，专家是专家，学者是学者，二者不能混为一体，更不能合二为一。张泰雷要请的是专家，而不是学者。学者一般藏身于高等学府，但本身并没有城府，对什么时候在什么场合该说什么话并不了解，对企业的经营活动更不熟悉，对公司为什么要建两本账想不通，对企业包装重要性没感觉，让这样的学者担任公司高层领导，准砸锅。专家就不一样了，专家的一技之长更实用，专家与企业的经营活动更贴近，专家往往能说会道，甚至于有些专家天生就是企业家。张泰雷认为，学者最多只能做顾问，而专家则可以直接做公司副总甚至是老总。

张泰雷在区分专家与学者之间的差别之前就特别关注叶宇同了，他从小就知道"人不可貌相"，但他也相信相貌的重要，古人教诲我们"人不可貌相"其实是告诫我们不要"唯貌取人"，只要不"唯"就行了，在绝大多数情况下貌相还是很准的。叶宇同的貌相就不一般。一眼看上去，张老板就觉得这个叶工气质不凡，怎么说呢，张老板也说不清，反正他觉得叶宇同的整体形象要是放在三十年之前就是个高干子弟，放在二十年前就是个年轻有为的第三梯队，放在十年前就是个外企老总，放在今天就是个复合型人才。张泰雷要的就是这种复合型人才。

鉴定会开得很顺利。说是三天的会议，其实一头一尾两个半天就够了，中间的两天自然是参观"特区改革开放成就"。在"明斯克号"航母上，张泰雷有意无意地与叶宇同单独碰到一起。

张老板说："叶工你看这次鉴定会怎么样？"

叶宇同回答："很好，肯定没问题，明天一定通过。"

"为什么？"张老板问。

叶宇同接过张老板递上的烟，掏出打火机先给张老板点上，再给自己点着，吸一口，再吐出来，并且吹一口，半侧着脸看着张泰雷，说："你想听真话？"

张泰雷笑了，说："听真话。"

叶宇同继续吸烟，好像烟能使人冷静，在你不想回答问题或没想好怎样回答问题之前为你争取一个空间。当然，这个空间是十分有限的，这样吸了几口烟之后，叶宇同不得不正面回答张老板的问题。叶宇同调整了身体和面孔，正面看着张泰雷，说："这套系统真像你们资料上说的那么好？"

张泰雷不说话，也学着叶宇同的样子，微笑着抽烟。但他们俩微笑的内涵并不一样，叶宇同是微冷的半笑，张泰雷是微热的全笑。张泰雷不急，他相信他不用说任何话，就这样笑着抽烟，过不了多久叶宇同就会自问自答的。张泰雷自己算不上知识分子，但他懂知识分子。果然，叶宇同这样坚持了一会儿就自己说话了。

叶宇同说："其实也没事，我参加了这么多次鉴定会，还没见哪一次没通过的。"

叶宇同说的是实话。参加鉴定会的不是专家就是学者，但不管是专家还是学者，他们都是只看材料，主办单位要是连材料都不会编，他们还会花钱请专家学者来开这个鉴定会吗？

张泰雷仍然没说话，他继续抽烟，继续看着叶宇同。但他不像叶宇同那样吹烟，而是顺其自然，让烟从半张半合的双唇之间自然流出，然后在海风的吹拂下顺着脸往上漫开，这样张泰雷的脸就有了朦胧感，看不出他的真实表情。好在叶宇同不在乎他是什么表情，该说什么说什么，心里想：反正我也不给你打工。

叶宇同继续说："但那是科研院所主办的鉴定会，他们要的是科研成果，要的是名而不是利。你们就不一样了，你们是企业，系统不成熟，通过鉴定也白搭，变不出钱还费钱。"

叶宇同说到这里不说了，如果张老板是明白人，他会继续讨教，如果他是糊涂人，说了也没用。

张老板没说话，但表情凝重了许多。这时候他们的第一根烟也抽完了，张老板又掏出来，为叶宇同敬上一根，叶宇同又要为他点火，他示意不要，而是把烟捏在手里，仿佛这烟是一根智慧棒，指尖在上面来回轻轻划过能帮助他思考。

张泰雷这样思考了一会儿终于开了口，他说："你说的很对。企业搞鉴定会与科研院所确实不是一回事。我们要这个名没有用。我们总不能自己骗自己呀，再说最后无论如何市场是不会受骗的。但鉴定是肯定要搞的，鉴定完了之后还可以继续完善提高嘛。事实上，鉴定通过与系统成熟既不矛盾也不能画等号。你说是不是？"

"那是，那是。"叶宇同觉得张老板说得很有道理，顿时觉得眼前这个"大老粗"并不简单，目光也随之谦和一些。

"你过来帮我怎么样？"张老板突然问。

叶宇同仿佛没听清楚，瞪着大眼看了张老板好一会儿，确信无疑后，问："怎么个帮法？"

"我也没想好"，张老板实话实说，"找个时间我们再好好谈谈。"

鉴定顺利通过。照例，最后是盛大的晚宴，与会的各位领导、专家、学者个个开怀畅饮，喜气洋洋。张老板体谅各位专家、学者长途旅行携带礼品诸多不便，干脆不送礼品或纪念品了，每人一个红包，收受便捷，皆大欢喜。

宴毕曲终，叶宇同和秦教授回到他们的1008客房。秦教授和叶宇同是一个所的，但在所里没人称其为教授，所里人都喊他秦工，"秦教授"是他外出开会时的专有称呼。几年前他回母校参加校庆，母校按级别划分座位，刚开始秦工没介意，后来发觉每次他那一桌人都比自己年轻一拨，细一打听，才知道由于自己的职务一栏填的是"高级工程师"而并没有加上"教授级"三个字，才被误解为相当于副教授级的普通高级工程师，没法跟本来平起平坐的教授们同坐一桌，很尴尬。吃一堑长一智，从此以后，凡外出参加活动，职位职称一栏一律不厌其烦地填写"教授级高级工程师"，但这一填法实在太长，弄得他几乎每次都在心里大骂表格设计者太吝啬纸张，再说这一称畏兼有此地无银和画蛇添足双重嫌疑，仿佛旧时婚姻首次同房之后需要用一块沾上鲜红的白布来验明真伪一样，或副局长的名片上专门加了个括弧，注明"主持本局工作"一般。思前想后，老知识分子开新窍，干脆直接填"教授"，倒也经济实用。

走进房间，秦教授即洗澡上床，半躺在床上看电视，脸上残留着酒精、红包和"教授"称呼制造出的综合灿烂。叶宇同没洗没睡，坐在床上翻着名片，到底找谁的名片自己也不知道，反正就是在找，心里总觉得有什么事没做完。等会儿会务组将机票送来，他们明早就该走了。就这么走了？叶宇同心里想，张老板不是说要找个时间和我好好谈谈吗？这种事自己是万万不能上赶子的，一定要让他找我。正想着，门铃响了。叶宇同心里一阵激动，嘴上却说"送票的来了"，边说边去开门，心里祈望的正好相反。

门打开，既不是预料之中的会务组管机票的老李，也不是心中暗暗祈望的张老板，而是亮晶晶的侯玛丽。用亮晶晶来形容侯玛丽一点儿也不过分，至少在叶宇同眼里侯玛丽的确就是亮晶晶的。叶宇同发觉广东话里用"靓"来形容女人的美丽是很有道理的，用"美丽"来形容女人的漂亮反应不出女人活泼可爱的一面，必须用年轻靓丽、光彩照人、闪亮登场才能表达这种意境，多麻烦？一个简单的"靓"字，全解决了。在这里，"靓"与漂亮的"亮"不仅同音而且同意。叶宇同第一天来报到时就注意到了侯玛丽，不是因为她的美，而是因为她的"亮"，亮晶晶的"亮"，不仅因为她的眼睛像黑宝石一般剔透，而且她的脸也仿佛贴上了一层晶体，一如那种深海珍珠般的半透明体。

靓女的出现为1008房带来了生机。已经躺下的秦教授重新直起了身板，并且本能地掖了掖被角，本来就灿烂的脸此刻也显得更加年轻。叶宇同的第一反应是失望，但短暂的失望很快就被长时间的兴奋所替代。侯玛丽这时候表现得很顽皮，她先是将半个脑袋伸进来，左右晃晃，甜着声音问：我能进来吗？在得到欢迎的许可后，她将双手藏在背后，头伸在前面，像动化片里卡通人物一样一步一顿地向里走，穿过卫生间门口的走道后，向右拐，仍然保持着这种姿势直直地将头顶向秦教授而去，眼看就要顶上教授了，才猛一直腰，手已经伸到前面，"嗾"的一声，亮出机票，说：给！

教授刚才仿佛经历了一场心理测试，脸上还保留着紧张喜悦与兴奋的红润，忙说：坐，坐，坐。让坐间，教授的腰板挺得更直，头发纹丝不乱。

侯玛丽在叶宇同的床上坐下，叶宇同则站着。坐着的侯玛丽对站着的叶宇同说："对不起，只有一张机票了，教授优先，你得等一天了。"

叶宇同反应很快，马上就知道是什么意思了，嘴上却说："不行，我还要一路照顾教授呢。"

侯玛丽说："算了吧，教授一路照顾你还差不多。"

叶宇同还想说什么，侯玛丽抢着说："好，好，好，心意领了，明天我们一起送教授上飞机。"

送走教授，侯玛丽领着叶宇同直奔石岩湖度假村。叶宇同问去干吗，侯玛丽说：老板请你洗温泉澡。

叶宇同对深圳还是比较了解的，在他的印象中，深圳什么都有，好像还就是没有温泉，怎么会突然冒出个温泉来？难道温泉也能造假？再一想，现在什么不能造假？他本想问问侯玛丽的，但还是忍住了，他觉得眼下不是考虑这个问题的时候，应该想想张老板会开什么条件，提出什么要求，他该怎样回答等等。

司机将叶宇同领进石岩湖温泉桑拿的男宾部，叶宇同隔老远就看见张老板光着上身半眯着眼，直挺挺地坐着，一边抽烟一边享受着捏脚。见叶宇同进来，张老板抬手一招，脸上堆满了笑。

在桑拿场所谈重要问题已经成了张泰雷的习惯。这倒并不是张老板本人特别喜欢洗桑拿，而是张泰雷个人的发家经历造就了他这种习惯。

张泰雷是靠权力资本发家的民营企业家，这种企业家的特点是曾经手中有权，或者是其父亲手中有权，并且这种权力找到了最佳的途径，最后合法地或没有明显违法地转化为个人资本。张泰雷的过人之处在于他没有这种背景，自己手中不曾有过权，在乡下种地的老实巴交的父亲以及八竿子之内能打到边的任何亲戚也都手中无权，当然，一个当过生产队队长的表舅除外。没有任何背景的张泰雷居然能靠权力资本发家不能不说是个奇迹。创造这种奇迹的法宝在于他比同龄人先行一步地掌握了等价交换的价值规律。"文革"末期，张泰雷在解放军基建工程兵部队服役。身体好，肯吃苦，干得不错，已经干到了副排长，离提干只差半步。这时候有一个机会，部队要抽调"理论骨干"支持地方上的"党的基本路线教育运动"，首长有心培养他，派他去了。张泰雷是个积极上进的人，既然是"理论骨干"，就必须掌握马克思主义理论基础，于是他认认真真地学习了马克思的《资本论》，对资本的原始积累和价值规律有所认识。深圳建特区之初，他随部队集体转业到这里，仕途之路走到了尽头。积极上进的张泰雷不甘平庸，拉起了装修队，第一单业务是装修时代广场的售楼部，这是一个只有十多万元的小单，但张泰雷不因善小而不为，他做得非常到位，更为难得的是，事后他将总共五万元利润中的三万元拿来孝敬老首长，老首长非常感动，于是力排众议，坚决将整个广场的装修业务交给了张泰雷，使他捞到了第一桶金。

完成资本原始积累的张泰雷并没有翘尾巴，仍然坚持按价值规律办事，你动用了多大权力帮我，我就给你多少回报，并且张泰雷非常理解首长们的后顾之忧，凡是谈这类等价交换的问题，一律在桑拿场所进行，大家脱得光光的，不会留下任何可能的把柄，久而久之，张泰雷养成了习惯，凡他认为重要之事，便不知不觉来到桑拿场所。今天与叶宇同谈话他就认为相当重要，所以选择了这里。

张泰雷很爽快，没有多少铺垫就直入主题。张老板开的条件是：请叶宇同来公司担任董事副总经理，赠百分之十干股，干满五年之后干股转为实股，在此之前如果叶宇同离开公司，干股收回；另有百分之十的管理股份是给总经理的，总经理的职位先由张老板兼着，在将来条件成熟时，由叶宇同担任这一职位。

叶宇同没说话，他认为谈判的时候最好让对方先开价，这样自己才能掌握主动。在叶宇同的设想中，无奸不商，今天的谈判张老板肯定是要他先开价，他已经做好了推让的准备，如果张老板坚持，他也不打算陷入僵局，准备提两个条件，一是工资不低于六千，二是公司先给他买套房，干满几年后房子产权归他。张老板如此爽快地先开价是他没有想到的，一时间他还真不知道说什么。想了半天，他觉得有来无往非礼也，自己也应该爽一次。

"张老板"，叶宇同说，"有个问题想请教一下。"

"说。"

"你是商人，按常理，谈判中应该尽量先请对方开价，你怎么这么爽快自己先把条件说出来呢？"

张泰雷听了先是一愣，然后是哈哈大笑，连声说好好好，你可以当总经理了。

"你说的对"，张泰雷说，"如果是跟对手谈判，是要尽量让对方先说，让对方先开价。但你我不是对手，我们俩是真诚合作，如果我们俩也要像对手一样讨价还价，还不如不合作。你说是不是？"

一番话说得叶宇同很佩服也很感动。他发现老板就是老板，他们可能读的书比自己少，文化没有自己高，但综合素质并不一定比自己差，比如说如何做人，如何做生意等等，而这些素质在市场经济活动中比学术水平更重要、更实用。另外，他发现，学历高低与智商高低是两码事，一个人学历的高低受很多因素制约，学历低并不代表他不聪明，叶宇同想到了他的大姐，就是一个相当聪明的人，至少比他自己聪明，但由于当时家庭条件限制，大姐只读了小学，而自己则一直读到硕士研究生。叶宇同甚至于由此得出结论：凡成功的老板都是高智商者，不管他是高学历还是低学历。这么想着，叶宇同对张老板又多了一份敬意。

"行"，叶宇同说，"一切按张老板的意思办，我只是担心自己做不好，辜负了你的信任。"

"只要你尽心尽力去做了，无论做好做坏，都没有辜负我"，张泰雷说，"你还有什么问题没有？"

"没有了。"

"真没有？"

"真没有。"

"没有问题我给你说个问题。"

"什么问题？"

"住房问题"，张泰雷说，"住房问题你有什么考虑？"

"我还没想"，叶宇同实话实说，"车到山前自有路吧，反正我想你张老板也不会让一个董事副总经理睡在大街上吧？"叶宇同确实说的是实话，他之所以将自己事先考虑好的工资及住房等问题放在一边，就是这样想的，既然是董事副总经理，这些问题都有行规，不用说的。

张泰雷又是哈哈大笑，说："这样，我先给你安排间带空调的宿舍，你干三个月试试，单位那边先请假，三个月后如果你觉得没问题，回去辞职，把老婆孩子接来，公司为你付首期，买套商品房，你自己按月付按揭款。"

直到上任，叶宇同才知道除了张老板和他之外，公司还有一个领导。

上任那天，叶宇同刚坐在为他单独准备的办公室里，就有人敲门，随着他学着影视剧里总经理的腔调喊了一声"进来"，还果真进来一个中年妇女。中年妇女见到老总一点也不胆怯，脸上露出亲切的微笑，但这种微笑让叶宇同不舒服，至于为什么他也说不清楚，直到许多天之后，他才慢慢悟出：那种微笑不是部下对上司讨好的笑，而是首长对部下关怀的笑。自己作为公司的二把手，除了张老板外，还能有谁对他持这种微笑呢？

中年妇女不请自坐，仿佛这里是她自己的家。坐在叶宇同对面的中年妇女脸上仍然是那种亲切的微笑。叶宇同突然想起来了，这种微笑他见过，这就是他们研究所管人事的老姜所特有的那种微笑。难怪叶宇同不喜欢。叶宇同不仅不喜欢这种"老姜式的微笑"，他也极不喜欢老姜式的人。在叶宇同看来，工程师才是研究所的主人，他们是研究所财富的创造者，所以他从骨子里就有点看不起搞人事这一类的人，但看不起没用，这些被他看不起的人从来都不求他，相反，倒是叶宇同自己的很多事情反而绕不过老姜，分房子、评职称、子女入学，甚至是结婚、离婚，哪一件事都得经过人事处。这就让叶宇同心里很不平衡，比如评职称，叶宇同他们评个高级职称比生人还难，老姜他们评个"高级政工师"比放屁都容易，你说气人不气人？

中年妇女自我介绍，介绍方式是递上一张名片。叶宇同觉得好笑，一个单位的还用递名片？名片上写着：李莲英副总经理。叶宇同看着名片忍不住想笑，但他还是忍住了，忍住之后就有点生气，公司里既然还有一个高层领导，张老板为什么不当面介绍一下？

"这两份表请你有空填一下。"李副总说。

叶宇同接过来，略微扫了一眼，随手丢在一边。中年妇女很知趣，马上告辞。

叶宇同看着中年妇女走出去之后，才将愤怒写在脸上。也由不得叶宇同不愤怒，这两张表居然一张是"员工应聘登记表"，一张是"担保书"。叶宇同现在是"应聘员工"吗？一个堂堂的董事副总经理竟然还要填写这样的表格，不是经办人无知就是经办人故意所为。但叶宇同现在已经沉稳许多，不会马上就去找张老板，如果马上找张老板，就算张老板把经办人叫过来骂一顿，对叶宇同来说顶多就是出口气，但他以后跟这个李莲英副总还怎么相处？再说，自己是早晚要当总经理的人，不能见风就是雨。叶宇同决定这件事情冷处理，或许冷几天这事就没有了。其实生活中很多事都这样，事大事小，一拖算了。

但他这一次想错了。过了两天，中年妇女又来找他催要这两份表格。态度非常谦虚，并且做了解释，说这是公司的规定，对谁都一样，我们做领导的更应该带头遵守公司的有关制度等等。叶宇同问：既然我是公司的董事副总经理，怎么还填"员工应聘登记表"？李副总解释说："现在谁不是'应聘人员'？你是，我也是。其实叫什么无所谓，就是'员工基本情况登记表'，这是管理上的需要，你就算是配合一下我的工作吧。"

话都说到了这个份上，叶宇同也就只好照办了，其实填一张表也就是几分钟的事。但"担保书"却没这么简单，严格地说"担保书"不是让他填的，是让具有深圳户口的担保人填的。担保人不仅要填，而且还要签字，签完字之后还要再附上自己的身份证复印件，蛮认真的，没那么简单。好在李副总很体谅叶宇同，李副总说："行，我先把这个登记表拿走，"担保书"不着急，如果你实在找不到担保人，对张老板解释一下也行，你的情况特殊，只要老板点头，我这边可以通融。"

叶宇同说："别，我们做领导的不能带头违反公司制度，你放心，过两天我就给你。"

"那更好"，李副总说，"谢谢你支持我的工作了。"

叶宇同并不是真想带头遵守公司的规章制度，更不是存心支持这个李副总的工作，叶宇同其实是怕张老板小瞧自己，如果他连个担保人都找不到，那不是被张泰雷小瞧了吗？

叶宇同这就给他的同班同学打电话，一边拨号码一边想：幸亏我还有个同学在深圳，否则这还真是件麻烦事。

叶宇同在电话里把情况对老同学说了，对方支吾了半天，说这件小事对她可能是大事，叶宇同问为什么？老同学说她老公这几天正在为朋友担保的事与人打官司，脾气很大，昨天还特别警告她千万不要为任何人做任何担保。叶宇同说我这也不是经济担保，纯粹就是走个过场。老同学说这样吧，明天来我家吃顿便饭，你自己当我老公的面说这件事，或许他碍着面子就不好反对我为你担保了。叶宇同说再说吧，谢谢你了。

再找谁呢？叶宇同想起他们所的郝工也在深圳，于是马上打了个电话回所里要郝工在深圳的电话。现在通信真方便，不一会儿他就与郝工联系上了。郝工与叶宇同不是一个室的，在所里二人也没什么来往，但双方还是认识的，郝工接到电话后很热情，马上就说晚上请叶宇同吃饭，叶宇同推让不过，接受了。既然晚上就见面，叶宇同在电话里就没有提担保的事。叶宇同想：我要在吃饭时"无意中"说出来，免得将刚才与老同学之间发生的难堪再演一遍。

叶宇同的工作非常忙。张泰雷他们这套已经通过鉴定的系统其实并不成熟。主要是燃气与空气的混合比并没有真正掌握好，这样就会导致燃烧不完全，弄得不好还会造成回火，但客户不知道，既然是已经通过鉴定的了，自然客户就会放心，现在订单都已经来了，你说急不急人？忙了一个礼拜之后叶宇同才发现：张泰雷的公司根本就不具备解决这一难题的基本条件。

叶宇同对张泰雷实话实说："按公司现有的条件根本不能解决这个问题。"

"什么条件？"张太雷问。

"首先没有实验台架"，叶宇同说，"没有台架就做不了实验，做不了实验怎么能找出最佳的混合比？"

"找不出最佳的混合比会怎样？"张太雷问。

"没有最佳的混合比你这套系统还有什么先进性可言？"叶宇同反问。

"不是有鉴定书吗？"张太雷不服气。

叶宇同没说话，他有一种秀才遇到兵的感觉，但他没说，没说的原因还不是因为他涵养好，是他想到这个"兵"是他的老板。

叶宇同对张泰雷解释道："有了鉴定书产品肯定是能卖掉，但卖掉之后客户肯定就要投诉，如果投诉到我们这里，我们就必须给人退货，如果投诉到技术监督局，那麻烦就更大了。说到底，产品是要有质量保证的，否则最后吃亏的还是我们自己。"

张泰雷没说话，这时候他的烟瘾仿佛很大，一个劲地抽烟。

"那你说怎么办？"张泰雷问。

叶宇同也不说话，也抽烟，尽管他明知抽烟有害。

等一根烟抽完了，叶宇同才说："台架肯定是要上的。既然要搞这一行，台架就必须要有。"

张泰雷一脸认真严肃加诚恳，非常认同地点点头，问："上副台架要多少钱？"

"这要看怎么说，贵的几百万，便宜的几十万。"叶宇同说。

"那你看我们上多少钱的？"

"上多少钱的都没用"，叶宇同说，"这不是钱的问题，是时间问题。现在订单都来了，定做一副台架从订货到安装调试成功没三个月是不行的，来得及吗？"

张泰雷还是一脸的严肃诚恳，认真地问："那怎么办？"

叶宇同真不敢相信，没有实验台架他们怎么敢搞这个产品？但现在说什么也没有用了，现在不是"他们"，是"我们"，自己也上了"贼船"了。

"办法倒是有。"叶宇同说。

张泰雷满脸堆笑，及时递上一根烟，并亲自为叶宇同点上。那一刻，叶宇同见张泰雷笑起来像个小孩，又发现张泰雷其实是将我叶某人当作小孩在哄。

叶宇同说："双管齐下。一方面抓紧时间订购台架，另一方面可以利用我们所里的台架先做起来。"

"好，好。就按你的意见办。"张太雷点头称是，并且连说了两个'好'。

"不过"，张泰雷若有所思地说，"这么大的机器来回长途搬运行吗？"

张泰雷本想问"用你们所里台架做实验需要多少钱"，话到嘴边又临时改成搬运的问题。其实关于钱的问题是不用再谈了，就是因为这个问题，鉴定会之前才将实验省了，否则也不会有今天的结果。

"搬运是小事"，叶宇同说，"现在快速投递很方便。主要是资金方面，既然我们自己要装台架，再花钱用所里的台架合算吗？"

张泰雷没说话，他心里的话已经让叶宇同说出来了。心里话让别人说出来自己反倒有点不好意思，仿佛被别人窥视了一般。

不说话的最好掩饰就是抽烟。张泰雷还是用他的一贯方式，吸一口烟之后半张开嘴，让烟雾弥漫在整个脸庞，使别人看不清他的表情。

"要不然这样"，叶宇同说，"我们一方面赶快上台架，争取在两三个月内将实验台架做出来，另一方面产品照样生产，我先在电脑上模拟个大概范围，并将几个关键数字发给我老婆，让她利用所里的台架抽空做几个关键点，保证八九不离十，然后在正式出货前再用我们的台架做最后的微调。"

张泰雷的脸已经笑成一朵花，除了被烟熏黑的牙齿有点难看外，整个脸庞笑起来还是蛮动人的。

张泰雷边笑边掏出烟，并将烟盒往上抖一抖，使两三跟香烟脱颖而出，然后将他们送到叶宇同的眼前，仿佛这烟成了桑拿浴里面的按摩小姐，得由客人自己挑，张泰雷不作自作主张。叶宇同看了看递到眼前的"好日子"，果然认真地从中抽出一支。

借着"好日子"的天高云淡，叶宇同说："台架用不着太复杂，特别偏门的数据一年也遇不到几次，到时候舍上几条烟，我回所里做。但也不能太简单，太简单了我怕数据不准。所以我们上一个中等偏下的就行了。"

"大约花多少钱？"张泰雷到底直接说到了钱。

叶宇同本打算做一百万左右的台架，但经张泰雷这么一问，他本能地节约了二十万。

"八十万吧。不能再少了。"叶宇同说。仿佛他正在与张泰雷做生意，怕张泰雷还价。好在张泰雷没有还价。张泰雷将手中的烟非常使劲地在烟灰缸中拧灭，然后从牙缝里挤出一个字："行！"

郝工约叶宇同到华强北的中原餐厅。叶宇同只知道大概的方位，但摸不到具体的位置。叶宇同对深圳的道路名称很有意见，总让人摸不着头脑，比如华强路和振兴路，金田路与景田路，益景路与益田路，等等等等，既没有特色，不容易记，又极容易混淆，不要说是外地人，就是来深圳很多年的人也常常闹不清。闹不清就只好打的。打的也还要慢慢找，因为深圳的的士司机全是外地人，这个外地司机还算有见识的，好歹还知道华强北，但并不知道中原餐厅，好在华强北不长，不大一会儿就找到了。

大约是叶宇同提前量打得太多了，他到了郝工却没有到。叶宇同吃不准是进包房还是坐大厅，于是就立在门口等着。郝工没等到，却见老姜兴冲冲地走来。老姜老远就热情地打招呼："叶工，叶工。"搞得叶宇同只好将手伸上去，心里却想：真是冤家路窄。

"郝工还没到？"老姜问。

"还没到。"叶宇同这才意识到在这里这老姜不是偶然"碰到"的，而是郝工专门约来的。于是只好热情一些。

这么想着，叶宇同脸上的笑容就放大许多。叶宇同说："你是什么时候跑到深圳来得？"

"咳"，老姜说，"看你这官僚主义犯的，我来一年多了你还不知道？"

"真不知道"，叶宇同说，"一点儿都没听说，你要是现在这么一说，我还想起来了，真有一年没见着你。"

老姜开心地大笑起来。说："走，我们先进去，吃他个狗日的，反正今天他买单。"

说着，老姜轻车熟路地找个位置坐下，点了几个菜。

"怎么样"，老姜说，"这回来了是不是就不打算走了？"

"还不一定"，叶宇同说，"这不才来嘛，头三个月算是试用期，谁知道呢。"

叶宇同嘴上这么说，心里却不是这么想的。叶宇同心里想：过三个月我就是总经理了！

"你怎么样？"叶宇同问。叶宇同这样问不仅是客气，他是真有点关心，仿佛他们现在是在一条船上，命运一体。

"我能干什么"，老姜说，"还不是老本行，管人事。还幸亏在所里混上个高级职称，这玩意还真管用，搞人事的高级职称在深圳成了稀有货，混口饭吃不成问题。"

"还是你行。"叶宇同说。

"都不容易"，老姜说，"还不都是混口饭吃嘛。来来来，喝酒喝酒。"

老姜先干为敬，叶宇同要是不喝就失礼了，只好硬着头皮喝下去。

"好"，老姜说，"这出来的和没出来的就是不一样！"

叶宇同觉得好笑，自己怎么能和老姜这种人坐在一起喝酒？居然还你一杯我一杯，像是多年的老朋友，想当年似乎与他不共戴天，今天一想又什么事都没有了。是啊，还是老姜说得对，都不容易呀，不就是为了混口饭吃嘛。工程师怎样，管人事的又怎样，说到底就都是混口饭吃。不为了混口饭吃我大老远离家舍业跑到深圳来干什么？不为混口饭吃我几十岁的人了填他妈"应聘员工登记表"干什么？不为填他妈狗屁"担保书"我千方百计找到郝工干什么？

"你有没有深圳户口？"叶宇同突然问。

"有，又没有。"老姜说。

"给句痛快话，到底有没有？"叶宇同差一点就说"你们搞人事的就他妈故弄玄虚"。

"户口是办好了，但身份证还没有拿到手，得等两月。"老姜一点都不生气，还跟在研究所一样，让着他。

"那，那就算了。"叶宇同没酒量，三杯下去舌头开始打直。

"有什么事吗，你说。"

"说，说，说了也没用。"

"说说看嘛，你没说怎么知道没用？说不定我能帮上你呢。"

"你怎么帮？"

"你不说我怎么帮？"

也是，我不说你怎么帮？于是叶宇同就把他怎么样来开鉴定会，又怎么样被张泰雷留下来，怎么样当上了董事副总经理，再怎么样他妈的要他填狗屁"担保书"的事从头至尾说了一遍。并且叶宇同酒醉心明，说得一清二楚，明明白白，说得很投入，投入得连郝工什么时候来了他都不知道。

"这也叫做事？！"老姜说："也难怪你们是知识分子，识字不识事！这一套人家是专门对付你们这号人的。"担保书"带来没有？"

"带、带来了。"

"给我，明天一上班我就给你办了。"

"你没、没身份证怎么给我办？"

"这你就甭管了，反正你交给我办就是。"

"对，你交给他就行了"，郝工说，"我当初也是找的他，你忘了他是干什么的了？"

叶宇同这才从包里找出那张"担保书"，展开认真看了看，递给老姜。等老姜把"担保书"收拾好了之后，叶宇同才发现郝工不知什么时候已经来了，于是闲话少说，一定要跟郝工干一杯。郝工怕把他喝大了，说随意抿一口。叶宇同说不行，一定要干，并说难怪人家说我们知识分子是识字不识事，你就是没人家老姜爽快，你知道我跟老姜喝几杯了吗？郝工扭不过他，干了。

第二天上班，叶宇同头重，但头重心明。叶宇同首先排了个工作计划，第一步是先搞一个八十万的实验台架订货清单，然后马上打电话联系订货，电话里谈得差不多之后再发传真过去，让对方报价，对方报价后再请张泰雷确定；第二件事是自己在电脑上搞多点模拟测试，找出大概的混合比，然后让其他部分先加工；第三步是将几个关键数据发邮件给老婆，让她利用所里的台架实测几个数，尽可能将范围缩小在百分之十以内，以便这边的台架安装调试之后一次微调成功。工作计划列好之后，叶宇同拿了它去找张泰雷。他必须要跟张老板通气，这是一环套一环的事，是个系统工作，需要各部门协调一致才行。叶宇同来了之后一直很忙，还没跟大家正式见个面，所以他做什么事必须通过张老板，否则寸步难行。

叶宇同去找张泰雷，没找着，往回走的时候，路过市场部，发现侯玛丽在里面，于是停住脚，与侯玛丽打了个招呼。

"你在这里呀？"叶宇同明知故问，没话找话。

"对呀。"侯玛丽仍然亮晶晶的，说话仍然甜甜的，神态仍然顽皮活泼。这让叶宇同心里多少舒服点，至少比见着李副总舒服许多。李副总给人一种压抑感，尽管她非常礼貌，说话做事又极有分寸。

"你在这里办公吗？"叶宇同问。

"对呀。"侯玛丽还是两个字，仿佛这字是小摊贩手里的大蒜头，多给一个就吃大亏了。

侯玛丽这样咨啬语言突然引起了叶宇同的不快，怎么说我也是你的领导呀，前几天的热情劲哪里去了？

"是这样"，叶宇同收拢了笑容说，"实际交货时间至少要拖到三个月以后，你们在签订合同时一定要注意这一点。"

"这是谁说的？"侯玛丽问。

"我说的。"叶宇同要慢慢显示出作为董事副总经理的应有权威。

侯玛丽笑了。叶宇同分不清这是不是嘲笑，但至少不是礼貌而友好的笑。

"你笑什么？"叶宇同问。但脸上仍然挂着有限度的微笑，他知道侯玛丽在公司的分量，不想与她的关系紧张。

"这么大的事你不应该对我说。"侯玛丽说。

"应该对谁说？"叶宇同问。

侯玛丽略微顿了一下，说："你应该对张老板说，然后由张老板向下面传达。再说合同早就签了好几份了，没有订单张老板怎么会花钱召开鉴定会呢？你现在说往后推就往后推吗？你有多大权力。"

侯玛丽说话没遮掩，她也用不着遮掩。但叶宇同并没有觉得不舒服，这是一个很奇怪的现象，李副总那样客客气气，叶宇同觉得极不舒服，侯玛丽这样没遮没掩，叶宇同反倒没觉得不愉快。是美女效应还是诚心感应？叶宇同也说不清楚。但叶宇同知道侯玛丽说得对，他是应该先向张老板说，不应该直接对下面说。

"这事比较急"，叶宇同说，"刚才我就去找张老板的，他不在，正好碰到你，顺便说一下。"

"不是吧"，侯玛丽穷追不舍，"你是不是想着你是董事副总经理，有权管这事。是吧？"

叶宇同心里一惊。越来越搞不懂了，现在的年轻人怎么这么厉害？十年前我们多傻，就是现在也未必比这些年轻人懂得多。

"假如就按你说的，不对吗？"叶宇同问。

"张总是不是还对你说将来让你当总经理？"侯玛丽反问。

叶宇同心里更是一震。本能地点点头。

"你知道他跟多少人说过这样的话吗"，侯玛丽说，"你知道公司曾有过多少董事副总经理吗？你知道你那个位置上换过多少人吗？你这个董事副总经理是下过文件还是开大会宣布过？就算下过文件开了大会宣布又怎么样？我们公司的文件算是'文件'吗？公司的大会算是'大会'吗？"

叶宇同甚至有点感激侯玛丽。至少侯玛丽让他清醒许多。

"既然如此，那你为什么还在这里做？"叶宇同问。

"为什么不在这里做"，侯玛丽说，"我觉得这里做蛮好呀。"

叶宇同这下真没话可说了。

回到办公室，叶宇同找出老姜的电话，打过去。老姜说事情办好了，怎么交给你？叶宇同说不急，过两天我们再聚一下，到时候你给我就行了。

"怎么"，老姜说，"你情绪不怎么样呀。"

"没事"，叶宇同说，"昨晚喝大了。"

叶宇同把计划对张泰雷说了，并且附上台架清单，列了几个被选单位，最后特别强调：交货时间一定要向后拖一拖，至少三月之后才能交货。

张泰雷点点头，说知道了。

计算机上的模拟并不顺利。原来在所里上架实验习惯了，久而久之对台架实验产生了依赖性，对电脑模拟反倒生疏了。叶宇同只好加班加点，硬着头皮做，他相信只要多花点时间，做出来是没有问题的。叶宇同从上小学时就养成了这种好习惯：不偷懒。那时候他还没有读过《增广贤文》，不知道"一生之计在于勤"的说法，但他动脑筋、不偷懒，特别是做算术题，小学的四则运算很麻烦，他不怕，抱着"凡是书上列出的题肯定就有答案"的信念，总是独自完成书上的习题，深得老师喜爱。但他今天硬着头皮在电脑上搞模拟不是为了博得谁的喜爱，只是出于性格，习惯成自然了，这种习惯就会变为性格，一旦变为性格了，就本性难改了。

一个星期后，模拟出来了。叶宇同打电话催问老婆，问她那边上架做的怎样，老婆说：台架是我们家的呀？这种事只能抽空偷偷地做，并且要等所里面正好要做实验时夹在里面一起做，如果所里没实验做，我单独去开机，影响多坏？叶宇同觉得老婆说得有道理，不管怎么说这种事在所里面是摆不到台面上的。没办法，只好等。

又一个星期过去了，老婆那边的数据还没传过来，叶宇同急了，电话里的口气越来越急，老婆说放心，我这边误不了，关键是你们那边自己的台架能不能按时上。

"你这话怎么说？"叶宇同这下真的急了。老婆的一句话捅到了他的痛处。

"没怎么说，只是感觉。"老婆说。

"不要瞎感觉。"叶宇同开始迷信了，怕她乌鸦嘴说出来不吉利。

放下电话，去找张泰雷。路过侯玛丽办公室时，豁然有一种想进去说两句的强烈念头，他不打算克制这种念头，进去了。

正好没有其他人，叶宇同一屁股坐在沙发上。

"怎么了？"侯玛丽开心地笑着问。

侯玛丽还是那样亮晶晶的，还是那样开心地笑着。叶宇同弄不懂，为什么有的人总是开开心心的，好像从来就没有烦恼，比如眼前的这个侯玛丽；而有些人总是生活在紧张之中，仿佛从来就没有轻松过，比如他自己。自打小学开始，就一直不断地努力，也确实不断地"进步"，不断地得到老师的表扬，不断地给父母创造荣誉，这样做值得吗？现在父母已经过世了，他还要为谁创造荣誉？为自己？为儿子？为老婆？他不知道。他真想找个人问问。

"你知不知道我们公司购置多点实验台架的事进展得怎么样了？"叶宇同问。

侯玛丽没立即回答，只是微笑地看着叶宇同，但微笑的幅度已经比刚才小了一些。

叶宇同看着侯玛丽，本能地掏出了香烟，但很快又缩回去，他知道公司规定办公场所不得抽烟，况且这是在侯玛丽的办公室。

侯玛丽目睹了这一过程，微笑的幅度也随之放大许多。这时候侯玛丽走过去将门轻轻掩上，回过头对叶宇同说："你真的这么在意这件事？"

叶宇同仿佛受到了侮辱，脸都涨红了，这样敝了几秒钟，说："这还有假？如果没有自己的台架，卖出去的产品其实是不合格的。将来客户要求退货或告到技术监督局怎么办？我们是新产品，不能自己砸自己的牌子呀！"

　　侯玛丽递上一瓶矿泉水，说："别急，消消气。这件事你最好找张老板说说，慢慢说，别急，急也没用。"

　　出了侯玛丽的办公室，叶宇同先去了卫生间，他要用凉水洗洗脸，他不想将一脸的怒气带给张泰雷。

　　"这件事你不是跟我说过了吗"，张泰雷说，"说过就行了，一件事不要反反复复说。你关键把你要做的事做好。你那边要做的数据做完了吗？"

　　"还没有。"叶宇同说。

　　"是啊，还没有你就要抓紧时间做，做完再说。"

　　"可是如果我们自己没有台架做最后的微调，前面做出来也没用呀！"叶宇同还是急了。

　　张泰雷这时候的脸仍然被烟笼罩，他正透过烟雾注视着叶宇同，仿佛这样才能把人看清楚。公司规定办公场所严禁抽烟，但张泰雷在他自己的办公室除外，也就是说张泰雷的办公室不属于办公场所，所以他可以在自己的办公室抽烟。这条规定滑稽归滑稽，但并非没有道理。事实上，张泰雷只要在大庭广众之下能做到不抽烟已经很不容易了，毕竟这里是他的私营企业，再说叶宇同自己在自己办公室里不也是经常关上门抽烟吗？所不同的仅仅是关门与开门的问题，区别不是很大。

　　叶宇同这时候想起了侯玛丽的话，努力克制自己，使自己不要急，越急越坏事。

　　"是这样"，叶宇同说，"我只是担心赶不上时间。侯玛丽告诉我，按照合同我们很快就要交货了，如果没有台架，出去的产品肯定是有问题的，所以……"

　　"所以你要赶快完成你自己的那份工作，使我们的产品尽可能接近合格，减低返工率。"张泰雷打断叶宇同的话。

叶宇同在电话里与老婆吵了一架。结婚十年了，叶宇同跟老婆天天生活在一起，还从来没有吵过架，没想到这分开才一个多月就吵起来了。难怪别人说夫妻不能长期分居。

叶宇同主动打电话约老姜喝酒，并强调：只我们俩。

"办好了，给。"老姜说。

"谢谢。"叶宇同接过来收好。然后强调：今天约你不是为这事，就是想找你喝酒，真的，就是找你喝酒。

老姜点点头，表示丝毫没有怀疑。

老姜没怀疑，叶宇同自己倒先怀疑上自己了。你说这算什么事？怎么跟老姜在一起喝上酒了？想当初在所里叶宇同是不会拿正眼看老姜的，现在倒好，快成知心朋友了。想到这里，叶宇同就觉得对不住老姜，于是就说："老姜呀，想当年在所里没少找过你的茬，现在想想还真对不起你。"

"瞎说了不是"，老姜说，"咱俩有啥对起对不起的？咱这叫缘分！"

"对，对。缘分，缘分！喝。"叶宇同说着自己竟带头干了一杯。

老姜说："说真话，你真的没有对不住我。你只是心直口快，有啥不满意放在脸上罢了。这不是你跟我的矛盾。其实，我们这号人在所里受的气多着呢！要不然我干吗放着好好的处长不干，快五十的人跑到这来打工呀?！真后悔呀！"

叶宇同分明看见老姜眼睛湿湿的。叶宇同傻了，他本想找老姜喝酒解愁的，没想到借酒消愁愁更愁。

"你还能有啥烦恼?"叶宇同问。

"嗨"，老姜说，"哪有拿钱不受气的。说实话，真不如在所里，所里受气是'文明气'，这里受的是'野蛮气'，更难受！后悔呀！喝！"

叶宇同本来只是打算喝酒的，经老姜这样一说，终于忍不住了，就将他当前的烦恼一下子倒出来。

老姜说："记住我的话，别太认真。叫我看呀，你们老板肯定是手头紧，他必须要先卖一批出去才有钱上台架。"

"那怎么行?"叶宇同有些急了。

"怎么不行"，老姜说，"所以他才要你来呀，要你模拟个八九不离十，先卖出去再说，等钱收回来后，马上上台架，然后将产品问题在售后服务中慢慢解决。"

"你怎么知道？"叶宇同问。

"瞎猜的。"

"为什么老板不跟我明说？"

"明说了你不就翘尾巴了？"

"你怎么知道？"

"也是瞎猜的。"

老婆就是老婆。吵归吵，数据还是很快发过来了。只是末尾加了一句话：张老板是不是给你配小蜜了？叶宇同看到老婆这句意在和解同时也不失警钟作用的话，居然一下子想到了侯玛丽，脸也不由得热了一下。

叶宇同将老婆发来的数据与自己计算机模拟的数据往一起一凑，果然将最佳比例控制在百分之十以内。

OK!

OK 是 OK 了，但叶宇同并没有立刻将数据交给张泰雷。他突然有一种不祥的感觉。他甚至怀疑只要他一交出数据张泰雷马上就会找理由赶走他。其实连理由都不用找，当初张泰雷就已经说好的，先试用三个月。当时叶宇同认为这个"试"只是他自己对环境的试，看这个环境是不是适合自己，如果适合，就将老婆孩子接过来，住上张泰雷为自己付首期的商品房，继续做自己的董事副总甚至是董事总经理，如果他觉得不合适，就再回所里上班，反正是请假来的。直到今天叶宇同才恍然大悟。"试"是双向的，既可以是叶宇同试环境，也可以是张老板试你叶宇同这个人。也就是说，当叶宇同将这些数据交给张泰雷后，张泰雷完全可以力马请叶宇同回所里上班，欲让你走，何患无辞？反正张泰雷早就有言在先，要你这三个月先请假。如果是这样，就太便宜张泰雷了，等于是用三个月的工资就买到了价值几十万的东西。联想到侯玛丽的那些话和老姜的一系列分析，这种情况不是没有可能的。

三个月的时间就要到了。"三"本身就是一个敏感数字，从三角形的稳定性到牛顿的三大定律，从孙悟空的三打白骨精到刘备的三顾茅庐，对今天的叶宇同和张泰雷来说，"三个月"既是当初说好的试用期限，又是张泰雷开拓市场、完善产品的时间差。

　　随着三个月临界时间的逼近，张泰雷对叶宇同的脸色越来越难看，仿佛慧眼识珠的张泰雷这一次看走了眼，请叶宇同来当公司的董事副总经理是吃了个哑巴亏。事实上，张泰雷对叶宇同的不满这时候已经不仅表现在脸上，而且表现在行动上。叶宇同已经开始感受到老姜所说的"野蛮气"了。叶宇同终于想到了一走了之，工资不要了，数据我带走，尽管这些数据对张泰雷可能价值连城而对叶宇同却分文不值。

　　既然想到要走，叶宇同就约老姜出来再喝一次酒。不知道是面临重大选择想听听老姜的意见，还是自己决心已下，约老姜出来喝酒仅仅是道个别，或者二者皆有。不管怎么说，老姜与叶宇同已经成知心朋友了。在人情淡薄的深圳，这种友情更加金贵。

　　叶宇同想想就好笑，自己怎么与老姜成了无话不说的知心朋友了？叶宇同发现，环境可以改变人际关系，正像所里老一辈的两个工程师，本来是死对头，后来双双被打成右派，一起被发配到了农场，居然成了生死之交。

　　老姜听完叶宇同的叙述，大喜过望，连声说恭喜恭喜。叶宇同不解："我白赶了三个月有何可喜？"

　　老姜说："你发财了还不值得道喜？今天你买单。"

　　"当然是我买单"，叶宇同说，"但你得告诉我发什么财了。"

　　"装糊涂是不是？"

　　"没装糊涂。"

　　"真没装糊涂？"

　　"真没装。"

　　"真没装我告诉你。"

　　"说!"

　　老姜说："你跟老板摊牌呀!"

　　"摊什么牌?"叶宇同问。

"把数据卖给他呀！"老姜说。

叶宇同一怔，眼珠一定格："对呀！我怎么这么傻？卖给他不就得了！"

过了一会儿，叶宇同眼珠又一转，说："不行，这交易没法操作。"

"怎么没法操作了？"老姜问。

"你想"，叶宇同说，"是先给钱呀还是先给数据呀？"

"一手交钱一手交数据。"老姜说。

"那他肯定不干。"

"为什么？"

"他怎么确定我的数据是真是假？就算他相信是真的，他怎么敢相信我的'真'数据就一定是准确可靠的呢？"

老姜点点头，刚想说"那你就先给数据"，还没有说出口就被自己否定了。

"再说"，叶宇同说，"如果这样就等于我诓了他，我也做不出来。钱少了不值得，钱多了我不敢，事后他捅到所里，我和我老婆不都完了？"

老姜不说话了。他在思考。反正他感觉叶宇同肯定不能就这么回去。仿佛以前是他自己一个人在坚守阵地，好不容易来了个叶宇同和他并肩作战，怎么能随便放他走呢？

"算了"，叶宇同说，"我还是回去算了。"

"不行！"老姜说。

"那你说怎么办？"叶宇同问。

老姜苦思冥想了半天，说："有了！"

"怎么有了？"

老姜说："你先给他一组不太精确的数据，试试老板的反应，如果他真要你走，后面的精确数据你就不拿出来了，如果他对你还可以，你就再拿更精确一点的数据出来，总之，不要一次性全抛出来，要一次一次不断地精确，使简单问题复杂化，套住他，走一步看一步。"

叶宇同按照老姜的办法，在三个月临界点的前夕，将一组不太精确的数据交给了张泰雷，说："八九不离十吧，很多数据不是一下子就能到位的，还得逐步逼近最佳点。"

"好，好。好！好！！"

张泰雷如获至宝，马上交给生产部，要他们加班加点，按叶宇同的数据做最后的调整，三天后发货。

这时候，购买的台架在哪里还不知道。

叶宇同主动对张泰雷说："先发货，微调问题可以在售后服务中完善。再说数据本身是变化的，随着液化气的成分和季节及海拔的变化这些数据要不断地调整，客户真要投诉，我们就往'变化'上推卸责任。"

叶宇同心想，你能少得了我吗？

张泰雷瞪着眼看了叶宇同半天，说："你真可以做总经理了。"

叶宇同一点也不惊喜。他想起老姜说的话：打工的还谈什么级别呀。

三天后，就在设备即将发货之际，叶宇同又匆匆忙忙交给张泰雷一组更精确一点的数据，说："又接近一点点，赶快再微调一下。"

叶宇同说这话时，嗓子有点哑，似乎他为这组数字熬了三个通宵。

张泰雷这一次没有再说"你可以当总经理了"，而是将手放在叶宇同的肩膀上，使劲按了一下，然后重重地拍了两下，说："明天我们签个合同，然后你就跟我去看商品房。你可以在那边辞职了，顺便把老婆孩子接过来。"

一讲到签合同，叶宇同突然想起"担保书"还没交，想着李副总也不容易，肯定早就等得不耐烦了，只是不好意思向他开口。于是，叶宇同赶快回到办公室，把"担保书"找出来，展开一看，却发现他的担保人是个中年妇女，也叫李莲英，和催要这份"担保书"的李副总同名同姓。再一看担保人身份证上的照片，可不就是李副总嘛！

这是怎么回事？

打电话问老姜，老姜说：我哪里知道，反正我这里有很多应聘材料，随便在里面找了一张深圳身份证的复印件，自己代表"她"给你填上了。

"不要太认真"，老姜说，"不就是过道手续吗？你管她是谁。"

叶宇同真想说：不管行吗？"担保书"就是交给她的！但叶宇同没有说，他在思考李副总为什么往老姜他们公司投应聘材料，难道她想跳槽？

"可以进来吗？"甜甜的声音。

"进来！"

进来的是一个脑袋，左右张望了一下，一晃一晃，然后伸出舌头，再缩回去，说："没有人吧？"一闪身进来了。

侯玛丽今天更加亮晶晶。亮晶晶的侯玛丽走到叶宇同面前，"嗦"地一下亮出一张纸，叶宇同接过来一看，是一张本公司下的"红头文件"。这是一份关于公司高层调整的文件。文件任命叶宇同为公司董事总经理，全面负责公司的研发与生产；任命侯玛丽为公司副总经理，负责市场与公司上市工作。

叶宇同见"文件"上没有提李莲英，又想起老姜说的应聘材料，问："李副总呢？"

"怎么？你还不知道吗？"侯玛丽反问。

"什么事？我不知道。"

"早走了，走了都十天了。"

"走了？"

"走了。"

叶宇同回忆起半个月前李莲英来找他的那件事。回忆起李莲英反复说她不是来催"担保书"的，回忆起李莲英临别时那奇怪的眼神，叶宇同相信李副总确实是走了。

叶宇同问："是她炒老板还是老板炒她？"

"不知道"，侯玛丽说，"这有区别吗？"

"有区别"，叶宇同说，"我想知道。"

侯玛丽瞪着叶宇同，脸上没了往日的活泼，反倒露出一副深沉，说："老板是不会炒一个副总的，别的不说，赔三个月工资就不合算了，再说，做到副总这个层次的人都聪明绝顶，也不会被老板抓住什么把柄让他来炒的。"

"这么说是她自己炒老板的？"叶宇同问。

"你真想知道？"

"真想知道。"

侯玛丽还是那样瞪着叶宇同，脸上依然没有往日的活泼，依然一副深沉相，说："老板的高明就在于，当他想让你走时，他有本事让你自己提出来，并且当你提出来要走的时候，他还要挽留你，这样，即使你走了，倒还像你辜负了老板似的。"

叶宇同想了半天，想到了前几天老板对他的态度，问："老板这样做有意义吗？"

侯玛丽耸耸肩，又晃了一下头，恢复了开心的样子。

"那么现在行政和人事谁管？"叶宇同差一点就说："那我的'担保书'交给谁？"

"还没招到合适的。"

叶宇同头脑里闪出一个大胆的计划。他又想到了"三"，但这一次不是时间，而是人物，是他自己、侯玛丽还有老姜。

叶宇同又找到张泰雷。他发现总经理见董事长还要"找"。

叶宇同这次不是谈台架的事，他说："我想推荐一个人，深圳户口，高级职称，以前是我们所的人事处长，姓姜，叫……"

"好，好。"张泰雷一边看着老姜的资料一边说好。

"我们正好需要一个这样的人"，张泰雷说，"你能为他担保吗？"

叶宇同忍不住笑了。

张泰雷问他笑什么，叶宇同没有回答，只是笑得更加厉害。

笑是能传染的，张泰雷见叶宇同笑得这么开心，他也笑了。张泰雷好长时间没这么开心地笑过了。

股　东

"大哥你好！向你汇报工作！"

林中用压抑不住的兴奋口吻一喊，吴冶平就知道林又要借钱了。

他有一种自己被绑架的感觉。或者说，吴冶平感觉自己被一个枷锁套住了，想挣脱，却挣脱不掉。说到底，枷锁是他自己制造的，并且是他自己为自己套上的。

吴冶平和林中之前是客户关系，现在是合伙人，而这种身份的转变，始作俑者是吴冶平自己。

林之前在一家台资企业做业务员，后来因为掌握了订单，就注册了自己的公司，继续给吴任职的深皇集团供货。因为这层关系，林对吴十分尊重，开口必称"大哥"，还特聘吴为其公司的"顾问"。

这天是8号，林和往常一样，林给吴打电话，约大哥出来坐坐。吴当然知道"坐坐"的含义，略微迟疑了一下，说，我已经离职了。

"知道"，林说，"我也不给深皇供货了。"

既如此，你还约我"坐坐"干什么？难道是打算把之前的顾问费要回去？

这也是可能的。现在的人现实得很。离职才一个月，吴已经深切体味到人走茶凉的滋味了。

人走确实应该茶凉，这点吴冶平能想得通，问题是不要凉得太快，否则就有点伤人。

虽如此，吴还是决定去。不去，对方找到家里来更麻烦。

"坐坐"的地点是吴冶平家附近的一间香港人开的茶餐厅。茶餐厅最大的好处是既能喝茶，也能吃饭，还能要一个包间打麻将。吴选择这里的主要理由是离家近，且不张扬，最适合应对"坐坐"这类事。

二人见面，小伙子脸上依然洋溢着热情，丝毫没有"凉"的意思。

吴不动声色，想着你不管是真热情还是假热情，"坐"到最后，总是要露出真容的。之前每次出来"坐坐"，二人都先扯一些闲话，吃点什么，再喝点什么，等到临走的时候，林把一个信封交给吴。今天的程序估计也差不多，只不过最后的动作相反，不是林给吴信封，而是林向吴要回之前的信封。当然，也可能不要回，只是把话讲清楚，到此为止，各不相欠，好说好散。所以，今天"坐"到最后，当林再次把一个信封像往常一样恭恭敬敬递给吴的时候，吴相当诧异。

吴没接信封，当然也就没说"谢谢"，甚至都没有笑。他看看信封，再看着林，问："你怎么还给我这个？"

"顾问费啊。"林说。

"我知道是顾问费"，吴说，"可我已经离职了呀，今后关照不了你了。再说，你也不向深皇供货了，我怎么还能收这个？"

"可我们当初说好是三年的呀。大哥忘了？"林说。

是，当初是说三年的。当初林把聘书正儿八经地交到吴手上的时候，吴还觉得有些好笑，但为了体现对林新注册的小公司尊重，吴还是接了过去，并当着林的面展开看了，上面写着聘期三年，吴当时开玩笑地说，没准我干不到三年就离职了呢。没想到一语成谶，如今自己真的提前离职了。既然离职了，就顾不上也问不着了，怎么还好意思拿人家顾问费呢？

"大哥离职不假，我也确实不向深皇供货了，但三年期限未到啊，大哥仍然是我的顾问，我当然要付顾问费。"林坚持说。

吴冶平有些疑惑，仍然未接。

"大哥是我的精神支柱"，林说，"大哥忘了，当初是您鼓励我成立公司的。"

没错，当初确实是吴鼓励林成立公司的。彼时林在台资厂当销售经理，深皇集团是台资企业的客户单位，林经常请吴冶平吃饭，一次喝得高兴了，吴对林说，在市场经济背景下，什么最重要？客户最重要！只要有了客户资源，任何人都能当老板。他还具体举例说，不要说技术含量很高的科技产品，就是擦屁股的卫生纸，只要你有足够的客户资源，比如整个深圳市的政府机关和事业单位都采购你的卫生纸，那么，你就能当老板了，当大老板！说者无心，听者有意，林听了吴的"高论"之后不久就注册了自己的公司，继续给深皇供货，并请吴当顾问。吴当初接受"聘书"的时候，以为是林中套住他的手段，没想到林是认真的。

"当然是认真的"，林中说，"如果当初不是大哥的一番开导，我哪里想起来自己成立公司？哪里能自己当老板？所以，不管离职不离职，大哥都是我们公司的顾问。三年期满，我还希望大哥继续给我们当顾问。只要大哥愿意，一辈子当我公司顾问都可以。"

能有这样的好事？莫不是诳我吧？

如今假话听多了，偶然听一次真话，反倒不适应。

可是，能诳我什么呢？我一不是年轻美女，二无职无权，只要信封里的钱是真的，就诳不了我。

这么想着，吴就接过信封，想着等回去之后打开看看里面的钱是真是假再说。

钱当然是真的。

这反倒让吴冶平微微不安起来。他们这一代人，还有自己信守的做人原则，其中一条就是无功不受禄。之前吴在深皇集团担任高管，对下属工厂采购哪家公司的元件有发言权，接受供货企业的顾问费问心无愧，如今离职了，说话不好使了，且林中也已经不向深皇集团供货了，自己再拿人家顾问费，就显得不知趣了。

吴不是那种不知趣的人。但他也没有反应过度。生活的经验告诉他，很多事情，特别是一些无伤大雅的事情，着急处理不一定是最好的方式，等等再说，说不定等着等着，事情就自然解决不需要处理了。比如林中给他顾问费这件事情，吴冶平就打算等一个月，等到下个月 8 号，林中不打电话约他出去"坐坐"了，这件事情就算过去了，就不需要为此不安了。如果那样，那么今天这个信封，就当是"最后的午餐"好了。万一下月 8 号林中再打电话约他出去，再说。吴冶平感觉自己老了，很多事情不想较真了。好事情不能提前祝贺，坏事情不必提前烦恼，车到山前必有路，船到桥头自然直。

吴甚至认为，或许等不到一个月，林就会找他。

吴不相信林中坚持继续给他顾问费完全没有所图。他相信重情之下必有所求。他能求我什么呢？

不管他了，以不变应万变，这个月该怎么过就怎么过，是福不是祸，是祸躲不过，再说，自己来深圳二十多年了，能让林中这毛头小伙子"祸"到哪里？

吴相信，一切"祸"都是自己惹的，自己只要不贪不义之财，不恋非分之色，不受无功之禄，凭他的人生历练，别人是"祸"不了他的。

半个月很快过去，林并没有来找吴，这反倒让吴冶平愈发不安起来。他想到了放长线钓大鱼，但更懂得线不能太长，太长了，即使钓到大鱼，估计也收不回来。林中好歹也是一个老板，有多大脑袋戴多大帽子，不可能连这个道理都不懂。

在后半月的时间里，吴几乎天天盼望林中找他，但林一直没有找他，吴当然也能沉住气，没主动联系林。

终于等到 8 号，吴从一大早就等候着，一直等到下午，才接到林的电话，当即有另一只靴子落了地的感觉。

照例还是约他出去"坐坐"，还是在吴冶平家附近的那间香港人开的茶餐厅。

二人见面，先扯一些闲话。吴主动问林，你怎么不给深皇供货了呢？与我离职有直接关系吗？是谁为难你了吗？

"当然有一定关系"，林说，"但也不全是。"

"哦？"吴想知道细节。

林说："我供货不是很准时，之前大哥在的时候，还能通融，现在大哥离职了，下面就较真了，我达不到人家的要求，只好退出。"

是。吴冶平想起来了，就在前几个月，林中未能按合同期限为工厂供货，工厂按照规定要取消林的供货资格，还要罚款，林找到吴，吴帮他做了协调，先按合同规定期限立刻提供一半的货，剩下的一半延期几天送到。吴这么做确实是袒护林，但对深皇集团也没有造成任何损害，毕竟，同一批货并不是同一天使用，先交付一半，过几天再交付剩余的一半，虽然不符合合同约定，但并不耽误生产，最多就是给收货验货的人添一些额外的麻烦，可如果没有吴出面协调，工厂方面严格按合同条款办，对林中罚款甚至取消供货资格，也是有理有据、无话可说的。这，大概就是林每月爽快付给吴顾问费的根本原因吧。

可我现在已经离职了呀。吴冶平想。

"你为什么不能准时供货呢？这种情况经常发生吗？"吴问。

林中苦笑地点点头，说是。

"为什么呢？"吴问。

"因为我自己没有工厂"，林中说，"我提供客户的元件也是从别人那里买来的，或者说是委托加工的，有时候货凑不齐，就耽误供货期了。"

吴冶平若有思索，反思自己当初海侃的"只要有订单然就能当老板"，现在看来未必全面，比如林中手上确实有订单，可没有工厂，不能保证按时交货，总是这样，也不行。

"长此以往不是办法啊。"吴冶平说。

林中说："是。"

"主要是做不大。"吴补充说。

"是。"林说。

"那么，你有没有想过自己开工厂呢？"

"当然想过。打算明年下半年开。"

"为什么要等一年呢？"吴问。

"目前条件不成熟。"林说。

"什么条件？"吴问。

"主要是资金。"林说。

"多少资金？"吴冶平进一步问。问话的口气，仿佛他能帮林中解决。

"节省一点，两百万就够。"林说。

"怎么节省？"吴问。

"工厂不能建在深圳，找惠州那边偏僻的地方，厂房和人工都便宜一些。还有就是只上一条生产线，等资金充裕了，再逐步扩充。"

吴把林的话在脑袋里迅速过了一遍，然后问："你自己有多少钱？"

林中不好意思地笑笑，说："我的钱主要用在业务上，有多少钱，做多大生意，假如要自己开工厂，勉强能凑一百万吧。"

吴冶平又想了想，说："假如我给你一百万，加上你自己的一百万，是不是就能把工厂开起来？"

"当然可以。"林中说。

接着，吴又详细问了关于自己开厂的一系列的事情。从林的回答来看，他确实早有此打算，居然对方方面面的情况都很了解。最后，林主动对吴说，投资办厂是大事情，大哥可以通过其他朋友多了解了解这个行业的情况，然后再做决定。

"行，那我回去再了解了解，考虑考虑。"说着，吴冶平就站起来。

林没忘记掏出信封，恭敬地递给平。

"这就不必了吧"，吴半开玩笑半认真说，"如果我决定投资，就不是你的顾问了，而是你的股东了，我要收的，就不是顾问费，而是分红了。"

"那好"，林说，"一言为定，等大哥决定投资了，我就不给顾问费了。但今天不是还没决定嘛，所以顾问费还是要给，大哥你也必须收。"

在此后的一段时间里，吴和林的联系多了起来。主要是吴冶平主动找林中。大多数是电话联系，偶尔也见面，地点仍然是吴冶平家附近的茶餐厅，讨论的内容当然是办工厂的事情。

林说："办工厂对我非常重要，即使不赚钱，我也要办。"

"哦，为什么？"吴问。

"起码能增强我在客户心中的可信度，不会把我看成'皮包公司'。这样我的订单量就会大幅度增加。大哥您知道，只要有订单，肯定就有钱赚，无非是赚多赚少的问题。"

"是。我知道。订单就是'客户'嘛。"吴说。

"所以",林说,"我必须自己开厂。"

吴点点头,问:"那你现在怎么处理的?我听说下面的人还到你的工厂看过。"

林中先不好意思地笑笑,然后说:"弄虚作假呗。我事先打好招呼,然后把客户带到为我提供货源的工厂参观。"

"客户看不出来?"吴问。

"当然能看出来",林说,"但我会圆,不说这家工厂完全是我自己的,而是说我在其中有股份,再说这些人私下我都打点好了,参观工厂是走过场,不会真较真。"

"哈哈哈哈……"吴和林一起开心大笑。

笑过之后,林中说:"但这样的结果是增加了成本。打点客户需要直接成本,请求供货方配合'参观'需要间接成本。所以,大哥说得对,长此以往不是办法,我早晚要办工厂,砸锅卖铁也要办。"

林几乎说服了吴。不是林把前景描绘得多么绚烂,而是林诚恳的态度,特别是林所表述的许多观点都是吴自己当初灌输给林的。因此,投资办厂,与其说是帮林中,不如说是吴冶平自己帮自己。

尽管如此,吴还是不敢贸然投资,类似的失误,他看到的太多,甚至经历得太多了。虽然之前的失误损失的不是他自己的钱,但教训却可以为自己所用。

他决定试探。

这天,吴主动约林来"坐坐",地点仍然是老地方。

吴问林:"你上次说有多少钱就做多大生意,是吗?"

林回答:"是。我签订单的时候,必须考虑自己的资金实力,实力不够,宁可不签。"

"那当然",吴说,"单子大了,自己没有足够的资金进货,不能按时出货,等于违约了。违约是要付违约金的。"

"是。"林说。

"可不可以打时间差?"吴说,"比如你只付一半的定金,从上家把货拿来，卖给下家之后，再付上家的钱。"

林笑了，说："当然可以，但必须有大哥您这样的靠山罩着，不然，下家也会如法炮制，只付我一半的资金，等到第二批货到的时候再付完上批货的资金。"

吴忽然明白了，"顾问费"的价值原来在这里，其实是"关照费"啊。同时，他再次感到了林中的坦诚。

"能不能这样"，吴这才亮出底牌，说，"我先借你一点资金，你把生意做大，等到有足够的订单了，我们再商量办厂的事情。"

林想了想，说："也好。要不然，我们工厂开了，却没有足够的订单，更麻烦。"

"就是这个意思"，吴说，"等到手上有足够的订单，再开工厂也不迟。"

接着，他们就讨论借款的具体细节。

吴决定先借给林十万，投石问路，万一出现闪失，也在可承受之内。

月息三个点。本金十万，每月利息三千。吴冶平心里一盘算，十万资金月息三千，如果自己借给他几十万资金，每月利息收入不是比离职之前在深皇担任高管的工资还高？

"三个点？是不是太高了？"吴主动问。

"不高"，林回答，"不瞒大哥，不到百分之十的盈利我不会接单，扣除给对方的回扣和其他开销，纯利大概六个点，我和大哥每人三个点。"

手续很认真。林中写了借条，签名，摁手印，盖上公司公章，还附上林中的身份证和他公司的营业执照正本复印件，末了，林还开出一张三个月的十万元承兑汇票给吴。

"这就不必了吧。"吴说。

"要"，林说，"万一这三个月里我个人出事了呢？"

"不会的。"吴说。

"我说万一。"林说。

到了三个月，本金不但没还，吴冶平还主动追加了借款。

双方合作得很愉快。每月 8 号，他们照例在吴冶平家附近的茶餐厅见面。每次见面，他们先聊天，吃点，喝点，最后临走的时候，林中照例取出一个信封，里面是林每月支付给吴的顾问费外加借款利息。后来，因为借的钱多了，利息数额比较大，一般的信封装不下，林建议直接打入吴的账户。

林中很守信用。细节上做得很到位。比如每月 8 号往吴冶平的账户上打顾问费和利息，都是上午打，准确地说是上午银行一开门的时候打，吴的银行账户与手机联网，钱一到账，手机上就有短信提示。吴发现，林支付顾问费和借款利息从来不拖到当天的下午。这就让吴很放心。不是放心林对他守信用，而是放心林中的做人方式。吴冶平做了多年的企业高管，虽然没直接当老板，但认识的老板不少，经历的事情更多。他相信，做老板就是做人，只要会做人，没有订单可以争取到订单，没有资金可以筹集到资金。比如像林中这样，上午银行一开门就把利息打过来，说明他做事情习惯性地考虑对方的感受，对吴如此，对他的客户也如此，生意当然越做越大，而只要林中生意顺利，有钱赚，吴的借款就很安全。吴相信人之初性本善，世界上没有谁天生就想当坏蛋，凡是借钱不还想赖账的人，基本上都是经济窘迫所致，如果像林中这样生意蒸蒸日上，谁愿意借债不还丧失人格？所以，吴对林的表现相当满意。他甚至沾沾自喜，得意自己看人的好眼力。

不用说，吴借给林的资金越来越多。表面上是吴支持林的事业，其实也是林中帮吴冶平。毕竟，月息三个点等于年息三分六，不到三年，就收回本金，做什么生意能有这么高的回报？

虽如此，但凡事都得有个度，超过一定的限度，就会出问题。因此，当吴借给林的钱超过五十万的时候，他有些不安起来。吴有两个担心。一方面，他担心钱多了会出事，毕竟，林中的公司没有工厂做依托，万一哪一天他突然消失了，吴上哪去找他？另一方面，吴又希望这样的关系一直持续下去。不用上班，坐在家里，每月收一两万的利息，不是很好吗？双向担心交织在一起，搞得吴很纠结。他强迫自己开动脑筋，充分利用这些年自己当职业经理人积累的经验，努力设计出一条左右兼顾的解决办法。

这天吴主动打电话约林出来坐坐。地点还是老地方。吴冶平喜欢老地方的另一个原因是香港老板待人彬彬有礼、不卑不亢、热情却从来不多事，比如不打听吴的身份和他来这里的目的，这就让吴感到很舒服、很温馨，还很安全。吴认为好环境是出好结果的必备条件。

二人见面，照例先喝茶聊天，今天是吴主动约林的，当然由他先进入主题。

吴先是假装替林考虑，说借款超过五十万了，每月支付的利息不是小数，问林是不是承担有困难。

林说没困难，并且把上次关于至少赚六个点他和大哥每人三个点的那套话又说了一遍，还说感谢大哥，成全了他生意越做越大，这个月又开发了一个大客户，又接了大单等等。

"那么"，吴问，"是不是还要借资金？"

林说是，但他不好意思再向大哥开口了。

吴略微沉思片刻，说："也是，总是借款不是办法，要不然我干脆入股吧。"

吴是故意"沉思"的，其实，方案及其表述方式他早就想好了，他就是想通过债转股的方式，既要保证资金的安全，又要获得长期利益。当然，吴深知得与失的关系，为达成这个两全其美的局面，他打算舍弃一些利益，具体地说，是在利息收入上主动做出一点牺牲。

林听吴这么说，愣了一下，但很快就高兴起来，说："那好啊！如果大哥能够入股，那我就更有底气了。"

吴问林公司现在的资产规模多大？

林说他的钱全部滚在业务上，没有固定资产，只有流动资金，他欠上家的货款，下家欠他的货款，两项相减，加上必要的周转资金，净资产大概二百五十万。

吴不敢确定林说的数据是真是假，也没办法确定，他相信这里面多少有些水分，但他不必揭穿，也不想去仔细查账核对，他有另外的对策。

吴说："好。那我就拿五十万入股，占你公司百分之二十的股份。"

大约是太出乎林中的意料之外了，林听吴这么说，竟然有些不相信自己的耳朵，来不及反应。

吴接着说："不过是有条件的。条件是，我不参与公司经营，因此不管公司经营好坏，每月按时拿固定回报。"

林似乎明白了，其实还是借款，相当于自己拿公司百分之二十的股份做担保。

"好"，林说，"我仍然按三个点每月支付固定分红。"

"不必"，吴说，"两个点。"

"两点五吧。"林说。

"就两个点"，吴说，"如果公司收益不错，年底可以额外有些分红。"

"行。听大哥的。我保证不让大哥吃亏。"林说。

吴心里想，吃亏我也不怕。之前是三个点，现在是每月两个点外加年底分红，本身就相差不大，但如此一来，自己就成了公司的股东，不仅能保证长期获利，而且作为公司的第二大股东，可以随时了解掌握公司的动向，比单纯的借钱更安全一些。

因为是债转股，不存在打款的问题，所以，双方签订协议之后，就去产权过户中心办理过户手续。操作是委托中介协助完成的，但吴和林必须同时到场，当面出示身份证并在文本上签名。总共要去两个地方，每个地方都排队，过程有些复杂，但吴冶平心里很高兴。越是复杂，说明越是正规，越是安全。等一切手续办完，深圳联合产权交易所的《股权转让见证书》拿到手上，吴冶平成了林中公司的第二大股东和副董事长。

不，现在应该说是林中和吴冶平两个人的公司。公司叫深圳市林瑞实业有限公司。

既然成了股东，就等于一家人了，吴陆陆续续又借给林一些钱，总共大约五十万，加上入股的钱，吴在林那里的资金差不多正好一百万。后五十万是借款，每月利息一万五，前五十万是入股，每月固定回报一万，两项加起来每月两万五的收入，超过吴冶平在深皇集团担任高管期间的月薪。吴忽然发觉，离职之后，自己的生活并没有沉落，相反，还找到了人生新的精彩。他感悟，性格决定命运，受父亲的遗传，他算是一个敢于冒险的人。20世纪50年代，父亲为高级社送公粮进城，发觉城里的生活比乡下精彩，果断地决定留在城里，从粮库的一名扛麻袋苦力做起，一辈子虽然没有飞黄腾达，却最终将全家弄成了城镇户口，成了城里人，一度成为老家乡下父老乡亲最尊敬和羡慕的人。所以，吴冶平认为，人的一生，该激进的时候就应该大胆前进，该退却的时候也应该果断退却。二十多年前，吴在家乡的小县城教育局当副股长，听说深圳这边建设特区广纳人才，就勇敢地跑到深圳看看，并最终选择留在深圳，如今，虽然不能说事业辉煌，起码成了真正的深圳人，没贪没腐，就凭两套房子，早已成了名副其实的"百万富翁"。如果留在家乡，凭家父扛麻袋的背景，吴冶平低三下四、谨小慎微、兢兢业业一辈子，估计也只能熬上屁股大的"股长"。再说这次深皇集团大股东更替，董事局主席和总裁双双走人，吴作为董事局办公室主任，新班子主动约谈，希望他留下继续任职，但吴没动心，他清醒地认识到，如果留任，不仅显得对旧东家不仗义，而且新主子在用过他之后肯定卸磨杀驴，于是果断地声称自己年老体弱，主动离职，不仅落个好名声，还一不小心成了林瑞公司的副董事长，月收入接近三万。

吴从心里感谢林。如果不是林，他这一百万闲钱肯定放在股市上，估计经过此轮大跌，损失至少三分之一。

因为感激，他就比较关心林，重点关心林的事业成长。毕竟，林是个事业型的小伙子，而且，林的事业当中有吴冶平的一份。

这一天，吴主动提醒林：现在是不是可以考虑自己办工厂了？

"工厂？"林似乎很诧异。

"是啊"，吴说，"半年前我们不就讨论过自己办厂的事情吗？怎么，你忘记了？"

"啊，没有"，林说，"大哥不知道吗？"

"知道什么？"吴更加诧异。他是真的诧异。

"我没有对你说过吗？"林问。

"说过什么？"吴反问。

"说开工厂的事情。"林说。

"说过呀"，吴说，"半年前就说过。当时你说自己开厂对你非常重要，还说当时开厂时机不成熟，等今年再开，我还说打算投资和你一起开的。怎么，不开了？"

不开也没关系。吴冶平心里想。像这样我每月收入接近三万，没有风险，不用操心，其实比自己开工厂更实惠。不过，吴是个说话算话的人，既然当初两个人说好了等时机成熟就办厂，那么如果林现在办厂，吴即使明知道无利可图，也多少会支持一部分资金，大不了第二次债转股，把后面的五十万借款作为工厂的投资。

"你看我忙的"，林说，"真不好意思，忘记对大哥说了，我的工厂已经开起来了呀。"

"开起来了?!"吴冶平仿佛不相信自己的耳朵。他以为，凭自己与林的关系，凭他是公司的第二大股东和副董事长，凭他是林的"大哥"和顾问，凭他是林的债主，像自己开厂这么大的事情，不要说他们之前专门讨论过，就是没聊过这个话题，林中办厂，于情于理是无论如何都要告诉他的，甚至要征得他的同意。这是常识。做人的常识，也是合伙办公司的常识。

"不好意思"，林解释道，"真是忙晕头了。我一直以为大哥知道呢，没想到您不知道。大哥您不知道，办工厂说起来容易，做起来其实很难，千头万绪，焦头烂额，真把我头都忙晕了，忘记告诉大哥了。"

撒谎！吴冶平心里骂道。彻头彻尾的撒谎！这么大的事情，你告诉我还是没告诉我，难道能不记得？再说，这不是告诉不告诉的事情，而是必须征得我同意的事情！

"你还当我是大哥?"吴问。

"当然"，林信誓旦旦地说，"大哥永远是我的大哥，是我的精神支柱。"

吴冶平看着林，忽然感觉这不是之前认识的那个小伙子，而是另一个人，一个他根本不认识的人。

林中还在解释，嘴巴一张一合的，像刚刚从水里捞起来的鱼。

吴此时很讨厌林，发觉林中在这样当面说谎的时候非常丑陋，不堪入目。他感觉自己被欺骗了。不，应该说是他自己把自己给欺骗了。没想到快到退休年龄了，竟然被一个乳臭未干的小伙子给骗了！

是啊，吴冶平想，我来深圳二十多年了，从港资厂生产主管做起，几经跳槽，最终进入深皇集团，从小经理做到高管，怎么能被他骗了呢？

利益。吴冶平想。是利益。这叫利令智昏。

冷静。吴又想，这时候我必须冷静。我还有一百万在他手上，不能轻易翻脸。当然，我不怕他，我来深圳快三十年了，红道黑道哪个道上没有熟人？什么样的愁事怪事没有听过见过经历过？你以为深皇集团高管是那么容易混上，那么容易当成的呀？不要说这件事情我占理，就是不占理，凭关系，我也比你有路数。但不论怎样，翻脸都是下策，翻脸的最终结果肯定是两败俱伤。吴冶平又自我安慰地想，没有底气的人才急于翻脸，而我是有底气的，至少在林中面前有底气，所以用不着立刻翻脸，先把情况弄清楚再说。

这么想着，吴就冷静了一些，他平静地对林说："这样不妥吧。公司是我们两个人的。你是第一大股东，我是第二大股东。你是董事长，我是副董事长。像投资办厂这么大的事情，不是你告诉我不告诉我的问题，而是必须征得我同意的事情。你口口声声喊我'大哥'，聘我做顾问，假如真如你所说，是忘记告诉我了，那么在投资办厂的过程中，遇到那么多的困难和挫折，怎么没向'顾问'咨询一下？怎么一次也没与我商量呢？怎么一次没请我帮忙疏通？"

"主要是不好意思给大哥添麻烦"，林中说，"再说，工厂建在惠州，不在深圳，遇上麻烦，找大哥也没用。"

"那不是"，吴正色道，"深圳和惠州多近啊。你不要忘了，深皇集团在惠州有大量的投资，我们与惠州那边打交道的次数多着呢。上次富源广场的案子，就是我代表集团去处理的，上到市长，下到街道办主任，什么人没接触过？你工厂建在哪里？有什么困难？看我能不能帮你协调协调。"

吴冶平这段话有夸大的成分。深皇集团在惠州有投资不假，但那并不是他直接分管的范围，所以，他虽然知道深皇曾经为富源广场的事情与当地的一家企业闹过纠纷，也惊动了红黑两条线，但这桩案子并不是他亲手处理的，所以，吴冶平在惠州并没有可靠的关系。他现在这样往大里说，带有警告林中的意思。

"那倒不用了"，林说，"现在工厂已经办起来了，各种麻烦事情也都解决了。"

"这么说，你今后就用不着我了？"吴说。

"不是不是，大哥怎么能这么说。这件事情是我考虑不周，我忙晕了，忽视了，大哥您大人不记小人过，我向大哥赔罪，我愿意受罚，我……"

"走，你带我到工厂看看。"吴突然说。

"好。"林来不及思考就回答。

二人出了茶餐厅，林中请吴冶平上车。吴坚持开自己的车。不是因为他的宝马车比林中的本田好，而是担心万一话不投机翻了脸，不好意思让对方送回来。

吴这么做，也表明他的底气，他不担心林中利用路上这段时间背着他打电话回工厂布置。他允许林中提前布置。他相信事实终归是事实，林中总不能这么快把工厂搬走吧。看他能玩出什么花样出来。

从深圳到惠州的高速公路有两条，一条是深惠高速，通往汕头或河源方向的，另一条是新开辟的沿海高速，经大亚湾、稔山往汕尾。吴跟在林后面。车子走深惠高速。经过岔路口的时候，吴发觉车子往汕头方向走，而不是河源方向，他估计工厂在淡水一带，但不是大亚湾，否则，就直接走沿海了。

工厂在惠阳区秋长镇，果然是淡水旁边。说实话，吴冶平之前并不知道淡水旁边还有一个秋长镇，以为它们是一起的呢。

下了高速，七拐八拐，终于到了一个破旧的工业区。停稳车，上了满是灰尘的四楼，忽然干净起来，"秋长中荣电子厂"的招牌挂在墙上。

"叫人把楼梯打扫一下。"吴说。说话的口气，仿佛他才是这里的老板。

"是。马上安排。"林应道。

经过一路的调整，吴已经彻底冷静，此时看上去完全不是来兴师问罪的，倒像是大股东来视察工作。

林中殷勤地陪在旁边，有问必答。

工厂占据了半层楼，大约一千平方米。可以看出，确实是刚刚筹办的，虽然已经投入生产，主要设备基本到位，但仍然显得空荡荡，不是满负荷生产的样子。

看完生产线，走进办公室，喝着茶，吴问："效益怎么样？"

"不怎么样。"林中小心地回答。

"不怎么样你还办厂？"吴问。

"不办不行啊。大哥您知道，现在竞争太激烈了，自己没有工厂很难接单的。接到单也不能保证按时交货，所以，必须办厂，否则公司维持不下去呀。"

吴听出林中话里有话，似乎在暗示，维持不下去，你吴冶平的资金就泡汤了。

吴假装没听懂，问："注册资本多少？"

"五十万。"林说。

"和林瑞公司一样？"吴又问。

"是。"林中回答。

"几个股东？"吴问。

"就我一个"，林说，"另一个是假的，只占零点几。"

"是你个人还是林瑞公司？"吴绕了一个弯，终于问到关键问题。

"是我自己。"林回答。

吴不说话了，喝茶，很专注地喝茶。

林中这一路显然也不是在打瞌睡，他经过了认真思量，他似乎知道吴冶平会问这个问题，此时耐心地解释说："因为我知道效益不好，所以就没敢拉大哥入伙，想自己一个人承担风险。大哥您放心，虽然效益不好，但有工厂总比没工厂好，即便中荣不赚钱，只要能维持，林瑞公司的业务就有保障，承诺给大哥的固定分红和利息一分钱不会少，年底还有追加。"

吴不接林的话，按照自己的思路走，继续问："厂房装修和设备投资大概有一百万吧？"

"是。"林说。

"差不多正好是我投资给你和借给你的钱？"吴问。

林中愣了一下，说："我另外又筹集了一些，找我表哥借了五十万。"

"我的钱还是占大部分？"吴追着问。

"是。谢谢大哥的支持。我保证兑现大哥的利益。协议怎么写的，就怎么执行。绝不打折扣。"

吴听出来了，林中的回答表面上客气，其实暗藏争辩。意思是说，他这样做并没有违背双方的协议。

是，从情理上说，他办工厂应该告诉吴冶平，但如果他不告诉吴，也不违反协议。无论是入股协议还是借款协议，上面都没有明确这项告知义务。

但吴心里仍然不高兴。有一种老江湖被菜鸟耍了的感觉。

"协议怎么写并不重要"，吴说，"我们之间的协议，说到底是君子协议，不可能写得那么详细，写得太详细，就不像兄弟了。"

"那是，那是。大哥说的是。"林中赶紧应道。

"说实话，你之前的林瑞公司是没有资产的"，吴说，"如果你成立中荣公司的时候，发起人不是你个人，而是林瑞公司，也就是把林瑞作为中荣的母公司，我们仍然执行之前的协议，不管工厂赚多少钱，我仍然是每月拿固定分红一万元，其实并不影响你的利益，不是更好？"

"是是是，大哥说得对，确实是我考虑不周。"林中说。

"不是考虑不周，是考虑得太多了吧？"吴轻声问。

"是是是，是我多心"，林中说，"我把问题想得太复杂了，怕告诉大哥后，万一大哥不同意，我就开不成工厂了。"

"哦？我有那么大的影响力？"吴说。

"当然"，林中说，"不告诉大哥，先把工厂开起来，万一失败了，我一个人承担，如果做好了，再告诉大哥，给大哥一个惊喜。"

说得好听！吴心里想，你这点小心眼，我还看不出来？

不过，事已至此，就只能往最好的方向纠正，而不是让对方下不来台。不能为了出气而影响双方的合作。

"小林啊"，吴说，"我老了，想休息了，不想有所作为了，要不然，在深皇集团，我赖着不走，也没人敢动我。"

"那是，那是。大哥是深皇的元老。"林中赶快说。

"元老谈不上，但那么大的深皇集团，我从发展委下面投资部经理做起，一直做到董事局主席助理兼办公室主任，进入集团的核心层，成了发展委主任的上级，并不是我有多么硬的后台或者是会拍马屁吧？"

"是能力，大哥的能力。"林中说。

吴摆摆手，说："错。不是能力。能进深皇总部的人，都是有能力的。"

"那是……"林中不敢乱说了。

"是做人"，吴说，"关键是做人。其实做什么都是做人。尤其做老板，更是做人。小林啊，说句掏心窝子的话，我真的发现，人这一辈子，关键是做人。比如我把钱借给你，向你的公司投资，其实看重的还是你这个人啊，相信你会做人啊。"

"感谢，感谢"，林说，"我还年轻，在做人方面还要向大哥学习。请大哥多批评，多指教。"

"你知道做人的关键是什么吗?"吴问。

"大哥请讲。请讲。"

"换位思考"，吴说，"就是站在对方的角度看问题，考虑对方的感受。你换位思考一下，假如你是我，说好了要和别人一起投资办厂，结果，一百万资金出了，厂子也办起来了，却与你一点关系都没有，你既不是直接股东，也不是间接股东，你自己怎么想?"

林中的额头开始出汗，吴冶平也见好就收，他像有经验的大律师那样，在询问对方一个关键问题并得到满意回答之后，立刻说"我没有问题啦"，这时候，吴一抬手，看看腕上的金表，说:"啊，时间不早了，我该回去了。"

"这就走?"林中似乎还没有反应过来，说，"吃了饭再走吧，我请大哥吃饭。"

"不了"，吴说，"吃过饭天就黑了，我不喜欢开夜车。"

林中说:"没关系，我让司机送您。"

吴说:"那何必呢，我们兄弟之间还在乎一顿饭?"

林见留不住，就说:"那我送送您。"

吴略微想了想，说:"也好。你把我送到高速路口。我怕自己找不到。"

吴刚刚回到深圳，林的电话就追过来。

吴料到林中会打电话过来向他解释的，但没想到这么快。

解释什么呢? 吴不想听林的解释，他想看到林的行动，看林拿出什么具体的纠正或补救的办法来。

不外乎两种方式。吴冶平猜想。一种是立刻纠正错误，把中荣公司的股东由林中个人换成林瑞公司，这样，等于工厂也有吴冶平的一份，准确地说也有吴冶平百分之二十的股份。这种纠正对林中没有任何损失，因为，按照当初他们双方的协议，无论公司经营状况好坏，当然也包括无论公司下面是不是有工厂，吴冶平都是每月领取固定分红一万元，但这样的纠正会让吴冶平心里舒服一下，起码，他入股林瑞的五十万并不是买了虚股，而是拥有实业的实股。

另一种方式是在中荣公司股东里面加上吴冶平的名字，后面作为借款的五十万转化为中荣公司的股份，同样是拿每月一万元的固定分红，同样是年底根据效益适当追加分红。如果这样，吴冶平的实际收入或许少一点，但可以终身制，并且有实业做抵押，感觉安全一些。不过，这种方式有一个麻烦，就是不好确定吴在中荣公司的股份。林瑞公司是虚的，林中说净资产二百五十万就二百五十万，中荣公司是实的，总共有多少万资产是能计算出来的，按照吴冶平下午所看到的情况，估计厂房装修和设备投资在一百五十万左右，那么，吴冶平的五十万就要占公司股份的三分之一，林中舍得给吴冶平三分之一股份吗？难道这才是林中"忘记"告诉吴冶平的真正原因？

果然不出吴的所料，林中简单寒暄几句后，直入主题，说了想纠正或者补救的方式。但是，令吴冶平始料不及的是，林既没有采用吴设想的更换股东方式，也没有说到为中荣公司增添股东的方式，而是说了吴根本没想到的第三种方式。

林说，他在注册中荣公司的时候，最初是想让林瑞公司作为发起人的，但如果那样做，手续就非常麻烦，需要直接注册有限责任公司，需要同时通过消防和环保两个部门，需要花很多钱并且耽误很长时间，而如果以他个人作为发起人，则可以先注册成小规模企业，等运作一段时间后，再转换成有限责任公司，简单许多。

吴听了觉得有一定的道理，他甚至觉得是自己错怪了林。

林中继续说，因为工厂的效益确实不敢保证，所以，他也不敢拉大哥入股中荣，还希望大哥理解。

吴冶平一想，也是，如果当初林中真拉他入股中荣，建议他的五十万借款转为中荣厂的股份，他可能真不一定会立刻答应，毕竟，作为小规模企业的中荣公司，虽然实际资产超过一百万，但注册资本最初只有五万，运作一段时间之后才转换成注册资本五十万的有限责任公司，吴冶平的五十万如果一开始就投进去，账面上却只能显示两万，不是更不安全？

最后，林中说："如果大哥真想做，我有更好的建议。"

"什么建议？"吴问。

"投资前道。"

"前道？"吴不解。

"这是我们业内的说法"，林中解释道，"后道是生产电子元件的，前道是生产电子芯片的。芯片在前，所以叫'前道'。"

"前道工序后道工序的'前道'？"吴问："你是说我们再另外投资一个工厂，生产芯片？"

"对"，林中说，"前道比后道赚钱。"

接着，林中就反复说明前道如何如何赚钱。说他一个朋友，准确地说是当初他们台资企业的一个中方副总，也辞职出来自己办厂了，但他办的不是后道，而是前道，刚办厂的时候，欠了一屁股债，不到两年，就开上路虎了，眼下正在筹划公司上市等等。

"我现在的中荣就是买他的芯片。"林中说。

这有可能，吴冶平想。吴虽然是师范学院毕业的，但他学的是物理，算是半个"理工科"，加上来深皇集团之初在港资厂当过生产主管，对"前道工序""后道工序"的概念并不陌生。他相信生产芯片的利润确实应该更高一些。但是，"前道"的技术含量高，估计投资也大，所以，门槛也高啊。

"你有这项技术吗？"吴问。

"我当然没有"，林说，"但可以请人啊。我在这行干了这么多年了，认识很多人，想请一个人很容易。"

吴想了想，说："不行。请人不行。拉一个懂行的人入股还差不多。"

"对，还是大哥说得对。长期请人不是办法。要做，我们就拉一个掌握技术的人入伙。"林中说。

一听林讲"还是大哥说得对"，吴立刻警觉起来。他感觉有些不对劲。怎么说着说着，话题被绕到投资前道上面去了？而且，按照林中"还是大哥说得对"的讲法，就会把林中自己想法转换成是"大哥"的想法，而他所做的一切，似乎是按照"大哥"的指示执行了。

吴决定赶紧打住，这是吴冶平在职场的经验，一旦发觉不在自己的语境中，最好的办法就是要求"暂停"。

"啊呀"，吴说，"我有些累了，今天先聊到这里吧，还没吃晚饭呢。"

　　他们之间沉寂了一段时间。或者说是"冷"了几天。但吴冶平毕竟还是林瑞公司的股东，他们之间毕竟还存在债权债务关系，不可能"冷"得彻底，所以，仍然联系。

　　说实话，这段时间吴冶平主动联系林中的时候多，林中主动联系"大哥"的机会少，可能是林确实比较忙吧。但只要吴主动给林打电话，林中都十分热情，开场白是："大哥好！我正要向您汇报工作呢！"吴冶平明明觉得很虚伪，但听上去仍然有些温暖。毕竟，他离职了，在家等退休了，已经没有人向他"汇报工作"了。每次通话，林中都说"形势大好"，说他又接到某个大单了，生产任务根本完不成等等。每次听到这些，吴冶平多少有些高兴。因为他一贯信奉"客户第一"，只要有足够的订单，企业就确实"形势大好"，这样，他的资金就很安全，他的分红和利息就更有保证。

　　也不尽是虚的，也有实的。比如每月8号，林中都在上午准时把利息和固定分红打到吴的账上。每次吴从手机上看到银行的提示短信，都获得一丝安慰，都想起林中的好处。想着自己是过来人了，做人要宽容，林中是人，不是神，他身上肯定有许多缺点，但只要在资金的问题上能严格遵守信用，自己就不必苛求他在其他方面都很完美。说到底，自己与林的关系是"金钱关系"，到目前为止，林虽然在私下办厂的问题上做法不妥，在事后的补救措施上没有让吴冶平看到足够的诚意，但在最关键问题上，也就是钱的问题上，还没有失信于"大哥"。

　　这期间，吴冶平又去了惠州一次。因为林中为儿子办满月酒，特意请了他。吴如果不去，就好像舍不得出红包了，所以必须去。本来，吴冶平完全可以自己开车去的，但林中很热情，专门跑过来接。去了之后才发现，办满月酒是假，借机拉近与客户的关系是真。除了吴冶平，其他全是客户。

　　林对吴的接待似乎比客户更殷勤。比如从惠州回深圳，本来让司机送一下就可以，但林中坚持亲自送吴回来，让吴除了温暖之外，还多少有些不好意思。路上，吴主动问起投资"前道"的事情。林中眉飞色舞说了许多，归纳起来，最重要的是两点。第一，因为国家建设新农村的"村村亮"政策，他们生产的电子元件供不应求，且呈逐年上涨的趋势；第二，前道太赚钱了，毛利达到百分之六十，再不上马，机会或许转瞬即逝。所以，他打算提前上"前道"，今天请吴冶平来吃酒，就是打算当面向"大哥"汇报这件事情。

"你有钱了？"吴问。问完又察觉自己说话不严谨，应该问"资金问题是怎么解决的"比较准确。

但林中不介意，他说："我哪有钱？拉投资呗。"

"谁？"吴问。

林说："那个坐您旁边的老头，嘉顺科技的徐总，你记得吗？"

"他？"吴问。

"是。"林说，"还有您对面的马总，我旁边周总，他们都有投资意向。特别是徐总，他好像和您交换名片了吧？投资意向十分坚决。"

"哦"，吴心里忽然有些醋意，问，"他们打算投资多少？你们之间怎么合作？"

"还在谈"，林说，"所以我要先向大哥汇报，听听大哥的意见。"

吴听得出，林中显然接受上次投资办中荣厂的教训。想着知错就改还是值得表扬的，自己不必耿耿于怀。

回到深圳，吴冶平先是根据徐总的名片上网检索了一下，了解到嘉顺科技是一家在创业板上市的高科技企业，徐总是该公司的总工程师，再打开嘉顺科技的网页，证实公司的产品确实用到中荣目前生产的这种电子元件。

吴决定直接与徐总接触一下。他后悔没有与更多的人交换名片。主要是自己使用的仍然在深皇集团担任高管的旧名片，每次与人交换的时候，都要特别说明一下，很尴尬，所以只与旁边的徐总交换了一张，要是当时与更多的人交换，估计了解的情况更加全面。不过没关系，徐总的身份已经得到确认，且徐总比吴更年长，这个年纪的老知识分子估计不会与林中合伙骗他。再说，也骗不了，投资入股，是需要动用真金白银的，只要钱是真的，就假不了。

吴此时想打电话给徐总的动机，主要是想验证林中的话里到底有多少水分，他似乎对林中背着他办中荣公司的事情没有完全释怀。他似乎已经原谅林中了，但原谅并不等于忘却，好比中国放弃了日本的战争赔款，但并不等于忘记了那场战争。吴想通过核实林中话中的水分，判断在中荣问题上林中的解释到底有多少诚意。

吴等了两天才给徐总打电话。不是没时间打，是不希望让对方感到他很急，更不希望让林中感到他很在意这件事。

徐总很客气，简单寒暄之后，吴问起投资前道的事情。他最希望徐总回答说根本不知道这件事情，或者仅仅是知道，根本没有做出决定，完全不像林中所描述的"投资意向十分坚决"，如果这样，吴冶平就相信自己基本上已经把林中看透，就会找理由把借给林中的钱逐渐收回来，甚至把已经入股林瑞的资金撤回来。

但是，徐总说："啊，是，不是我投资，是我儿子投资。我本人作为嘉顺科技的高管，不方便这么做的。"

徐总的回答已经证实了林中的话，甚至有过之而无不及，不是"投资意向十分坚决"，而是已经决定投资了，只是为了规避某些政策，用他儿子的名义投资罢了。

吴又进一步问了投资这种电子元件和芯片回报率的情况。徐总显然比他懂行，说话也比林中客观。徐总说生产这种电子元件的利润率并不高，主要是做量，近些年中国搞新农村建设，加上灾难性天气不断，这种保护性电子元件消耗量很大，需求量更大，呈持续上涨趋势，所以，至少在未来六年之内，投资风险不是很大。至于生产芯片，也就是前道，徐总说这项技术之前一直被台湾或美国垄断，国内自主开发并生产的情况比较少，所以具体利润率他也不是很了解，但凭常识，生产芯片的利润肯定高于生产元件。

证实林中没说假话，吴冶平的心情爽快许多，或者说释然不少。他甚至部分相信林在私下办厂的问题上并不是存心欺骗他，而确实是因为林没有把握，为了避免干扰，所以才没事先告诉吴。

如果真是这样，吴冶平想，那么林中当初这么做不仅不是不厚道，相反，是好心了？

看结果。吴又想，结果是到目前为止，虽然林中办中荣厂事先没有告诉吴让人心里不爽，但并没有损害吴冶平的实际利益。今天回过头来看，即使当初林事先告诉吴，又能怎样？难道吴会阻止林办厂？或者提出必须让林瑞公司作为发起人？估计不会，就是吴真的这么要求了，在实际操作过程中，也因为手续麻烦而放弃。

林中再次约"大哥"出来坐坐。地点仍然是位于吴冶平家附近的茶餐厅。

这次他是专门向吴汇报投资前道的事情。

林说资金问题已经解决了。就是上次一起喝满月酒的几位老总，还有浙江宁波的一个大客户，上次因为路途太远未能来惠州，"大哥"没有见到，其他几位"大哥"都认识。

林中明确地表示，上次投资后道，事先没有向大哥汇报，非常对不起，这次接受教训，事先向大哥请示，还望大哥能原谅他上次的鲁莽。

林中这样一说，吴冶平就真的有些不好意思了。他马上纠正说："讲'请示'言重了，做人要守本分，我的本分是当好你的顾问，所以，在做重大决定之前，我帮你参谋一下还可以。"

"是请示，是请示"，林说，"'参谋'的意见仅仅是参考，而'请示'的意思是大哥您拥有否决权，如果大哥坚决反对，这个项目我就不做，至少暂时不做。"

尽管有些夸张，但正因为"夸张"，让吴冶平听了舒服。仔细一想，可能真是这么个理，如果吴坚决反对，估计林真的会不做了，至少暂时不做。那么，吴冶平想，上次他怎么不事先"请示"我呢？估计是上次林中自己的态度坚决，一定要做，担心"请示"吴之后万一遭到反对就干扰决心了。

这么想着，吴就问："我怎么感觉在投资前道的态度上，你没有上次投资后道坚决？"

林中愣了一下，说："是吗？"

"是"，吴说，"我有这种感觉。"

"可能吧"，林说，"上次是不得不做，生死存亡，这次是锦上添花，能做当然更好，不做也没关系。另外……"

林中说到这里，忽然停了。

"另外什么?"吴冶平问。他感觉,越是吞吞吐吐不好说出口的,往往越值得一听。

林迟疑了下,说:"另外投资后道资金少,我紧一紧自己就能搞掂,而投资前道资金大,我自己搞不掂,必须与人合作。所以,能做就做,不能做就不勉强自己。"

吴点点头,似乎对林的回答表示理解,或者表示满意。然后他问:"多少钱?我是问前道投资总共要多少钱?"

"至少四百万",林说,"这还不包括建成之后维持生产所需要的流动资金。"

"你手上有多少?"吴问。

林又迟疑了一下,说:"我手上的钱最多就能提供流动资金。"

吴问:"那就是说,你一分钱没有,完全靠拉人入股建成前道工厂?"

林中不好意思地笑笑,说:"大概就是这个意思。所以我才表现得不如上后道的时候坚决。"

吴又想了想,问:"你是不是根本就不打算上前道?之所以摆出这个架势,就是想表达你对我的尊重,或者是希望用这种方式对你之前上后道没有事先告诉我的一种补救?"

"那不是",林说,"不瞒大哥,我是想做一番事业的,最好能做到公司上市,起码是创业板上市。而林瑞公司主要是开发市场,中荣公司主要是做产品,两个公司都没有任何技术含量,而且利润薄,要想赚钱,要想做大,要想上市,就必须上前道,形成一个完整的体系,规模、效益、研发都跟上才行。"

士别三日当刮目相看。林还没离开过吴的视线呢,一年多之前还是在吴信口开河鼓励下从台资企业跳出来自己开公司,现在就已经考虑公司上市了。假如真像林说的那样,上前道,形成完整的生产链,然后三家公司合并,成为一家公司,把产值、利润、研发成果合并一起,创业板上市也不是没可能的。如果那样,吴冶平想,自己投资的一百万,不就一下子变成几千万?不要以为这是白日做梦,在深圳,这样梦想成真的例子还少吗?

"你现在具体进展到什么程度?"吴问。

"还在谈。"林回答。

"什么意思",吴问,"跟谁谈？谈什么？"

"当然是跟徐总他们谈",林说,"谈合作方式。因为我自己没钱，又想掌控公司，所以双方条件谈不拢。"

吴心里想，所以你就来找我了？假如你们能谈得拢，你是不是和上次一样，根本就不告诉我？

吴冶平的心又低沉了一下。不过，他很快就自我调整过来。多年的商场经验告诉他，不要太在乎对方的动机和态度，关键要看实际效果。实际效果对自己有利，即便对方的动机和态度不纯，生意照样做；实际效果对自己不利，纵然对方出的动机良好，生意仍然不能做。

"这也不是绝对的",吴说,"做企业当然不能没钱，但钱不是唯一的。投资前道，你虽然没有钱，但你手上掌握市场啊。你的林瑞公司，其实是专门做市场的。你不如拿林瑞公司作为发起股东，把林瑞公司装进去，折算成资本，不就等于你出资金了吗？"

吴的这个建议，看似是为林中"顾问"，其实有自己的算盘。上前道，吴是拿不出钱了，但他持有林瑞公司百分之二十的股份，如果林瑞公司作为前道工厂的发起人，吴就间接地成为前道工厂的股东，将来万一公司能折腾上市，他就成为受益者，不能折腾上市，他也没损失。

"是啊",林中高兴地说,"我怎么没想起来呢。还是大哥英明。"

林中回去之后，按照吴冶平的提示与徐总他们谈，效果并不理想。主要是在持股方式上意见不统一。投资方认为，林不出钱，只出所谓的"市场"，所以只能给"干股"。另外，如果林确实有诚意，就该拿中荣公司入股，而不是拿没有任何资产的林瑞公司充当股本。

这样的条件，林当然不会答应。他对吴说："如果这样，不如不做了。"

吴也有同感。如果按照徐总他们的要求，让林以中荣公司作为发起股东组建的前道公司，那么新公司就与吴一点关系都没有了。但他对林不能这么讲，他说："如果中荣公司并入前道公司，你必须有两个思想准备。第一，从公司成立的第一天起，你的中荣公司所产生的每一分钱利润都属于全体股东，都必须拿出来让大家分红；第二，万一前道工厂进展不顺，你就必须接受把中荣公司一起拖死的事实。"

林中感觉到了资本的力量，而他没有足够的资本，所以，对上前道虽然雄心勃勃，却无能为力。他非常惋惜，却很无奈。林决定面对现实，放弃。

吴说："不能遭受一点挫折就放弃。"

"不是'一点'挫折"，林说，"是凭我的实力，根本迈不过这道坎。"

吴说："所有成功的大企业家都经历过你这样的坎，甚至比你眼前更大的坎。"

"可我不是成功的大企业家呀。"林说。

吴问："你不想成为成功的大企业家吗？"

林中不说话了。

他们商议，再与徐总做最后一次谈判，谈成更好，谈不成再说。

林中要求吴冶平和他一起去见徐总。理由是，吴也是林瑞的股东，涉及林瑞作为前道芯片厂发起股东的问题，他应该参与。

双方见面，吴冶平抛出他设想的方案：徐总他们出资金购买设备和租用厂房及装修，林中这边出市场、出技术、出管理和流动资金，双方各占百分之五十的股份。同时，林中这边的持股的身份不是他个人，也不是中荣公司，而是林瑞公司。

该方案吴事先与林沟通过，他当然没意见，但对方的马总、周总强烈反对，徐总虽然没有明确否定，却微笑着问吴冶平："吴总，这样的条件，你自己做出资方怎么样？"

没法谈了。

这样的结果，林中似乎早就预料到，所以他并未沮丧，相反，还有一点轻松的感觉，倒是吴冶平不能释怀。对方徐总的微笑其实包含嘲笑，话里也绵里藏针，暗指吴冶平有悖"己所不欲，勿施与人"的做人之道，对他们这一辈子人来说，涉及基本的做人品格问题。

是啊，吴冶平想，换上我，我能接受这个条件吗？

吴冶平想了想，想象着自己假如有几百万闲钱，自己愿意按照这个方案与林中合伙开办生产芯片的前道工厂吗？想到最后，他愿意，条件是，他任公司的法人代表，起初资金必须掌握在他自己手上，等到自己的投资全部收回之后，再把法人代表的位置让给林中，让林成为名副其实的"老板"。

他又想了一些细节，想着他之所以能够接受这个方案，是因为林中这边的股份不是以林个人的身份持有，而是林瑞公司，而吴自己在林瑞公司中拥有百分之二十的股份，所以，按照上述方案，在新组建的前道公司中，如果吴作为出资人，他不但直接拥有新公司百分之五十的股份外，还间接持有百分之十的股份，两项加起来，吴实际拥有的股份达到绝对控股。

这就是他优于徐总的地方。

这就是徐总不接受而吴能接受的原因。

吴冶平忽然兴奋了一下，仿佛看到自己成为一家上市公司董事长的那天。当然，他老了，没有野心了，即便他是第一大股东，也不想担任董事长，董事长或"成功企业家"的帽子还是留给林中这样的年轻人吧。

但是，这一切的前提是他必须有钱，有几百万的闲钱，可他哪里有这笔钱？

不，也不一定是"钱"，资产也可以，比如他现在居住的房子，还有他用于出租的那套房子，都是可以在银行做抵押的。

这么一想，吴就忽然紧张了一下，仿佛看见投资前道失败了，钱被林中卷跑了，他一无所有了。

这种情况不是没可能。吴来深圳二十多年，收获之一是见过许许多多各种各样的骗子。不过，正因为见得多，所以他不害怕。他相信自己对骗子有一定的识别能力。他相信林中不是骗子。骗子一般是玩虚的，很少有开工厂做实业的。做实业，公司的资产是以设备的形式摆在那里，变不出现金，林中不可能在一夜之间把设备搬走，或者擅自把设备全部卖掉。再说，即将注册的企业法人代表是实际出资人，不是林中，林没有权利转移或变卖公司资产，怎么骗？

对，吴又想，还必须附加一条，财务经理由我这边委派，这样，就是林中想把资金卷走，也做不到。

吴让自己冷静几天，再次约林来谈。

林中似乎已经对投资前道的事情不感兴趣了，或者说是不抱任何指望了，但出于对吴的尊重，还是立刻从惠州来深圳。

二人面对面坐下，吴冶平把自己这几天仔细琢磨过的想法一说，林中立刻说没问题，完全按大哥的意见办。

吴建议邀请徐总一起入股。

林没说话。

吴解释说，一方面，他个人的资金可能不够，因为，两套房子加起来虽然值大几百万，但抵押给银行是要打折的，甚至打对折；另一方面，他看徐总对此事非常热心，徐总又是林瑞的老客户，有合作基础。

这些当然都是吴冶平的心里话，但有一点更重要的他没说，就是他怕自己老了，斗不过林中这样的年轻人了，必须拉上另一个股东，形成三角关系，相互牵制。吴冶平深谙，股东关系首先是合作关系，但更是斗争关系，所以，合作之前就必须合理布局。

"我没意见"，林说，"就不知道徐总是不是愿意。"

"试试看"，吴说，"事不迟疑，你现在就联系他见面，当面谈。他上次将我一军，我这次将计就计，答应他的条件，看他怎么说。"

大概是私下成立中荣公司留下的后遗症，吴对林不是很放心，总觉得他有些虚，喜欢耍小聪明，所以，对于想好的事情，必须现在就做，双方当面做，不给林做手脚的机会。

大约一小时后，他们就和徐总坐在了一起。

简单寒暄几句后，吴冶平开门见山，说："上次徐总问我，如果换上我，这样的合作条件我是不是愿意作为出资方。说实话，当时把我问住了，这几天我冷静想了想，觉得徐总的话有道理，己所不欲，勿施与人嘛，今天我就当面正式答复你，我愿意。"

徐总愣了一下，然后爽朗地一笑，说："好啊！祝贺啊！"

"但我想拉徐总一起做。"吴冶平说。

徐总不笑了。

吴进一步说："通过几次接触，我感觉徐总是个非常睿智并有胆量的人。投资前道好是好，但我不懂，我需要壮胆，我真心想和徐总长期合作。"

吴冶平的态度不可谓不真诚，让徐总很难拒绝。他先看看林中，然后看着吴冶平，说："这事情比较突然，容我想想，过两天答复你们，可以吗？"

过了两天，徐总给林中打电话，说可以考虑，但有一个附加条件，让他儿子在公司担任副总。

林中把话传给吴冶平，吴想都没想就说可以，说应该的，还顺便向林中提出，财务经理必须由他委派。林说没问题。

新成立的公司叫盛邦科技发展公司。特意加上"科技"二字，是为将来的创业板上市做铺垫。

发起股东共四人。除了林、吴和徐总之外，还有一个胡工。

协议经历过两个版本。

第一份协议是吴和徐总合起来作为"甲方"，林代表林瑞公司作为"乙方"。协议规定甲方出资金，乙方出市场、技术、管理和流动资金，双方共同发起成立生产芯片的盛邦科技发展公司。

第二份协议把胡工拉了进来。因为林中自己并不懂芯片的生产技术，他必须拉之前台资厂的同事胡工进来。林承诺在"乙方"的股份中拨出十个点给胡工。因为林瑞公司是林中和吴冶平两个人的，所以林中征求吴冶平的意见。吴自然同意，同时，为了进一步"绑住"胡工，提出让胡工也多少出一点钱，和吴和徐总一起作为"甲方"，与林中代表的"乙方"签协议。于是，最后的协议是吴冶平、徐总、胡工作为"甲方"，林中代表林瑞公司作为"乙方"。另外，林中自己还代表"乙方"与胡工签订一份协议，承诺将"乙方"股份中的十个点赠予胡工，这样，胡工就与吴冶平一样，成为盛邦公司的"双重股东"了。

公司号称资产一千万。其中吴冶平实际出资三百万，徐总出资一百八十万，胡工出资二十万，另五百万是所谓的"无形资产"，就是林代表的林瑞公司出的市场、技术、管理和运作之后再投入的生产流动资金。

一切似乎都在按照吴冶平设想的路线推进。一切似乎比他需要的还要顺利。但吴还是有一丝隐约的不踏实，因为林与胡工签的协议没让他过目。

不错，吴确实说过"你全权处理"这样的话，但无论是吴作为"乙方"

第二大股东身份，还是作为林的"特别顾问"，林中都应该让吴冶平了解他与胡工协议的内容。可林并没有这样做，吴因为有"你全权处理"这句话，更不好主动问。

是林中仍然年轻，不会处理事情，再次犯了投资中荣公司所犯的错误？还是其中隐藏着什么小心计？能隐藏什么心机呢？

不管他了。吴冶平安慰自己。多一事不如少一事。不知道也好，将来万一发生什么问题，自己没有一点责任，让他林中一个人承担吧。

为筹措资金，吴冶平不得不卖掉一套房子。

刚开始打算做抵押。实际操作中发现并不可行。主要是打折太多，必须两套房子全部抵押，且利息很高，吴每月支付两套房子的利息吃不消，不如卖掉一套简单。

吴并不懊恼，相反，他很感谢林中。房子卖了三百多万，而之前的租金每月只有六千多，即使不投资前道，单纯地借给林中，或借给其他朋友，利息不按每月三个点算，只按两个点算，每月收入就是租金的十倍。如果不是林中，吴自己想不到这么做。

还是大城市好。如果没来深圳，在内地的小县城，按照不好不坏的平均发展水平，吴冶平这辈子大概也是挣两套房子，但内地小县城两套房抵不过深圳的半套房子。现在，吴冶平只卖掉了其中的一套，就轻松筹措了三百万资金，成了新成立的盛邦科技公司第一大股东和法定代表人。按照协议，他派自己的侄女到公司担任财务经理，徐总派他的儿子到公司担任副总。林中任总经理，胡工任总工程师。一套班子迅速形成。

工厂地址仍然选择惠阳区的秋长镇。与林中的中荣厂挨得很近。

吴冶平的想法是两家公司最好在一栋厂房里，起码在一个工业区里，便于管理和物流。但林中说做不到，因为生产前道的工厂有造粒塔和大型烧结机，必须在一楼，中荣厂所在的工业区没有空置的一楼厂房，只好退而求其次，在附近找了一栋厂房。

刚开始一切顺利，两千多平米的厂房被装修一新，按照工艺流程安装了成套设备。另外只花了两万块钱，就租赁下山头的一块空地，安装高大的造粒塔。凭感觉，无论是林中还是胡工，在工厂的筹建阶段都是尽心竭力的，基本上没做手脚。在吴冶平这个外行看来，这么大的厂房和这么多的设备，别说五百万，就说一千万，他也信。

但是，问题很快暴露出来。

首先是没有流动资金。

按照协议，流动资金由林中解决，但林中根本没钱。他的钱全部投在后道中荣厂了，且捉襟见肘，哪里还有多余的钱充当盛邦的流动资金？另外，所需要的流动资金不是几十万，而是几百万，就是林中没办中荣厂，或者现在把中荣厂卖掉，也筹措不到这么多钱。

吴冶平很生气，但眼下不是追究责任的时候，要解决问题。办法是借钱给林中，让林中拿来借来的钱做盛邦厂的流动资金。

幸好，吴冶平身上还有几十万，借给林中还可以拿利息，不吃亏。

几十万很快花完了。吴此时才明白，流动资金不是解决一个月的生产费用，至少要解决三个月的费用，因为，下家的回款期是三个月。这是行规，分别叫作30天结、60天结和90天结。订单的利润率越高，结算期就越长，所需要的流动资金就月多。

第二个月是徐总借的，第三个月揭不开锅了。

难道投产两个月就关门？

其次是利润率远远达不到林中当初所说的百分之六十。事实上，头两个月是亏损的。

吴冶平问林中是怎么回事。林说，主要是产量，产量上不去，肯定要亏损。

吴冶平一想，也是，每月工厂的固定开销房租、水电、人工费用加起来二十多万，产量不超过一百万，当然要亏损。可是，产量要超过一百万，每月的流动资金就不得少于七八十万，三个月流动资金差不多三百万，林中自己基本上一分钱没有，第一个月靠吴冶平借钱，第二个月靠徐总借钱，第三个月怎么办？

吴冶平和徐总一起努力，共同想办法，好歹把第三个月对付过来了。

可是，企业仍然亏损，要想扭亏为盈，必须扩大产量，把产量从目前的不到一百万增加到每月两百万。吴冶平初步估算了一下，如果月产达到两百万，每月能账面盈利三四十万，虽然离林中当初所说"利润率百分之六十"相差甚远，但只要能有每月能拿出二三十万分红，也比银行利息高，比折算成房子的房租高，吴冶平也能接受。问题是，要实现产量两百万，就必须至少准备每月一百五十万的流动资金，仍然按照三个月回款期计算，差不多需要五百万的流动资金。协议规定是林中解决流动资金，但林根本没有钱，不要说追究他的责任，就是把他杀了，也解决不了问题。

吴冶平很无奈。这不能说全是林中的错，他自己也有责任。说到底，是自己没有直接经营企业的经验。吴刚来深圳的时候，在外资厂当过生产主管，但生产和经营是两回事，生产只是按照老板下的订单组织工人完成产品制造，至于资金周转，完全不是他考虑的问题。吴后来进入深皇集团，从发展委投资部经理做起，一步步做到董事局主席助理兼办公室主任，管的是股东权益和资本运营以及二级公司班子调整等宏观层面的事情，哪里掌握过具体一个企业的经营？不懂，还想赚大钱发大财，不栽跟头才怪。

吴不想栽得很惨。他发挥自己在宏观判断方面的能力和经验，相信大方向没有错。无论是投资的产业还是投资的人，都没错。错在技术层面，而技术层面的错误是可以通过调整纠正的。

林比吴急，几乎天天打电话向吴"汇报工作"，但每次的"汇报"都是幌子，到最后，问题仍然汇集到借钱上。林反复向吴解释，公司的困难是暂时的，只要顶过这一阵子，月产量突破两百万，公司就能进入良性循环。

这些道理吴冶平懂。问题是，他手上确实是一分钱没有了，林中把嘴巴说破也没用。

林似乎不相信，深圳一家大型企业集团的高管，少说也有几千万，怎么才投资几百万，就"哭穷"了呢？

林以为是吴不信任他，提出拿中荣厂做担保，还说他现在的中荣厂每月有二三十万的利润，支付借款利息没问题等等。

吴不得不自曝家丑，向林解释，不错，按照常规，作为深皇集团的董事局主席助理兼办公室主任，是该有几千万，可是，他没有，他能担任集团高管，纯粹是因为机会好，他来深圳早，当时，大学文凭还很稀罕，所以才混进深皇混上高管的，但他不是潮汕人，不是老板的同乡，更不是老板的心腹，所以，没机会也没胆量发财。

"这样啊。"林中似乎信了一些，但将信将疑。

"是这样"，吴冶平说，"我没必要骗你。我不是老板的亲信，老板不给发财的机会，如果我自己硬要创造条件发财，就不安全了。"

吴还想说，在深圳要想发财，一靠机会，二靠胆量，只有老板或领导真正的心腹和亲信才有足够的机会和胆量，所以，在深皇集团，确实有不少职位比他低的人发财了，但这些人表面上职位比吴低，其实是老板的同乡甚至亲戚，他们才是老板的真正心腹，而吴不是。不过，这些话他没对林中说。吴冶平不是祥林嫂，他不想说废话，更不想说诉苦的话，吴建议林去找徐总。因为，徐总持有嘉顺科技的股票，已经过了解禁期，价值上千万。

林中摇头，说难。

吴问为什么？

林似乎不想说，有苦难言，但最后还是告诉吴，他与徐总之间最近闹得不愉快。

"不愉快？"吴不解，"是因为借钱的事吗？"

林说不是。

"那是为什么？"吴问。

林叹了一口气，然后才对吴说，为了徐天一。

徐天一是徐总的儿子，在盛邦公司做副总，吴冶平见过，感觉人还不错，起码对他还算尊重。但这时候林中却说，吴看到的是表面现象。林说了三件事。第一，徐天一执意为自己聘了女秘书，公司很艰难，林自己都没秘书，所以很生气；第二，买空调，价格竟然高出市场百分之六十，太离谱了；第三件事情更离谱，一次林中出差回来，发现关键岗位上只剩下两名工人，林发火，徐天一却说：谁让你不给我人事权的？！

吴冶平决定去工厂看看。

吴很少去工厂，不是懒，是想"无为而治"。他觉得，既然工厂交给林中了，就该相信林，自己去多了，会干扰林的正常发挥，甚至影响林的威信和积极性，但是，既然老总和副总之间闹矛盾，他作为董事长就不得不出面了。

吴到工厂后，先把整个生产线迅速看了一遍，然后分别找林、徐天一和胡工了解情况，证实林中反映的情况基本属实。特别是徐天一的女秘书，还给吴倒水了，穿超短裙，完全不像创业阶段的工厂文员，倒像是娱乐场所的小姐。

吴也生气，但他给徐天一留面子，没有说女秘书和空调的事情，只强调林中出差期间关键岗位只剩两名工人的事情，他觉得这件事情可以对事不对人。

徐天一说，工厂留不住人，我有什么办法？

吴说，可以再招啊。

徐说，再招就要提工资，但工资是林总定的，我没权调整，所以招不进来人。

吴说，你可以打电话请示林总啊。

说到这里，吴冶平转脸问林中："你出差期间手机关了吗？"

"怎么可能"，林中说，"我手机二十四小时开着。"

吴看出来了，徐天一虽然是副总，但他认为自己的父亲是真金白银出了钱的，而林中并没有投钱，因此，他并不买林中的账。看来，这个恶人只能吴自己当了，要不然，林中的威信树不起来，公司没法做。

当着林中和胡工的面，吴冶平狠狠批评了徐天一。因为比较气愤，所以，不仅在关键岗位用工短缺的问题上对他批评，还翻出了空调和女秘书的事情。关于空调的事情，吴说，假如不是你吃回扣，那就是你愚蠢！关于女秘书，吴说，总经理都不配秘书，你副总凭什么配秘书？批评得徐天一满脸通红。

当天晚上，吴冶平收到徐总的一条手机短信：请自重。不要对我儿子指手画脚！

吴冶平被气傻了，看着手机苦笑半天，把短信转给林中。

吴和徐总是同代人，徐甚至还比吴大三岁，所以，吴一直以为他和徐具有共同或至少相近的价值观。吴冶平换位思考，如果是他，遇到这样的事情，即便偏袒自己的儿子，也应该打电话给对方了解一下情况，假如确实认为对方做过火了，最多就是讽刺两句，说"谢谢你帮我教育儿子"，或者说"什么事啊，我儿子惹你生那么大的气呀？"再不然干脆什么都不说，假装不知道。吴冶平无论如何也想象不出徐总能发这么一条非常失礼的短信给他。难道是徐天一冒充他父亲发的？

林中打电话过来，说他看了转发的短信非常生气。

吴则反过来安慰林说，可能是徐天一冒充徐总发的，并建议林给徐打个电话，证实一下。

不大一会儿，林中的电话又打过来，说问了。

"怎么说？"吴问。

林中先表示了一下义愤，然后复述徐总的话："我好歹也是千万富翁，就这么一个儿子，我投资盛邦的唯一目的就是为了徐天一，配女秘书怎么了？不服气你也可以配嘛。"

吴冶平反而不生气了。之前生气，是他把徐总看作自己的同类，现在发现不在同一层次上，不值得生气了。

吴对林说："既然如此，就依他？任徐天一配女秘书，任他做任何事情，实在不行，我把董事长的位置让给他？不。我把董事长位置让给你，你把总经理的位置让给他？只要他爸爸能卖出部分股票，让盛邦渡过难关，我什么条件都答应。"

林中没说话。不知道是不同意吴这么做，还是因为生气，说不出话。

吴不是说气话。他已经看出来了，自己是不是当这个董事长无所谓，关键是企业能渡过难关，假如公司迈不过这个坎，倒闭了，他要这个董事长的头衔有什么用？

吴把自己的真实想法补充对林说了，还开导林中，徐总的想法也不能算错，他投资盛邦的目的可能真是为了儿子徐天一，只要他能卖掉股票救活公司，他实际出的钱就比我多，让他当董事长或者让他儿子当总经理也不是没道理。

吴冶平最后问林中："要不然，你说怎么办？"

林也想不出更好的办法，说好吧，我去争取一下。

"不是'争取一下'，是要尽最大努力说服徐总。"吴冶平说。

林中说好。

吴补充说，关于职位的事情，可以先承诺，等资金到账之后再兑现。

林说那当然。

林中的特点是能接单。说明他很会与客户打交道。要不然，也不会和吴冶平成为"兄弟"，并最终说服吴卖了房子来投资。变了一张脸之后，林中重新把徐总当作客户对待，二人的关系很快就融洽了。仅仅两天，他就打电话向吴冶平报喜：徐总答应卖掉嘉顺科技的部分股票了！不是筹措一百万，而是打算一次性筹措三百万，彻底解决盛邦公司的资金问题。

吴相当高兴，从心里觉得倘若如此，自己让出董事长的位置，只做一名单纯的股东，理所应当。

吴问林："关于职位的事情，你说了吗？"

"说了"，林回答，"不说他怎么会这么爽快地答应。"

"具体怎么说的？"吴又问："是说让他当董事长，还是让他儿子当总经理？"

吴这样问，不是好奇，而是担心林中自作聪明，对他的话打折扣。

果然，林说："两个条件都说了。资金到位之后，要么，徐总担任董事长，要么，徐天一担任总经理。不过……"

"不过什么？"吴问。

"不过"，林说，"如果徐总担任董事长，徐天一就不能在公司担任副总。要不然，徐总当董事长，他儿子当副总，我夹在中间，变成专门接单的'总经理'了，我等于是为他们父子打工。"

吴没说话。林中讲的不是没有道理，但是，换位思考，徐总出了这么多钱，他儿子凭什么给你林中打工？毕竟，你林中一分钱没出啊。

不过，这样的话吴冶平只能心里想想，并不能说。一个短信，他与徐总已经不好意思见面了，如果再把林中得罪，股东之间就四分五裂了。

但他心里担心徐总会变卦，提醒林中要忍气吞声，不能因小失大。

耐心等待了几天，在林中的一再催问下，徐总终于给出最终答复：股票卖不成了，因为董事长不批，说他前段时间刚刚"减持"了公司的股票，现在如果再"减持",会次引发外界对公司管理层信心的猜忌。

徐总所说或许是实情，但吴冶平宁愿相信是林中自作聪明打折扣的条件起了作用。吴不好明说，他暗示林中，说徐总已经讲得很清楚，他投资盛邦的目的就是为了徐天一，你说让他当董事长，他儿子就必须离开盛邦，这样的条件他当然不会接受。

林却说，不是他自己一定要当这个总经理，而是实在不放心徐天一，公司这么困难，他却坚持配女秘书、吃回扣，不惜以影响工厂生产相要挟等等，这样的人，公司交给他你能放心吗？

确实不放心。在林中和徐天一之间，吴当然更相信林中。但是，不满足徐总的条件，资金问题怎么解决？盛邦公司怎么迈过这道坎？

林中反过来暗示吴冶平，说他自己当初很傻，要是在深圳买一套房，现在拿出来抵押也好啊！

吴假装没听懂，他提议双方再想办法借钱，找亲戚朋友借钱，能借多少是多少，还说再顶过一个月，多少就有些回款了，顶一天是一天等等。

吴冶平以身作则，自己开始借钱，向亲戚朋友和老同学借钱。不过，他心里清楚，凭自己的实力和人际关系，找别人借几万块钱不成问题，借几十万勉强可以，但要借几百万，不可能。

第一个借钱给吴冶平的居然是自己的老母亲。母亲九十岁了，靠养老金生活，听说儿子要借钱，二话没说，拿出十万，说这些钱都是这些年吴冶平孝敬她的零花钱，没舍得用，存在那里，打算等死后再还给吴冶平，现在既然儿子急需用钱，干脆提前给了。搞得吴冶平心里不是滋味，想哭。

最让吴冶平没想到的是他的大学同学。居然一分钱没借到。有几个曾经来过深圳的同学抹不开面子，答应借几千，因为数额太少，干脆被吴拒绝了。

林中那边也很努力，回老家山东找高中同学东拼西凑了三十多万。

工厂又风雨飘摇地挨过了一个月。

这期间，可能是林中带了情绪，他与徐总父子的关系不但没有改善，反而更加恶化。徐总不但不再借钱给林中，相反，还催要之前的借款。

吴冶平给林中打气，说钱肯定不能还，大不了打官司。林说话更狠，说要钱没有，要命一条！

股东之间闹到这个地步，是吴冶平没想到的。说实话，他非常后悔投资盛邦，但事已至此，后悔没用，只能硬着头皮往前走。

在林中的一再暗示下，吴冶平终于做出决定。他打电话叫林中来深圳。这次不是在茶餐厅，而是在他家。

吴带着林一间屋子一间屋子参观，连阳台和厨房、卫生间都没放过。他对林中说，你看，累了一辈子，我就剩下这块栖身之地，现在我把它抵押出去。

林中诚惶诚恐，说谢谢，谢谢！谢谢大哥！我保证不辜负大哥的希望，确保大哥的资金安全。

吴冶平停下脚步，转身对着林中，盯着他的眼睛，一字一句非常严肃地说："你可要想清楚，这是我最后的保障，万一出事了，我也就不想活了，你还年轻，拼上我这条老命不合算。"

林中的脊背凉了一下，镇定了几秒钟，随后坚定地说："大哥放心，我拿中荣实业的全部资产做抵押，万一出现什么闪失，我承担无限责任，下半辈子只要我有干的吃，就绝对不会让大哥吃稀的。"

吴把手放在林的肩膀上，使劲摁了摁，说："你知道我为什么没有自己当老板吗？"

林中张着嘴，想回答，却不敢确定该怎么回答。

吴自己回答说："是因为我缺少当老板的勇气与胆量。"

房屋抵押需要一段时间。这期间，林中又报告吴冶平一个消息：徐总自己开厂了。

"这怎么可能？"吴问："协议上面有规定的，股东不能再投资同类的公司。"

"不是'同类'"，林中说，"是后道。"

"后道？"吴冶平问："那不是和你的中荣同类？"

"是的"，林中说，"但只要不和盛邦同类，就不违反协议啊。"

"那倒是"，吴冶平说，"可徐天一那小子，是当老板的料吗？"

吴冶平很想打个电话对徐总说说，当老板，除了胆量、资金、机会之外，还有另一个重要的要素，就是看他本人是不是有足够的事业心。林中的毛病虽然很多，喜欢算计和耍小聪明，但他至少还是一个能以事业为重的年轻人，而徐天一不是，凭吴冶平在职场上多年的经验，他判断徐天一不是当老板的料，徐总把全部的积蓄花在为儿子投资办厂上面，不如把钱存在银行里，吃利息让徐天一花天酒地。

　　但是，一想到徐总那条"请自重"的短信，吴就提醒自己确实应该自重，不要多管闲事。

　　林又向吴爆料，徐天一已经从盛邦辞职，去他父亲投资的工厂出任董事长了。

　　"那好啊。"吴说。

　　"好个屁"，林说，"刚从老子这里辞职，昨天就回来示威了。"

　　"怎么示威？"吴问。

　　"开了一辆新车回来，上面坐着三个女秘书。"林气愤地说。

　　"哈哈哈哈哈……"吴冶平笑着说，"开张的时候，我们去祝贺一下。毕竟，大家都是盛邦的股东嘛。"

　　很长时间，林中没再向吴冶平"汇报"了。吴感到一丝失落。他仿佛明白过来，以前所谓的"汇报"，其实是林有事求他，如今资金解决了，徐天一也走了，林中没有任何事情再求他了，所以没必要"汇报"了。

　　有几次，吴冶平差点忍不住，想主动给林中打电话，听听他的"汇报"，听"汇报"似已经成为自己的一种生活需要，听不到，生活就少了什么。吴甚至怀疑，自己卖掉房子抵押住宅支持林中的事业，原因之一是想经常听"汇报"。不过，他还是忍住了，带着一种赌气或较劲的情绪，想着我倒要看看，你林中什么时候再向我"汇报"。

　　公司状况正常，听侄女说，回款陆续到账，盛邦公司已经走出资金瓶颈，实现正常发展，只是还没有兑现分红。

　　这个吴冶平也能理解。盛邦公司虽然开始盈利，但头几个月的亏空需要弥补。再说，林中个人也借了大量的流动资金，每月承担那么多利息，即便他通过某些手段，将部分盈利用于偿还个人的借贷，吴冶平也能理解。毕竟，吴冶平不缺钱，每月在林瑞的固定分红和借贷利息让他感觉自己像富翁。吴甚至想象，即便盛邦永远不分红，只要林中每月按时支付利息和林瑞公司的固定分红，也能接受。

吴冶平渐渐适应了没有"汇报"的生活，想着你林中不"汇报"也罢，只要钱不少我的就行。

然而，这种平衡并没有维持长久。这天半夜，吴忽然接到一个女人的电话，说林中出事了。

"你是谁?"吴问。

"我是傅雅琴啊。"对方说。

"傅雅琴?"吴冶平不记得自己认识哪位女士叫傅雅琴。

"我是林中的老婆啊"，对方说，"上次喝孩子满月酒时见过。"

"噢，噢，你是阿琴啊"，吴冶平终于对上号，"你好你好。你刚才说什么? 林中出事了? 出什么事了?"

"公安局下午请他去协助调查，到现在还没回来，我来问，才知他道被人诬告了。"

"被谁诬告了? 罪名是什么?"吴冶平问。

"徐总，罪名是经济诈骗。"傅雅琴说着，就哭出声来。

"别急，我这就过来。马上过来。"

如果不是为了林中，吴冶平可能一辈子都不会主动联系徐总。但解铃还须系铃人，为了林中，或者说是为了公司，当然最终也是为了吴冶平自己，吴不得不放下架子给徐打电话。

为了避嫌，电话是当着傅雅琴的面打的。

本以为徐会不接他的电话，或者接了之后态度非常傲慢，没想到徐总还蛮客气，仿佛他们之间根本没有发生任何不愉快的事情。

吴冶平问林中的事情是怎么回事? 是怎么惹您徐总生气了? 问话的口气，仿佛林中是他的儿子。

徐总说，不是惹我生气了，是他惹了我们两个。

"哦?"吴不解。

"就说中荣厂吧",徐总说,"他是不是抵押给了你?"

"是啊。"吴冶平说。

"但他也抵押给了我!"徐说。

这个吴冶平真不知道。他看了一眼旁边的傅雅琴。没说话。但他相信徐总不会瞎说。林中找吴借了钱,同样,也找徐借了钱,具体数额不清楚,估计不会少。既然林向吴借钱的时候拿工厂作了抵押,向徐总借钱的时候估计也做了抵押,而除了中荣厂,林还能有什么资产可供抵押呢?

吴冶平忽然明白当初林中办中荣厂的时候为什么背着他了,大概只有这样,方可保证中荣厂的"纯洁性",只有中荣厂是林中的独资企业,在他需要的时候,才可以随意处置,比如抵押。那么,吴又想,他如果私下把中荣厂卖掉了呢?我们是不是意味着失去抵押标的了?如果那样,他真是诈骗啊!

当着傅雅琴的面,这些话吴冶平只能想,不能说。这时,徐说:"重复抵押,算不算诈骗?"

吴冶平不是律师,不敢肯定这种没有经过公证和产权交易中心备案的私人协议式重复抵押算不算诈骗,但凭感觉,好像应该是。

吴故意使用了免提功能,让傅雅琴能听见徐说的一切。他再次看看傅雅琴,对着手机问徐:"你怎么知道他的中荣厂抵押给我了?"

"这还用问吗",徐说,"他从你那里借那么多钱,不抵押怎么行?除了中荣,他还有什么资产能作抵押?"

吴冶平清楚了,关于林中把中荣厂抵押给他的事情,徐只是猜测,并无证据,只要自己不提供证据,不承认抵押的事情,林中就不构成重复抵押。

"还有其他什么事情吗?"吴问。

"多了!"徐说。

按照徐总的说法,林中办中荣厂完全是空手套白狼。所谓"表哥"借给他的五十万,其实也是向徐总借得,方式与对付吴冶平几乎同出一辙。徐在电话中大骂林中忘恩负义,过河拆桥,当初说好了让徐天一当总经理,后来只安排做副总,还没有人事权和财务权,实际上只相当于后勤主任等等。

吴冶平相信徐总说的话大多数是真的，感悟同一件事情，从不同的人嘴里面说出来，居然是两个截然相反的结论。他提议和徐总见一面，很多事情当面才能说清楚。徐同意。

放下电话，吴对傅雅琴说："你都听见了，问题不大。你赶快找律师，咬住是经济纠纷，不承认诈骗，就能通过调解解决。"

傅雅琴茫然地看着吴冶平。看来，林中所做的许多事情她并不知道。

"放心"，吴冶平说，"只要我不交出中荣厂的抵押协议，林中就不构成'重复抵押'。你想办法告诉林中，他自己千万不要承认抵押给我，就没事。"

傅雅琴好像听明白了。使劲点点头，忙着去找律师了。

吴约徐单独见面的时候，特意做了录音。

徐总表达了许多对林中的不满。主要是他觉得自己被林中骗了，当初林中白手起家办公司的时候，徐总作为大客户，给了林许多帮助，现在林刚刚有点起色，就翻脸不认人了。徐天一经营不善，公司缺少资金，徐总向林中要钱，他不给，还说出"要钱没有，要命一条"的狠话来。

"不把人气急了，我能告他诈骗吗?!"徐说。

说实话，吴冶平也有同感，觉得林中最大的问题是年轻，不懂事，用人朝前不用人朝后，当初公司揭不开锅的时候，一天几个电话"汇报"，现在一个"汇报"也没有了。但即便如此，也不能真把林中抓起来坐牢，不然，盛邦公司怎么办? 借给他的那些钱怎么办?

吴冶平让徐总把气出得差不多了，才慢慢地把这些道理亮出来。说林中的毛病属于成长中的毛病，相信通过这次教训，能慢慢克服。

徐不说话。

吴为了缓和气氛，把话岔开，问徐天一工厂那边经营的情况怎么样?能不能搞下去? 还说如果搞不下去，是不是徐总本人提前退休，亲自坐镇等等。

徐总摇头，对儿子很失望，后悔把资金投在儿子的工厂上。

既然徐总这样说，吴就说当初他当面批评徐天一的事情，还说到徐总给他发的那条"请自重"的短信。

徐总先说对不起，当时他不冷静，现在回头看看，吴冶平批评徐天一完全是为他好。但话锋一转，说："我当时发这个短信，绝不仅仅是因为你批评我儿子这一件事情。"

"哦？还有什么事情？"吴问。

"多着呢"，徐说，"都是林中挑唆的。比如关于徐天一职位和权限的事，他说他没意见，完全是你吴董事长不同意。"

难怪呢，吴冶平想，冰冻三尺非一日之寒，他想徐总也不会因为他批评他儿子几句就发那条短信。

"也好"，吴说，"给林中这小子一个教训也好。但教训一下就可以了，不能搞得不可收拾。"

吴冶平希望徐总主动放林中一马。

徐总没有立刻答应。

吴说他相信通过这次教训，林中会收敛一些。

"你放心吧"，吴说，"我们手上捏着他'重复抵押'的证据，他如果再不收敛，我们随时能找他麻烦。"

徐听到这里，脸上的表情才有所松动。

"但这次不行"，吴又说，"这次我不会向警察提供'重复抵押'的证据。希望你理解。"

吴又让傅雅琴去找徐，当面求他，给足徐总的面子。

既然徐总有本事把林中送进去，就一定能有本事再把林中弄出来。再说，只要吴冶平不提供证据，"重复抵押"罪名不成立，林反过来说徐总诬告也说不定，所以，吴相信林中很快就能出来。

这几天，吴冶平亲自在厂子里盯着。厂子不大，才几十号人，大约是他当年在港资厂担任生产主管时候所管人数的十分之一吧。本以为非常轻松，没想到管理起来相当费劲，主要是基本面发生了变化。当初，农民进城找一份工作不容易，所以很珍惜，工作兢兢业业，生怕出差错被"炒鱿鱼"。如今，工厂多了，农民工的数量却反而减少了，因为，农村的独生户多了，90后打工者不仅娇生惯养，且维权意识很强。对社会来说，或许是进步，但对工厂主来说，肯定是麻烦。吴冶平忽然有些同情林中，觉得他一个小伙子管理这么多工人还要抓市场并与各位股东周旋也确实不容易，偶然在礼节上有所疏忽或耍些小滑头也可以理解。

吴冶平不敢怠慢，尽心竭力，好歹让工厂平稳运作，只是业务往来被耽误了一些。吴对客户说林中有私事需要处理，过几天就回来等等。

让吴冶平略微感到不正常的是胡工。胡工的表现不像股东，像个纯粹打工的。另外，他对林中被抓起来丝毫不着急，相反，有些幸灾乐祸的样子。

吴请胡工喝酒。

虽然同为盛邦的股东，但吴与胡从来没有私下交往，这次是第一次。

喝着聊着，胡工道出了自己的苦楚。林虽然给了他盛邦公司十个点的股份，但这个股份是有条件的——在吴和徐的实际投资收回之前，胡工的股份不参与分红。

这与吴冶平当初的设想不一致，吴主张给胡工股份，是想把胡工变成与吴和徐一样真正的股东，而林中背着吴冶平这样做，看似聪明，其实达不到预期的效果，因小失大。吴这才反应过来，难怪林中当初为什么不把他与胡工之间的协议给我看呢。

吴冶平很纠结。一方面，他希望林被多关一段时间，让他好好反省反省；另一方面，公司确实离不开林，而且，吴也不希望自己长期顶在第一线。这几天管理工厂，已经让他很吃力，更担心时间长了，矛盾会集中到他这里来。从这个角度思考，吴更希望林立刻回到工厂。

吴请徐总来厂里看看。说徐总也是公司的大股东，不能因为与林中个人有些不愉快，就对工厂不管不问。

徐总看着厂里热火朝天的样子，立刻想到儿子的工厂，忧心忡忡。

吴冶平建议，不如将徐天一的工厂合并到盛邦公司来，折算成盛邦的股份，这样，徐总就成了盛邦第一大股东了，名正言顺出任盛邦公司董事长。

徐看着吴，似不敢相信自己的耳朵。当吴把自己的意思再清楚地表达一遍之后，徐提出两个问题。第一，他当董事长，吴的位置怎么安排？第二，他的工厂合并到盛邦之后，他儿子徐天一怎么安排？

吴在回答这两个问题的时候，顺序倒过来。他相信，徐总最关心的是他儿子徐天一。

吴说："徐天一本质不坏，人也聪明，不能用我们这代人的行为标准去要求他们。既然徐天一喜欢'腐败'，我觉得调他去做业务和维持客户关系比较合适。假如林中不同意徐天一做副总，可以安排他当林中的助理，让林总带带他。"

"那么你呢？"徐总问。

"我是股东啊"，吴说，"我就想做一个单纯的股东。"

徐总想了想，认真地说："要不然这样，我和你轮流做董事长。"

"真的不需要"，吴说，"我只想做一名股东。不操心，能分红，还可以与公司同步成长，不好吗？"

"再议"，徐总说，"再议。还是等林中回来一起商量吧。"

吴冶平说行。并说关于林中出来的事情，还望徐总多费心，如果涉及费用，公司承担。

林中出来了，

并没有兴高采烈，也没有对吴表达深切的感谢，只淡淡说了声"谢谢"。

这样好。淡淡地好。吴不习惯他太热情，忽冷忽热。

关于徐天一工厂并入盛邦的事情，是吴冶平抛给徐总释放林中的诱饵，现在既然林出来了，吴兑现承诺，对林说了此事。林回答："太乱。等我冷静一段时间再说吧。"后来听说徐也亲自给林打过电话，林的回答依然是冷静一段时间再说。

可是，徐天一的工厂等不起啊！天天赔钱，谁能受得了？

又过了一段时间，感觉"冷静"得差不多了，吴再次过问此事，却意外地获悉事情已经解决。过程是：首先林中不知从哪里筹到一笔资金，把徐总的借款还了，收回抵押协议，彻底解除"重复抵押"之隐患；然后，以 2~3 折的价格购买了徐天一工厂的全部设备，使中荣公司由一条生产线扩充为三条生产线。因为没有将徐天一的工厂并入盛邦，徐总在盛邦的股份并没有增加，自然无法出任董事长，且他儿子徐天一也没有被"收购"过来，无法担任林中的助理。由于购买旧设备扩充生产线的主体是中荣公司，与盛邦无关，所以林没有义务告知吴冶平，因此吴事先并不知道这些运作，但他不得不佩服林中的迅速成长，同时微微担心，林在"收拾"完徐氏父子之后，下一步会不会"收拾"他呢？

吴冶平主动约见林中。地点还是他家附近那家香港人开的茶餐厅。吴想尽量做到一切如常。

实质性问题谈了两个。

第一，吴当面退还"抵押协议"，说既然大家是这么好的朋友，就不用抵押了，免得被人所用，生出意外。

第二，吴主动要求辞去盛邦公司法人代表、董事长之职，建议公司法人代表、董事长、总经理均由林中担任。条件是，林中每月保证他的分红不低于实际投资额的百分之二。

吴冶平态度非常诚恳。他说通过前段时间实际管理工厂，发觉自己确实老了，力不从心，今后的盛邦，就全指望林中了，他自己只想安享晚年，做一名单纯股东足矣。

心到佛知

半夜惊醒。

梦很美，却令丁友刚胆战心惊。

五月大别山，漫天映山红，广秀像欢快的梅花鹿穿梭在花丛中。她从丁友刚身边跑过，给出一脸灿烂，丁友刚顿时飘浮起来，掌控不住，随风而去。

广秀如此出众，以至于外村人以为她也是知青。

广秀从湖北黄梅嫁过来。丈夫王保国在舟山当兵，副排长，广秀希望有朝一日随军。丁友刚则天天盼招工回城，传闻恢复高考，丁友刚加紧复习，清晨、黄昏于山脚下散步读书。

梦源于真实经历。那日丁友刚在山上给茶树打农药，内急，钻进映山红丛中就地解决，广秀突然闯进来，于不远处脱了裤子蹲下。丁友刚心跳加速，目瞪口呆。广秀起身时，看见丁友刚，并未声张，还似乎对他微笑一下，丁友刚从此与梦结缘。可广秀是军婚呀，俗称"高压线"，连女知青都敢碰的大队书记也不敢碰她，丁友刚相当害怕，梦中常常惊出一身汗。

丁友刚考上中南化工专科学校，毕业分配到江南化工厂后，才发觉与本科差别甚大。同宿舍的钱善乐成绩原本不如他，当年没考上，次年才录取，却因为本科，居然在丁友刚之前评上中级职称。丁友刚决定考研究生，改变学历。

第一年报考中科院大连化学物理研究所，没考上，但差距不大，只政治没及格，决定再考。期间获悉，即使去年政治及格，也未必录取，因为报考大连所的人太多，每门功课及格也要刷掉一些。丁友刚的大专学历可经不起"刷"呀。

经打听，同样的成绩，报考中科院青海盐湖研究所把握大些。

不是看重学历吗？丁友刚投其所好。用"中国科学技术大学"信笺给导师写信，套近乎。

这不算欺骗，也骗不了，正式报名时，哪个学校什么专业一清二楚，但他相信先入为主，否则，一开始就让导师了解自己的大专学历，可能连信都不回。丁友刚用中科大信笺写信，却并未声称自己是科大毕业生，至于导师怎么理解，责任自担。

导师给丁友刚写了三页回信。丁友刚仔细阅读数遍，再次提笔，除表达对盐湖研究重要性理解外，还写了诸如"听君一席话胜读十年书"，以及"一日为师终身为父"和打算"一辈子从事盐湖研究"的雄心壮志。末了，从当年上山下乡的山区搞来两斤高山野茶寄去。导师很高兴，回寄给丁友刚若干复习资料及青海特产冬虫夏草。一来二去，建立了友谊，加上丁友刚特别加强了时事政治复习，如愿以偿被盐湖所录取。

第一年中科院新生在北京集中学习，丁友刚与大连化学物理研究所的同期研究生同窗，一打听，对方的考分居然不如自己，感觉亏了。

第二年回各研究所接受专业辅导，丁友刚主要在西宁，偶尔深入盐湖，也没觉得艰苦，反倒感觉格外唯美，加上野外补助和高原补贴数额不菲，渐渐地，竟忘记了"吃亏"。

丁友刚与导师女儿的情感发展也很顺利。

丁友刚来报到时，先找到导师家。带足家乡特产。仿佛导师是亲戚，导师更没把丁友刚当外人。师母也是安徽人，当初导师收到茶叶时，师母就闻见了故乡的味道，现在见小伙子一表人才，自是喜欢，背后对导师说："看，还是我们安徽人礼数周到。"师母还嘱咐女儿菁菁向丁友刚学习。说丁友刚是大专生，你也是大专生，丁友刚不是考上研究生了吗？

虽都是大专生，但丁友刚并未将自己与菁菁视为同类。丁友刚是恢复高考后第一届，不懂，按他当时的成绩，如果上本省本科，也可以。而菁菁则因为高考分数不够，上不了大本，也上不了全日制大专，不得不上了广播电视大学，虽获得了国家承认的大专学历，但与丁友刚不可同日而语。

尽管如此，丁友刚对菁菁并不反感，相反，被一个比自己年轻几岁的异性作为学习榜样，感觉不错。况且她还是导师的独生女儿。最终，两人顺理成章地成为夫妻。

婚后的生活还算甜蜜。菁菁虽不十分漂亮，却也不难看，知识分子家庭培养出来的气质，蛮有品位，虽不是全日制大学毕业，却也在研究所资料室谋到一份稳定而体面工作。可惜好景不长，一次深圳出差，一对比，丁友刚发觉青海那地方太偏僻，研究所的工作太枯燥。关键是，从导师兼岳父身上，丁友刚已经看透自己的未来。难道这就是自己想要的生活？青海就是自己打算一辈子生活的地方？导师兼岳父的今天，就是自己终生追求的目标？丁友刚来青海后，结识一些在西宁工作的安徽老乡，其中一个也姓丁，仔细排家谱，还是本家，给丁友刚的印象是，这些年老乡们所做最重要一件事情，就是千方百计地调回老家，这个月成功一个，过两个月又成功一个，远房本家甚至直言不讳地问丁友刚：都改革开放了，你放着好好的江南化工厂技术员不做，干吗千辛万苦把自己折腾到青海来？丁友刚心里想，岂止是技术员，我是助理工程师，如果不走，早定工程师了，当上副厂长也说不定，钱善乐不已经是副厂长了吗？丁友刚想，即使自己没有报考研究生，就在化工厂好好做，虽然不一定也能当上副厂长，起码也定了工程师职称，混上中层干部，可眼下在研究所当助理研究员，同样中级职称，连屁大的职位都没有，估计永远也不会有。

丁友刚不可能回江南化工厂。好马不吃回头草，也不愿意给钱善乐当下属。要走，丁友刚就去深圳。

特区精细化工有限公司向丁友刚伸出了橄榄枝。

他们请丁友刚担任总工程师，享受副总待遇。车子、房子、票子一切都好说。万一研究所卡住档案不放，这边可以帮他重新建立人事档案，依然按照人才引进政策办理干部调动手续解决深圳户口。

丁友刚没敢跟岳父商量，甚至没敢对老婆说，而是先找到他那个本家老乡。

对方没听丁友刚说完，就喊起来："这样的好条件你还不去？换上我，别说到深圳当总工程师，就是看大门，只要能离开这鬼地方，我也去。"

老乡说话有些夸张，青海未必是"鬼地方"，但深圳的气候肯定比青海好，总工程师的职位和待遇也相当有吸引力。

丁友刚向菁菁透露：深圳的一家企业要借用他，他想去。

不是说谎，确实是借用。他跟对方说好了，先借用，借用就是试用，企业对他试用，他对企业试用，合作的好了，再考虑正式调动，合作不好，回研究所。

既然是"借用"，老婆当然不反对，增长见识，还顺便创收，有什么不好？即使不被借用，在研究所，不也是经常出差嘛。

深圳这边给研究所正式发函，说为"适应改革开放的需要"，为了"让科学技术尽快地转化为直接生产力"，特区精细化工有限公司打算与中科院青海盐湖研究所寻求合作，作为第一步，先借用丁友刚硕士，借用期间，研究所可停发丁友刚的工资，丁友刚的工资和差旅补助等一切费用由深圳发放。

有"改革"和"转化生产力"两顶高帽子，研究所领导自然不会反对，他们不仅同意借用，还没有停发丁友刚的工资。

丁友刚确实如岳母所说很懂"礼数"，他主动对室主任说：工资领了之后分给大家。主任说："不妥吧？"丁友刚说："我走了，但课题不能耽误，工作是大家帮我分担的，工资分给大家理所应当。"

就这样，丁友刚离开研究所多年，单位一直保留着他的工资。换句话说，他还随时能够回来。可他最终并没有回来。

一到深圳，总经理就亲自为丁友刚接风，而在研究所，一把手别说专门请他吃饭了，一年到头正经打个招呼问声好的机会都没有。丁友刚当即有了对比。

第二天，总经理找到丁友刚，让他开发一种新产品，时间紧迫，立刻动手。

丁友刚非常意外。在研究所，要上一个新课题，必须三会四审，弄不好还要上报北京，今年申报的课题，明年能投入运作就不错了，在这里，要开发一个新产品，这么随口一说就立刻动手？

丁友刚把自己的疑问有所保留地对总经理说了。

"哈哈哈哈……"总经理一阵大笑，说，"没那么多规矩。这里是特区，特事特办。现在是市场经济了，市场是随时变化的，商机更是转瞬即逝，所以，我们的决策也要适应特区的发展，开发新产品一定要快，要当机立断。这样的事情，不需要开会研究了，我们俩商量着办就行了。"

丁友刚听出了来了，所谓"我们俩商量"是一种客气的说法，其实是总经理说上就上。不过，"客气"也很重要，在研究所，单位要做出什么重大决定，哪里有他说话的份，而在这里，一把手毕竟还说与他商量。虚假的"客气"也比不客气好。

新产品叫"贝安思"，可以让鱼睡眠，运输途中使鱼的死亡率大大降低。说实话，就是没读研究生，凭丁友刚的大专水平，查查资料，多做几个试验，找出最佳配比，也能把"贝安思"的配方搞出来。先后不到一个月，还不如研究所制定一个可行性研究报告初稿的时间，"贝安思"就由销售部门拿到市场上推销了。

广东是渔业大省，又领先全国改革开放，水产大增，"贝安思"备受欢迎。在国家的大政方针都"摸着石头过河"的年代，作为特区的一家企业，研发一种适销对路产品，自然要打破常规，中试和产品鉴定甚至设计包装都省了。

不过，丁友刚发现了问题。

"贝安思"包装虽然简陋，宣传口号却气壮如牛，居然用了"与中国科学院合作开发"的字样。丁友刚觉得不妥，他一个人绝对不能代表"中国科学院"。

"可你确实是中科院的人啊"，总经理说，"本产品也是你开发的呀。"

"那也不能这么宣传"，丁友刚说，"不然，我回所里没办法做人。"

总经理非常尊敬丁友刚，与他认真研究，商量着该怎样说才比较合理。最后决定把"与中国科学院合作开发"改成"在中科院西北化学研究所大力支持下"。

说"西北化学研究所"而不说"青海盐湖研究所"体现了总经理的商业智慧。第一，精细化工与"化学研究所"很对口；第二，西北化学研究所是青海盐湖研究所的前身，丁友刚是盐湖研究所的人，他们这么说也不算错；第三，万一将来为此事扯起官司来，"西北化学研究所"已经不存在，谁来当原告？

丁友刚心里不踏实。建议公司给研究所正式发个函，告之一下，也算是对他"借用"期间工作的肯定吧。

总经理满口答应，不仅给研究所发去了感谢信，还额外支付了五千元的"感谢费"，如此，在后来的正式包装上，印上"中国科学院西北化学研究所"更加理直气壮。

最让丁友刚感觉"事业有成"的是对"师飞雪"的研发。

这是一款早期流行的洗发水。是丁友刚提议开发的。思路是将洗发和护发合二为一。丁友刚在沙头角看到香港有这种产品，而大陆没有，因此他想开发。

想法立刻得到总经理的大力支持。

同样，没有可行性研究报告，没有"上会"，当然也就没有经过"三会四审"。

研发过程十分顺利。丁友刚先做案头工作，查阅相关的技术资料，从沙头角中英街买来几种同类产品分析对比，然后做比较试验，模拟出几个配方之后，先在动物身上做试验，感觉动物毛皮顺滑了之后，在自己的头上试验，最后拿去给女同事试用，反映效果不错，一点不比沙头角的同类产品差，而成本只有市场价格的五分之一。

总经理一锤定音，说生产就生产，连商标都没来得及注册，至于产品的名称，直接用丁友刚大学一个同学的名字。该同学姓"师"，名"飞雪"，当年上大学的时候，丁友刚就觉得该名字很特别，很好听，为此，他几乎要追师飞雪，可惜他们班男多女少，女生长得也并非貌若天仙，丁友刚犯不着为她与同窗伤和气，作罢。可是，师飞雪一头飘逸的长发，永远定格在丁友刚脑海中，这次开发洗发、护发二合一产品，总经理打算为新产品起名字的时候，丁友刚想都没想，"师飞雪"脱口而出。总经理一听，立刻说："好。这个名字好。丁总开发的新产品，就用丁总起的名字。"

一转眼，丁友刚来深圳已经一年，远远超过了"试用期"。

研究所倒没催他。或许，公司给研究所的感谢信和五千元"感谢费"起了一定作用，或许，他每月的工资、奖金一分钱不少地照领，然后他们室私下分掉让大家都沾了光，所以没有主动催他。但公司这边却希望他正式调过来。总经理逮着机会就做工作，说深圳好，气候好，环境好，工作氛围好，人际关系简单，绝不压抑个性，充分发挥每个人的潜能，如果丁友刚调过来，成了"深圳人"，公司就能名正言顺地为他申报技术进步奖等等。

丁友刚动心了。

但他必须过两关。

一是导师关，二是老婆关。

两关都不好过。

在导师面前，丁友刚开不了口。这理由，那理由，都解释不了当初他为什么给导师写信说自己热爱本专业并打算"一辈子从事盐湖研究"。导师不需要责备丁友刚，只简单地问："当初你那样做，到底是真心话，还是为了能上研究生而口是心非？"

导师也是丁友刚的岳父。他没有把脸撕破，没有使用"欺骗"和"不择手段"这样的字眼，但"口是心非"同样涉及人品问题，丁友刚能承认自己人品有问题吗？

至于老婆，丁友刚同样不好开口。菁菁那么信任他。当初他离开研究所只身来深圳，有闺蜜提醒说深圳是个花花世界，你把他一个人放在那里，早晚要变坏，而菁菁则坚定地认为，即使世界上所有的男人都变坏了，她丈夫丁友刚也不会变坏。可现在，丁友刚虽然没有"变坏"，却不打算再回青海了，要么，她带着儿子跟随丁友刚去深圳，要么，两个人离婚。

离婚当然是下策。俩人感情并未发生问题，干吗要离婚呢？可是，离开研究所跟丁友刚去深圳，更难割舍。

假如说丁友刚离开研究所是为了事业的话，那么，菁菁的事业则在研究所。菁菁眼下虽然只是一名资料员，但她已经在读函授，即将"专转本"，并计划活到老学到老，取得本科学历后，打算报考在职研究生，争取早日成为父亲和丈夫那样的科研人员。虽然实现这一目标的道路并不平坦，但只要努力，前途是光明的，即使最终未能全面实现，实现一部分也是胜利，而且，追求目标的过程本身就有意义。人，活着还是应该有目标、有追求的，可如果去深圳，她不知道自己的目标在哪里，更不知道她该追求什么。

至于丁友刚说到深圳的气候好，菁菁更是不服。她没有感觉西宁的气候有什么不好。她青海生，青海长，对这里的气候很适应，倒是深圳那地方，她不适应。菁菁曾带着儿子来深圳探亲。她一点没觉得深圳的气候好。太热，太潮湿。仿佛一个人非常浮躁，不冷静，不淡定，因此也就缺少思想，缺乏深度。

丁友刚说深圳气氛好，比较自由，有利于个人发展等等。菁菁同样不认可。在探亲的日子里，菁菁看到的是公司的人一天到晚不干正经事，除了想赚钱，还是想赚钱，连总经理出面请他们一家吃饭，吃着吃着，就说到了公司产品在市场上的销售情况，又说到开发什么新产品等等，而"开发"的唯一目的是为了赚钱，并不是对自然规律的探索和为了人类科技进步。给菁菁的感觉，这里所谓的"事业"，其实就是"赚钱"，与她的文化基因格格不入。

当初菁菁就想到过把丁友刚拉回青海，可她不敢确定，她是崇拜丁友刚的，丁友刚既然是父亲的得意门生，就应该与和父亲一样有学问。她相信丁友刚，相信他在深圳是暂时的，是为了拓宽视野，为了探索"把科学技术转化为生产力"的路子，当初深圳的公司给研究所发去感谢信就是这样写的，曾经被当成"改革成果"宣传，让菁菁脸上有光，所以，她不能轻易拖丁友刚的后腿。

但是，当丁友刚正式提出打算留在深圳，并让菁菁带着孩子跟他一起去的时候，她才意识到问题的严重性。菁菁忽然发现，环境是能改变人的，她丈夫丁友刚已经在不知不觉中被"改变"了，深圳的公司文化和公司老总的思想已经慢慢侵蚀了丁友刚。菁菁想"挽救"丁友刚，却没有回天之力，甚至，她说不过丁友刚。菁菁不得不痛苦地承认，丁友刚所理解和追求的"事业"，已经和她截然相反，他们的价值观已经完全相左。

既然注定了要长期分离，而且俩人的价值观截然不同，再维持夫妻关系，有意义吗？

按照一般的理解，提出离婚的，多半是丈夫，特别是当丈夫的经济条件和手中的权力的得到膨胀的时候，提出离婚的几乎全是丈夫，但他们的离婚却是菁菁先提出来的。当时，丁友刚只是觉得菁菁自强自立有个性，直到自己真正闲下来，才幡然醒悟：这是菁菁在保护他啊！彼时，丁友刚已经背负背叛专业、背叛单位、背叛导师的罪名了，实在无法再承受背叛妻子的罪名，所以，菁菁的主动姿态，其实是替丁友刚减轻罪责。

离婚之后很长时间，丁友刚仍然认为菁菁是自己的"老婆"，有时候忽然想起一个问题，半夜三更也会打个电话，最后菁菁不得不提醒：你一个人在深圳也不容易，遇到合适的，就再找一个。但丁友刚没有再"找"。直到有一天，当他再次半夜三更给"老婆"打电话的时候，菁菁委婉地向他透露：我已经有男朋友了，你再这样半夜三更打电话，不好。

此时，丁友刚已经把户口和人事关系落到了深圳。如总经理当初所说，这边重新为他建立了档案。不是研究所故意为难他，卡住档案不放，而是丁友刚自己不好意思回研究所办理相关手续。他无颜面对导师，无颜面对菁菁。或者，是他故意把个人档案保留在研究所，下意识里，希望自己不要与研究所完全割断血脉。

成为真正意义上的"深圳人"之后，有一段时间丁友刚疯狂工作，不用总经理布置任务，主动开发了硅凝胶、膨化剂、快速凝固剂等一系列化工产品。在为公司创造巨大经济效益的同时，获得了空前的事业成就感，或许，他需要用这种成就感，来证明自己所做的一切牺牲都是值得的。

公司几乎就要成功上市，但始终只差一点点。上主板市场达不到经营规模，打算上二板，可"二板"却未能及时推出，一直拖到公司走下坡路了，才推出所谓的创业板，创业板对企业规模要求宽松，但特别强调"成长性"，而特区精细化工差不多与深圳的年龄一样长，要是"成长性"好，早就达到主板规模了，哪里用得着与处于草创阶段的新型企业争地盘？

不进则退。特区精细化工伴随着人们健康和环保意识的增强及国家知识产权保护政策的落实而日益衰落。拳头产品"贝安思"其实是一种安眠药，鱼吃了之后固然可以减少运输途中的死亡率，但残留的药物也能传递到人体内，随着人们健康和环保意识的增强，必然禁用。"师飞雪"由于没及时进行商标注册和品牌推广，被后来居上的"潘婷""海飞丝""霸王"等多如牛毛的同类产品淹没。至于仿制国外的硅凝胶、膨化剂、快速凝固剂等产品，由于涉及知识产权专利保护等因素，在中国加入 WTO 之后，更是秋风扫落叶。如此，公司勉强维持了一段时期，最终被私营老板收购。

这一年，丁友刚 53 岁。本来，只要他放下架子去找找人，或许投资管理公司能另外给他安排一个单位，但丁友刚自己放弃了，他觉得"被退休"与"被安排"没有本质区别。好在他有房子，有存款，有退休金，生存不成问题，犯不着去求人。他甚至自我安慰地想，自己匆匆忙忙走过三十年，连回头看一眼都没顾上，提前退休，未必不是好事，或许退休之后，能修身养性，思考一下自己想思考的问题，做一点自己想做的事情。可是，真闲下来之后，无任何压力，反而像一下子失去了重心，整天轻飘飘的，随时会被风刮走一样，连眼袋都浮出了脸面。

最大问题是没朋友。连个说话的人都没有。他发觉深圳是个大家都是陌生人的城市，生活压力大，生活节奏快，竞争激烈，人人提防，所以，没时间嚼舌根子，互相之间不说长也不道短，不诉苦也不哭穷，不搬弄是非也就没必要背后说悄悄话，或者说，不需要说心里话。打工的或许还好，越是白领阶层，越如此。原本，丁友刚是喜欢这种氛围的，觉得这样是非少，人际关系简单，减少了不必要的内耗，可以把全部的精力放在工作上，这种氛围，也是丁友刚来深圳的原因之一。可现在，他忽然发现这些原本属于庸俗甚至是恶俗的所谓"民族劣根性"，其实非常符合人性。静下心来回想，自己最轻松愉快的时光，居然是上山下乡的年月在田间地头与贫下中农一边干活，一边道张家长李家短。说得最多的是周广秀。说广秀听说王保国在部队当排长，就匆匆忙忙从黄梅嫁了过来，以为不久之后就能随军吃商品粮了，可入了洞房才知道，副排长不是干部，后悔了，想反悔，王保国哪里能肯，软硬兼施，折腾一夜，搞得外面听墙根的后生恨不能进去"帮忙"，才把广秀制服。还说幸亏广秀是军婚，别人不敢碰，要不然，早守不住了。可惜，现在丁友刚再也听不到这些闲话了。好不容易碰到一个熟人，刚刚说"你好"，对方就匆匆忙忙一边客气地招呼着一边脚下抹油离开了。丁友刚清闲，人家可忙着呢。

丁友刚后悔当初的选择。与他同期的三位师兄，后来都获得了出国交流的机会，在学术上也有所建树。如今，一位当了所长，另一位成了学术带头人，还有一位支援地方经济发展，关系保留在研究所，人却在上市公司盐湖钾肥担任高管，就目前的处境看，任何一位都比他有成就，自己当初倘若没来深圳，继续留在青海，留在研究所，绝不会比他们差。

退一步想，即便当年没有报考研究生，留在江南化工厂，状况也肯定比现在强。先说单位，江南化工厂先是独立上市，全厂职工人人拿到了职工股，后来上市公司并入中国石化集团，职工股要约收购，大家兑现了利益，如今属于"中"字头央企，福利好着呢。再说个人，当年与他同宿舍的钱善乐，在工厂实行股份制改造时当上总经理，年薪四十万，现在多少，天知道。倘若丁友刚没有离开，起码是中层干部，不需要室友钱善乐的提携与照顾，也不会被提前退休。当初丁友刚考上研究生离开工厂的时候，那么多人羡慕，那么多人相送，有谁知道，他现在居然后悔当年的金榜题名呢？

唯一不后悔的是与菁菁离婚。丁友刚觉得那是在做善事。做善事永远不会后悔。如果当初没有离婚，把菁菁母子也拉倒深圳来，不仅彼时害得菁菁与他一起背叛研究所，而且如今也会害得她与自己一同下岗，还害得导师和师母孤苦伶仃。现在，菁菁早已组成了新的家庭，据说美满幸福，丁友刚孤寂的心获得少许安慰。

丁友刚想儿子。他一直想儿子。但以往工作忙，有"事业"撑着，现在闲下来了，一门心思地想儿子。他不敢奢望儿子来深圳看他，打算自己回青海看儿子。

他没脸回研究所，也无法面对自己的导师兼前岳父。打电话给前妻菁菁，菁菁迟疑了好一会儿，说："不好吧。小海现在学习十分紧张，最好不要分散他的学习精力吧？"口气是商量的，仿佛只要丁友刚坚持，菁菁也能通融，但丁友刚怎么能因为自己需要情感的慰藉，去打扰儿子，分散儿子的学习精力呢？还是再忍几年吧，忍到儿子上大学了，直接到大学里去见儿子，既不会耽误儿子升学，也避免回到青海都不去看望导师的尴尬。

丁友刚决定找点事做做。

能做什么呢？到企业当顾问？如今有资格当顾问的，基本上都是曾经手中握有重权的官员，退休之后余威尚存，所谓"顾问"，是让余威发挥余热，创造真正意义上的"剩余价值"，丁友刚没当过官员，在位的时候都没实权，退休之后哪来"余威"发挥"余热"？

去上市公司做独立董事？之前钱善乐倒是说过，但彼时丁友刚在精细化工担任总工程师，忙，且精细化工正在积极筹备上市，丁友刚作为公司的高管，并不"独立"，现在，丁友刚"独立"了，可江南化工已经并入中国石化，丁友刚即使想去做独立董事，钱善乐也没权安排。

那么，自己难道真的像长期空置的屋子或长期不穿的鞋子，等着荒废？

最后，解救丁友刚于水深火热的，竟然是一名推销员。

丁友刚在位的时候，不喜欢推销员。一场饭局中，偶然与一个保险推销员换了张名片，这下不得了，几乎一天一个电话，每次都礼貌恭敬，每次都亲切关怀、热情问候，每次到最后都极力鼓动丁友刚购买各种名目的商业保险，丁友刚把这种行为称为"软逼迫"，最后，逼得丁友刚不得不撒谎，说自己的小姨妹就是保险推销员，即便要买，也会买小姨妹的。此外还有推销商品房的，推销保健品的，推销养生的，推销健美的，推销收藏的，推销理财产品的，推销五花八门的。每次遇到这种情况，丁友刚就临时为自己编一个"亲戚"，或小姨子，或小舅子，甚至是自己的亲弟弟亲妹妹，有一次，干脆说自己的老婆就是做这一行的，才把对方打发掉。可今天，当丁友刚被退休之后，准确地说是自己渴望听人说话或希望有人听他说话之后，怎么一个推销员都没有了呢？难道是对当初自己说谎把话说太绝的报应？此时丁友刚盼望有推销员来骚扰他，即使真被他们"软逼迫"买一份保险或一套房子也无所谓，反正这点钱他还是有的。

这天丁友刚去银行办业务。退休之后，银行是唯一让丁友刚有事情"办"的地方。除了领退休金之外，还要缴纳各种费用。平常大部分业务都能再柜员机上办理，这次存折磁卡坏了，打不出明细，不得不排队人工办理。队伍很长，排了很长时间，他想着干脆明天再来吧，可又一想，明天就不用排队吗？

这时候，一名银行工作人员手上握着一叠花花绿绿的印刷品走到他身边，笑容可掬地劝他去某证券公司办理开户，连同其他业务一起办，走特别通道，不用排队。丁友刚这才注意到，对方并不是银行工作人员，只是服装与银行职员的制服很接近。要是以前，丁友刚会说："谢谢！我已经开户了。"或者干脆说："我自己就是证券公司的。"但这次他巴不得有人与他说话，所以表现出一定的兴趣，接过对方手中的宣传品。

对方终于逮着一个没有正面拒绝的潜在客户了，立刻轻声但非常热情地向丁友刚发起攻势。

对方是位女性。三十出头。不用说，比较漂亮，太丑了估计也进不了证券公司。关键是穿了类似银行职员的制服，就是深色外套加里面白领的那种，身腰收的比较细，因此身体看上去比较挺，给人精干、清爽的感觉，配上谦和的表情，蛮有亲和力。

对方边说边呈上自己的名片。丁友刚认真看了，"曾雪芬"，一个谈不上俗但也说不上雅的名字。

曾雪芬说："眼下正在股改，也就是法人股上市，为了让国营股顺利进入流通，转嫁给老百姓，国家必须制造牛市，否则，就推行不下去。"

这话打动了丁友刚。由于精细化工曾经打算上市，丁友刚对证券有一定认识，关于法人股流通的问题，他也思考过，想着中国差不多有一半是不能流通的所谓法人股，按照同股同利的原则，这部分股票早晚要进入流通，至于以什么方式实现流通，他没想过，现在听曾雪芬一说，丁友刚仿佛忽然被点击了一下。

他的兴趣被调动起来，想着被忽悠有时也能长见识。不过，丁友刚比较善良，不忍心一直耽误对方宝贵的时间。

"谢谢！"丁友刚说，"可是，我已经有证券账户了啊。"

"您已经有账户了？在哪家证券公司？"曾雪芬问。

"联合证券。"丁友刚诚实地回答。

"哦，他们在莲塘好像没有营业部吧？"

"是。没有。"

"那多不方便啊。"曾雪芬不像是在搞推销，倒像是在拉家常，完全在为丁友刚考虑。这口吻，让丁友刚觉得亲切，像是回到了当年上山下乡的小山村。

"是。上次我想办银证通，因为远，就没去办。"

"要不然这样"，曾雪芬说，"您不用排队了，您把交易账户转到我们营业部来，过户费三十元我们帮您出，顺便帮你办银证通，走快捷通道，把您要办的其他业务一起办了。"

丁友刚没有任何理由拒绝。

曾雪芬还为丁友刚更新了电脑。按规定，资金超过五十万客户营业部奖励一台笔记本，但如果曾雪芬不主动说，丁友刚并不知道此规定，所以，他觉得曾雪芬诚实。

丁友刚请曾雪芬吃饭，曾雪芬抢着买单，说这是惯例，哪有让客户请业务员的道理。

丁友刚拗不过曾雪芬，就想买点股票，让曾雪芬赚点提成，否则，感觉白占了人家便宜。

买什么股票呢？丁友刚对股市不是很有信心。他接受过上市辅导，知道什么叫"财务包装"，好比一个女人的艺术照，与本人不能同日而语，因此，绝对不能凭艺术照找老婆，也不能看上市公司财务报表选股票。丁友刚相信巴菲特的价值投资理论，可在"财务包装"合法化且"上不封顶"的中国证券市场，哪只股票才真正具有投资价值呢？

丁友刚与曾雪芬探讨。曾雪芬给出许多建议。过程令人愉快，起码有人跟丁友刚说话了，所以，丁友刚并不轻易否定曾的观点，鼓励她多说，还针对曾所说内容提一点问题，提高她发表高论的积极性。

丁友刚的态度严肃认真，每次听取曾雪芬高论之后，都上网做功课。如此交流一段时间，丁友刚发现，曾雪芬推荐股票依据是根据听来和看来的各种消息，丁友刚认为这两个来源都不可靠。听来的都是小道消息，即便是有价值的小道消息，等传到他这里，也过时了，而股票操作精髓，是在适合的时机买入或卖出适合的股票，"时机"甚至比品种更重要。至于看消息，就是看上市公司公开发布的信息，丁友刚清楚上市公司所谓"信息披露"内幕，不敢说完全为庄家服务，起码也是为了配合股票上市、增发和二级市场炒作。不过，与曾雪芬的对话还是很有收获。丁友刚发现自己真的老了，一个人单独思考，不如和别人一起探讨更能打开思路。特别当对方是一位妙龄且赏心悦目异性时，效果更明显。正是通过与曾雪芬多次探讨，丁友刚炒股热情被调动，且投入进去积极研究，使他最终选定了"贵州茅台"。

理由两条。第一，百年品牌，在有限时间内，中国名酒第一品牌的地位不可撼动，公司起码不会倒闭，换句话说，至少不会让自己血本无归。第二，看回报。也就是看分红。当时贵州茅台的股价大约100元，每股分红加送股所得超过同期银行利息，即便不是为了帮衬曾雪芬，丁友刚买贵州茅台也不吃亏。

不久，赶上股改，流通股每10股获得20股的补偿，并且补偿之后每10股分红23元。股改之后，股价除权变成40多元，但考虑分红和股份的增加，丁友刚仍然赚钱。此后，贵州茅台股价潮涨潮落，但总体上一路上扬，最高涨到230多元。可惜，丁友刚没有等到最高价。在150元附近，丁友刚通过计算，发觉分红所得已经低于银行利息。他当机立断，全部抛出。

丁友刚后悔卖早了，曾雪芬却夸奖他，说丁友刚智商就是高，不仅会选股，而且会持股，说与他同期买入贵州茅台的股民，股改之后不久就抛售了，只有丁友刚，坚持到150元，实在了不起，佩服。还说自己要多向丁友刚学习。

或许，曾雪芬说的是心里话。她确实佩服丁友刚。或许，曾雪芬仅仅是出于礼貌，甚至是出于职业习惯，及时、足额地表扬客户是推销员的基本守则。但不管出于什么动机和目的，效果一样。丁友刚不是圣人，他也有虚荣心，也喜欢听赞美和夸奖，尤其是退休了，几乎听不到任何赞美和表扬了，偶然温故知新一下更是享受，他心情不错。

出于习惯，从小到大，丁友刚每次听到赞美或表扬，都要谦虚一番。这次不例外，说："哪里是什么高智商。碰巧罢了。"

"丁总谦虚了"，曾雪芬说，"我们做业务员的，别的本事没有，但天天与人打交道，看人的经验多少还有一点。说实话，您的水平，其实比那些所谓的专家都高。"

这话说到丁友刚心坎上。他确实觉得许多所谓专家其实狗屁不通。不是水平不行，就是庄家的托。

但他不能这么说。丁友刚说："也不能这么说。毕竟，我是学化学的，对证券一知半解，也就是当初接受上市辅导学了一点皮毛。"

"丁总是学化学的？"曾雪芬表现出一定的兴趣。

"是。"丁友刚说。

接着，丁友刚就把自己当年怎么从大别山考上中南化工专科学校，又怎么样从江南化工厂考上中科院研究生，再怎么样从青海来深圳，甚至怎么样离婚，怎么被提前退休，毫无保留地对曾雪芬说了。

他不知道为什么要说。是因为曾雪芬帮他赚了几百万？因为心情特别好？因为觉得曾雪芬特别值得信任？还是因为自己压抑时间太长了实在需要释放？或者是把曾雪芬当成了观音菩萨，自己罪恶的心灵需要在她面前忏悔？

他不担心说出来之后曾雪芬把他看作一个忘恩负义的小人，甚至，他希望曾雪芬认透他的罪恶本质，把他臭骂一顿，这样，丁友刚心里反而好受一点。

曾雪芬并没有骂丁友刚忘恩负义，她好像对此完全不在意，倒是对丁友刚最后关于自己被提前退休的义愤，表现出截然相反看法。

"提前退休好啊。时间完全属于自己的，想睡到几点就睡到几点，想做什么就做什么。"

"可惜我睡不着啊，也没事可做。"丁友刚说。

曾雪芬瞪着一对大眼睛，不可思议地看着丁友刚，然后忽然仰起脸，像是对天说："要是我，每天能睡到自然醒，只做自己想做的事，只跟自己不讨厌的人打交道，该多好！"

"怎么，你现在不好吗？"丁友刚问。

曾雪芬迅速收回目光，看丁友刚一眼，然后叹出一口气，说："其实我是三无人员。"

"三无人员？"丁友刚不解。在他印象中，所谓三无人员，身上脏兮兮的，居无定所，食不果腹，哪像曾雪芬这样衣着鲜亮，精神抖擞，笑容可掬，日理万机。

曾雪芬说："标准的'三无人员'。无房、无车、无户口。"

"年轻就好。"丁友刚说。

"也不年轻了。都三十六了。今年是我的本命年。过年就三十七。"说着，微笑的脸上忽然滚下了眼泪。

丁友刚有些错愕。不知道是该陪着曾雪芬哭，还是应该把她逗笑。说实话，长这么大，丁友刚还是第一次看见人笑着笑着突然流眼泪。

丁友刚很想安慰曾雪芬。但不知道该怎么安慰。因为，他不清楚曾雪芬为什么会突然流眼泪。

曾雪芬控制住自己的情绪，用餐巾纸在清理自己的眼泪。不是擦，而是蘸，把餐巾纸捏成一个小纸团，一点一点地在自己眼睛周围蘸，把眼泪吸干，且不破坏眼妆。

丁友刚为曾雪芬续了一点茶。曾雪芬腾出手在桌子上轻轻敲几下，表示感谢，同时挤出笑容，说："不好意思。"

"没事没事"，丁友刚赶紧说，"你还没有结婚？"

说完就后悔。怎么能这样问人家呢？主要是曾雪芬说自己三十六了，丁友刚认为这个年龄的女人应该结婚了，可他感觉曾雪芬好像还没有结婚，有疑问，一不留神，嘴上就问出来了。丁友刚担心自己的问题太直白，会伤着对方。

曾雪芬一听，眼泪居然又出来了，吓得丁友刚赶紧闭嘴。

两人沉默了一会儿，曾雪芬说，又要过年了，她都不敢回家，每次回去，见到母亲唉声叹气，都不知道该怎么安慰，感觉自己是世界上最不孝顺的女儿，都奔四了，还让父母操心。

"父母为子女操心，本来就是一种幸福。"丁友刚说。他不禁想到自己，他倒希望为儿子操心，可惜没机会。他还想到父母在世的时候，其实他没尽多少孝心，甚至，他都没接父母来深圳玩过，一是忙，二是自己离婚了，不想让父母看着自己的单身状态。父母去世之后，再想尽孝，却没机会了。

"也是"，曾雪芬尽量笑着说，"不过，现实摆在这里啊。每次回家，父母最关心的就是我结婚没有。我都不知道该怎么回答。"

"你恐怕太挑剔了吧?"丁友刚说。

"你们怎么都这么认为? 和我妈口气一模一样。我哪里挑剔了。不管怎么说,我也算是白领,总不能找一个蓝领吧。"

丁友刚点头,表示赞同,心里想,是,确实应该找一个白领,这个要求不过分。

"但你看看",曾雪芬继续说,"哪个白领愿意娶我? 比我年轻的,不用想了,比我年长的,条件差的我瞧不上,条件好的,干吗找个奔四的,找个二十多的不好吗?"

"你说的'条件好'指什么?"丁友刚问。

"起码得有房吧。"曾雪芬说。

"就这?"丁友刚问。

"就这。"曾雪芬说。

"未必吧。只要有房就行? 那你不等于嫁给房子了?"说完,丁友刚自己都笑了。

曾雪芬也笑了,说:"我也说不清楚,但有房子是最基本的吧。"

"这还差不多",丁友刚说,"不相信你看,真来一个有房子的找你,你肯定不会立刻答应,肯定还会有其他要求。人品啊,年龄啊,受教育程度啊,经济状况啊,是不是离婚的呀,是不是带着孩子啊,是男孩还是女孩啊,你看吧,考虑的问题多着呢。"

丁友刚其实是在说自己。他也考虑过再婚,没谱的事情就不提了,比较有谱的,是以前他们公司办公室主任,长头发,高个子,瘦条条,见人开口笑,和曾雪芬有点像,但比曾雪芬白些,也精致一些,总经理有意撮合他们,女方也比较主动,丁友刚都动心了,可一考虑结婚,就冒出许多具体问题。最大问题是女方带一个儿子,想到自己的儿子常年不能见面,却养一个别人的儿子,不知该掌握什么管教分寸,打不得,骂不得,养成仇人也说不定,将来还要与自己儿子争财产等等,作罢。

曾雪芬再次笑了,说:"是。那是年轻的时候,现在不敢考虑那么多了。只要对方在深圳有房子,看上去顺眼,愿意娶我,就行。"

丁友刚感觉时代确实不同了，如今即使像曾雪芬这样还没有结过婚的女人，说起婚嫁，一点都没觉得不好意思，同时，他也觉得曾雪芬蛮信任他。

"没有吗？"丁友刚问。

"在哪？"曾雪芬反问。

"你接触人多，客户基本上都有房子吧？难道没遇到一个顺眼的？"丁友刚说。

曾雪芬苦笑。说："有。当然有。但不是年纪比我小，就是有老婆的。我总不能去当第三者吧。"

"当第三者不必，但比你小一点也无所谓。"

"我是无所谓，可人家不干啊。我三十六了，对方小一点，三十出头，如果在深圳有房，看上去也顺眼，干吗不找二十五六的，娶我这个老大姐？"

"也不能说是'老'大姐吧"，丁友刚那重音落在"老"字上，说，"不过才三十多嘛，你要是'老'大姐，那我不是老爷爷了。"

曾雪芬笑出咯咯声来。边笑边说："不是这个意思。您看上去一点不老，很精神。"

"真的？"

"真的。"

"安慰我吧？"丁友刚不信。

"真的。男人五十一枝花嘛。"

"那……"丁友刚后面的话还没敢说，脸就红了。

关于曾雪芬，丁友刚不是没想过。他们不仅是客户关系，也是朋友，且几乎是丁友刚眼下唯一能随时说话的朋友。丁友刚甚至对曾雪芬产生依赖。刚来深圳时，丁友刚半夜三更忽然有什么想法，就想给菁菁打电话，最近，偶然产生同样的想法，第一个想到的不是菁菁，也不是以前公司办公室主任，而是曾雪芬。但是，他不敢让这种想法发展下去，觉得这是不可能的。他没资格对比自己年轻这么多的女性想入非非。不过，今天突然听说曾雪芬已经三十六了，而且迫切想嫁人，又觉得也不完全不可能。如今，夫妻年龄相差十几岁并不稀罕。

丁友刚想试探一下。他不是轻浮的人，但也不是圣人，他问："你刚才说比你年纪小的不可以？"

"不是我说不可以，是对方不愿意。"曾雪芬纠正说。

"假如对方愿意呢？"丁友刚又问。

曾雪芬想了想，说："也不行。有过一个靓仔追我，但我不敢啊。他年轻，玩几年不耽误，我耽误不起啊。我想找一个年纪大一点的，基础稳定一点的，踏踏实实过日子。"

"大多少？"丁友刚问。

"大多少？"曾雪芬好像不清楚丁友刚问什么"大"多少。

"是"，丁友刚说，"你说打算找一个年纪大一点的踏踏实实过日子，我问大多少，比如，像我这种年纪，在你能接受范围之内吗？"

"这个、这个……"

"我知道，你不会嫌弃我年纪大，但你父母未必接受。这样，如果方便，今年我陪你回老家过年，就当是普通朋友。如果你父母没意见，我们正式发展，如果他们不接受，我们就保持现状，是好朋友。"

丁友刚既然打算采取主动，就必须把话挑明，不让曾雪芬把"但是"说出来，至于曾雪芬心里是什么态度，那是她的事情，丁友刚自己这边不会留下任何遗憾。他相信，他这样说，即便曾雪芬不愿意跟他发展，至少也不会轻易得罪他，大家还是朋友。

曾雪芬的脸已经不红了。她没立刻回答丁友刚的建议，矜持了一会儿，说："这个问题太突然，容我考虑一下，好吗？"

"好。反正离过年还早，你慢慢考虑。期间，如果你遇到更合适的，我祝贺你。"

那天，丁友刚一直把曾雪芬送回家，送到楼下，但没上去。不是曾雪芬不欢迎他上去，而是丁友刚自己主动说："我就不上去了，我在楼下看着你上楼。"又说："你不要有任何压力。无论你做出什么决定，我都理解你，支持你。我们都是好朋友。我都是你的客户。"

到家，丁友刚收到曾雪芬的短信："谢谢你！我知道你是安慰我，同情我，鼓励我。是吧？"

丁友刚回复："其实我更需要安慰，更需要同情。你年轻，还有机会，即使你直接拒绝我，我也理解。但我是真心的。谢谢你给了我自信和勇气。我是罪人，上帝不该如此眷顾我。诚惶诚恐。”

曾雪芬最后决定是：接受丁友刚建议，让父母决定，或者说，让天决定，但不是她带丁友刚一起回家过春节，而是把父母接到深圳来过年。

丁友刚说这样最好，即使不成，也不会造成什么麻烦。

曾雪芬请丁友刚帮忙租一套房子，她现在与人合租，接父母过年不方便。

丁友刚一口答应。

可是，租房子并不像丁友刚想的那么容易。有规矩，至少半年，哪有只租过年的？丁友刚忙了几天，未果。

要不然，给曾雪芬的父母安排宾馆？

曾雪芬不同意，担心宾馆太贵，负担不起，让丁友刚负担她又不好意思，嘴上却说：“不好。没有家的气氛。”

“要不然，我们换个房子住？”丁友刚说，“不就是过个春节嘛，你陪着父母住我这里，我住你那里。”

听上去不错，曾雪芬也去丁友刚家看了。好是好，但房子太大，三房两厅，双卫生间，一看就不是闺房，父母见她一个人住这么大的房子，要么不相信这是她的住处，要么就会埋怨她太浪费。

“要不，你不用操心了，我自己想办法吧。”曾雪芬说。

“不行。说好了的。我反正闲着没事。你放心，春节之前一定解决。不就是小一点的嘛，看上去像你平常一个人住的闺房嘛。保证没问题。”

丁友刚想，单身公寓，或者一房一厅，也就十几二十万吧，你鼓动我买股票都帮我赚了几百万了，我就是特意为你买一套又怎样。

退一步天地宽。丁友刚发现，进一步天地更宽。从租房子前进一步到买房子，立刻让丁友刚的身份发生了根本改变。不是他求人了，而是人求他。丁友刚也就是去几个中介公司打听了一下，这下不得了，手机一天到晚响个不停。

丁友刚打算买个一房一厅，单身公寓太小，虽然像闺房，可父母来了住不下。既要让父母相信房子确实是曾雪芬平常住的，也要让父母来深圳过春节勉强住下，最好买一房一厅。

时间紧迫，加上一房一厅才十几万，丁友刚没来得及多想，立刻买了一套。等定金付了之后，才发觉有问题。房子虽好，可没装修，是毛坯房，临时装修来不及。

幸好，他还没向曾雪芬报喜，曾雪芬不知道他已经买了房子，要不然，肯定被她笑话。

怎么办？

再买一套呗。这次一定要求带装修的。至于头先那一套嘛，春节过后装修一下出租，房租收入只要高过银行利息，也不亏。

再买一套时，售楼小姐很会动员。

"先生您买这房子是打算出租吧？"售楼小姐说。

丁友刚点点头。

"先生您真是有眼光。如今投资什么都不如投资房产。做生意麻烦多，股票虽然赚钱，但眼下都六千点了，涨多了必然跌，总不会一直上涨啊，不如投资房产保险。"

丁友刚再次点点头，他与售楼小姐的观点基本一致，尽管贵州茅台卖掉之后，从每股150元涨到200多元，丁友刚曾经后悔卖早了，但他也不敢再买进来，谁知道哪天暴跌啊，至于做生意，他从来没想过，售楼小姐说的对，做生意麻烦，所以，此时买点房产，将来收租金，也不错。关键是，有了房屋出租，就有了对外接触，也算是为自己找点事做吧。

"这房子最适合出租"，售楼小姐继续说，"旁边是科技园，白领集中区，最好出租。"

说完，售楼小姐像是怕被别人听见，如两人说悄悄话一般对丁友刚说："对房客也要挑选。最好租给科技园的IT精英，守规矩，好说话，不会乱来。"

售楼小姐带丁友刚去看房子。精装修的房子看上去比毛坯房舒服多了，就是不考虑时间紧迫，丁友刚也宁可买这种装修好的房子。

售楼小姐说，开发商统一装修，比一家一户单独装修省钱，集中采购比单独采购降低成本。还说，买精装修的房子，进来就住，不仅方便，也不会被上下左右的邻居打扰。

丁友刚一时没听明白，买毛坯房怎么就被邻居打扰了。售楼小姐仍然像说悄悄话一样悄悄告诉丁友刚，买毛坯房，你千辛万苦装修好了，刚刚住进来，楼上楼下左右隔壁却没有装修完，整天敲敲打打，持续半年也说不定，你怎么住？

其实，售楼小姐单独带丁友刚看房，旁边没有其他人，她所说的也不是见不得人话题，完全没必要像说悄悄话一样表达，但是，丁友刚却没有觉得不合逻辑，相反，还觉得亲切，或许，多年没有听过悄悄话了，特别想听？特别是售楼小姐在这样说的时候离丁友刚很近，感觉她呼出的热气弥漫到丁友刚的耳朵上、脖子里，让丁友刚感受到了年轻异性的气息，蛮舒服的。

既如此，就多看几套。售楼小姐差不多陪丁友刚把整个小区一房一厅的房子全看遍了，搞得丁友刚如果只买一套，有点对不起人。

售楼小姐继续以悄悄话的口吻向丁友刚灌输：养一只羊是养，养一群羊也是养，既然是投资，既然打算出租，不如多买几套，将来管理起来也方便。

"可我没那么多钱啊。"丁友刚说。

其实他有钱，有大几百万，这样的房子，买二十套也没问题。天知道他怎么也学会"哭穷"了。或许，是被"悄悄话"的氛围带动的？还是出于对推销的习惯抗拒？

"可以按揭啊"，售楼小姐说，"两成按揭，假如你原来打算买一套房子，现在做按揭可以买五套。"

紧接着，售楼小姐以神秘的方式悄声告诉丁友刚，一次买五套，她能找经理打折，另外，按揭利息能打七五折。售楼小姐还掏出计算器，当面给丁友刚算账，说这种一房一厅的房子，按揭月供九百元，出租每月至少收入一千元，房租收入冲抵按揭还多余，一套房子不起眼，十套二十套收入就可观了。

售楼小姐的话在丁友刚的脑海中形成了画面，想象着自己有十套、二十套房子在同一小区里，非常壮观，从此之后，自己或许再也不空虚了。

最后，丁友刚买了十一套。之所以有一个单数，因为他打算把这一套无偿地长期提供给曾雪芬住，不管曾雪芬的父母对他能不能接受，也不管他们之间的关系能不能发展，就凭曾雪芬当初鼓动他买股票让他赚了几百万，丁友刚白给她一套房子也应该。

丁友刚好人做到底，给曾雪芬的房子配家电和家具。因为对科技园一带不熟悉，所以咨询了售楼小姐。售楼小姐说："丁先生，你太有经济头脑了。"

丁友刚被她表扬糊涂了，不知道自己打算为曾雪芬的房子配上家电和家具怎么就是"有经济头脑"，因为，他根本就没打算收曾雪芬租金。

售楼小姐保持自己的一贯作风，贴近丁友刚，压低声音，说：集中采购，每套房子配上最简单的家电和家具，投入不过几千块，而房租可以增加几百，一年本钱就收回来。

丁友刚一想，是这个理。

他忽然理解公司为什么会被私人收购了，他这个硕士学历的公司高管，居然不如一名售楼小姐有经济头脑，公司能好吗？

安装家电和配家具的过程很快。一天半时间，十一套房子全部搞掂。

丁友刚给曾雪芬打电话，告诉她房子解决了，要她过来看看。

丁友刚本以为她欢天喜地，没想到曾雪芬却说："科技园？这么远啊。"

丁友刚这才想起，曾雪芬在福田上班，跑到南山居住，确实远了点。

"钱交了吗？"曾雪芬问。

"交了。"丁友刚说。说的声音比较蔫，与刚才形成鲜明对比。

"多少钱？"曾雪芬又问。

"二十一万。"丁友刚说。

"多少？！"曾雪芬以为自己听错了。

"二十一万。"丁友刚说。说完，补充道："按揭，加各种费用差不多付了五万。"

曾雪芬这才知道房子是买的，不是租的。想抱怨，却找不到理由。毕竟，她与丁友刚还没有确立正式恋爱关系，丁友刚花钱买房子用不着与她商量，再说，丁友刚是好心。

俩人在新房见面。

这地方叫玉泉路。不好找，曾雪芬在电话里问丁友刚具体位置，他却说不清，让曾雪芬站在南山公安局门口不动，他打车过来接，可是，等出租车的时间差不多相当步行了。

曾雪芬一路不高兴，给丁友刚的笑脸是硬挤出来的，倘若她已经是丁友刚的老婆，或明确二人男女朋友的关系，估计已经发火了。不过，等进了小区，特别是见了新房，曾雪芬的脸顿时绽放开来。相对于她居住的"亲嘴楼"来说，这里太阳光了！太宽敞了！太像"家"了。为此，多跑一点路也值。

"多少钱?"曾雪芬再次问。

"二十一万"，丁友刚回答，"两成按揭，包括手续费和税金，其实只交了大约五万块钱。"

"这么便宜?"曾雪芬像是不信，又像是感叹。

"是"，丁友刚说，"有点远，暂时还有点偏。不过，对面就是科技园，将来不愁出租。"

难怪他会买。曾雪芬想，这么好的房子，才五万块，换上我，也想买。自己不住，用来出租也合算。

"你打算将来出租?"曾雪芬又问。

"是。我总共买了十一套。"

"多少?"

"十一套"，丁友刚说，"不过，这套是专门给你住的。"

曾雪芬的脸红了一下，不知道是激动，还是不好意思，或者是有点惭愧。

接着，丁友刚就带曾雪芬参观另外十套房子。曾雪芬注意到一个细节，丁友刚留给她住的那套房子，电器和家具比另外十套质量好。

曾雪芬说："要不然，我自己买了吧。"

"不用吧"，丁友刚说，"这套是专门为你买的。"

曾雪芬的脸再次红了一下，坚持说："我还是买了吧。"

"也行"，丁友刚说，"这套房子给你住，你另外买一套出租。"

丁友刚理解曾雪芬。女人，拥有一套真正属于自己的房子，心里踏实。

他们把售楼小姐叫来，却被告知，一房一厅的房子卖完了，没了。

曾雪芬的失望写在脸上。

"要不然这样"，丁友刚说，"这套过户到你名下。"

曾雪芬说，可以，但我必须付钱。

丁友刚说，行，按原价，过户费我出。

售楼小姐插嘴说，如果赠与，可免收交易税。

这当然是好主意。但"赠与"是有条件的，必须是直系亲属，丁友刚与曾雪芬连男女朋友都不是，不符合免税条件。好在丁友刚不在乎这点钱，说不要搞什么"赠与"了，按正常交易处理吧。售楼小姐却吞吞吐吐地说，现在还没办理房产证，花点钱，直接把合同上的业主名字换成曾雪芬更简单。丁友刚问要花多少钱？售楼小姐说不是钱的问题，关键是，既然房产证还没有下来，就不能通过土地局办理过户交易，只能私下里找人变更合同，把之前一切手续上的"丁友刚"全部换成"曾雪芬"，一件都不能少，比较麻烦。

丁友刚想了想，问售楼小姐，五千块钱够不够？又转身对曾雪芬说，这样的房子深圳到处都是，你要是真想买房子，未必一定买这一套。

曾雪芬还没有来得及回答，售楼小姐说："行。五千就五千。这事交给我了。"

丁友刚与曾雪芬并没有成为夫妻。

直接原因不在曾雪芬的父母。二位老人都是老实巴交的农民，虽然只比丁友刚大几岁，却显老许多。他们并不认为丁友刚跟自己女儿不合适，倒是丁友刚自己，忽然对曾雪芬失去了感觉。

首先还是房子。丁友刚给售楼小姐五千块之后，就在售楼处内部，或者还经过了提供按揭的银行，业主的名字顺利换成了曾雪芬。本来曾雪芬说"必须付钱"，可是之后，却始终没有兑现。假如曾雪芬主动给钱，丁友刚也未必要，但曾雪芬只字不提给钱的事，让丁友刚产生了看法。丁友刚不是在乎五万块钱，而是怀疑曾雪芬的人品和素质。另外，房产名字变更后，二人的关系并没有前进一步，相反，曾雪芬对丁友刚不像以往那样恭敬和热情了。之前，曾雪芬经常主动给丁友刚打电话，或问寒问暖，或推荐股票，倘若是丁友刚自己主动打电话，曾雪芬就立刻显示出激动和受宠若惊的样子，现在，她反而很少给丁友刚打电话了，丁友刚把电话打过去，曾雪芬也不如之前热情。倘若他们的关系有了实质性发展，比如有过肌肤之亲，也好理解，对老公或者未婚夫，自然不必像对待客户一样天天供着、敬着，问题是，他们之间并没有任何亲密的举动，也没商量结婚的事情。丁友刚想，曾雪芬之前的尊重、热情、甚至崇拜都是装出来的？或者，都是职业的需要？

丁友刚也反省，是不是因为曾雪芬父母的老农形象让他产生了片刻的犹豫？毕竟，与前岳父岳母反差太大了，丁友刚一下子难以适应，所以，在春节前后短暂相处中，丁友刚并没有把自己当成"准女婿"，而仅仅是作为曾雪芬的客户和朋友，此种表现，是不是也反过来影响了曾雪芬的情绪，让她产生了某种自卑？

即便如此，按照丁友刚做人标准，曾雪芬更应该兑现"必须付钱"，至于丁友刚要不要，是丁友刚自己的事，她不给，是她的人品和素质问题。曾雪芬既不兑现"必须付钱"，也不与丁友刚谈结婚事情。给丁友刚的感觉是，曾雪芬采取了"顺其自然"的态度，倘若丁友刚主动，她也接受，丁友刚不主动，她无所谓，与之前的主动、热情、激动、受宠若惊甚至崇拜相比，冷淡了许多。

售楼小姐相反。在完成十一套房子成交并赚取了五千块"更名费"之后，没有人走茶凉，一如既往地对丁友刚热情，今天，发给丁友刚一则短信笑话，明天，又向丁友刚推荐另一处更适宜出租的房子。虽然丁友刚未必打算再购置房产，但对售楼小姐的热情却没拒绝。毕竟，在曾雪芬的热情冷却下来之后，他需要另一种热情来填补自己。

这天，售楼小姐又给丁友刚打来电话，先说了一则笑话。"一母亲哄孩子，晚上和你爷爷睡去！小孩不肯，母亲说：你不去那我去咯！爷爷在旁边正色道：教育孩子要诚信，不要既哄孩子，又骗老人……"刚开始，丁友刚并没有听明白，等听明白之后，又觉得有些不好意思，感觉售楼小姐作为一个年轻的小女孩，不该对他这样的老头说这种笑话。售楼小姐大约感觉到了丁友刚的态度，话题一转，开始夸奖他。说丁友刚很帅，很有男人味，很智慧，很有经济头脑。丁友刚明知这番话未必出于真心，居然仍然开心，甚至谦虚地说"哪里哪里"。

为证明"哪里",售楼小姐举例说,对外出租,像丁友刚这样买一房一厅的房子最合适,花同样的钱,买两套一房一厅房子肯定好过买一套两房两厅,不仅容易出租,而且两套小房子租金加起来也高过一套大房子。

这话丁友刚信。以前他没考虑过这类问题,自从有了十套出租屋之后,实践出真知,他发现凡是租房子的,都是暂时过渡,从节省租金的角度考虑,只要能凑合着住就行,所以,一房一厅最合适。因此,售楼小姐的这番有根有据的夸奖,在丁友刚心中产生了共鸣。这时候,售楼小姐才告诉丁友刚,梅林关外开发了一个新楼盘,其中一房一厅的房子比科技园这边设计更合理,价钱也更便宜。

丁友刚虽然接受了售楼小姐的夸奖,心情不错,但并未打算购买售楼小姐推荐的房子。他对"关外"印象不佳,总感觉和特区内是两个世界。

售楼小姐说:"现在深圳的中心从罗湖转移到了福田,梅林关外是福田的后院,是最具发展潜力的地方。再说,'关'早晚要撤销,您当领导的还不知道?"

"是吗?"丁友刚说。

"当然是",售楼小姐说,"要不然,我带您去看看?"

看看就看看,反正闲着也是闲着,到外面走走看看未必不是好事情。

梅林关小区环境确实不错。挨着湖,窗外就是辽阔的湖面,给人宁静的感觉,这可以为那些买不起特区内房产的年轻白领们一个选择关外居住的理由或借口。

交通也比较方便,过了关就属于福田。只要租金便宜,对在中心区上班的白领有一定吸引力。

售楼小姐像上次在科技园一样,领着丁友刚一栋一栋一层一层一间一间地参观。丁友刚忽然感觉,即便自己并不打算买房子,这样关内关外楼上楼下地走走看看,听着年轻漂亮售楼小姐的热情介绍,也比窝在家里胡思乱想或靠荧屏打发时光好。只是,他觉得自己似乎不厚道,这样光看不买有点对不起售楼小姐,想着如果确实不错,再买一两套也无所谓。

售楼小姐比曾雪芬更年轻,大约只有二十出头吧,也更活泼,没心没肺的样子，对丁友刚完全不设防。今天非周末，看房的人少，新开发的梅林关小区格外冷清，整栋楼里，只有丁友刚和售楼小姐两个人，说话声音大一点，能产生回声。丁友刚想，假如今天不是他，而是一个歹徒，在一套空屋子里，突然对她动粗怎么办？

此时，售楼小姐把丁友刚带入一套视角极佳的空屋里。三楼，朝东，辽阔的湖面和远处的山峦交相辉映，青山绿水湖光山色，丁友刚感觉自己不是在看房，而是在度假。他立在窗边，欣赏着美景，售楼小姐在旁边指指点点，引导着丁友刚欣赏远处的青山和近处的绿水，说如果有一根长长的鱼竿，可以直接从窗口伸出去钓鱼。

形象的解说让丁友刚产生短暂幻觉，感觉这房子已经是他的了，并且，他买来之后并非打算出租，而是自己居住，如此，就可以天天欣赏窗外的风景，甚至直接从窗户垂钓。当然，最好有售楼小姐这样的美女天天相伴。

售楼小姐与丁友刚贴得很近，感觉胸脯都碰到丁友刚的臂膀上了。或许并没有碰到，但胸部最突出的部位具有尖端放电效应，体温已经辐射过来，令丁友刚那区域感觉温暖，并且这种温暖的传导性极强，很快传导到丁友刚全身，令他暖洋洋的。丁友刚有一种自信，假如此时他顺势把售楼小姐拥在怀里，估计对方也不会反抗，而任由丁友刚把她抱紧，尽情绽放。

虽然是一房一厅的小户型，但房子设计讲究，朝湖面的窗户是落地型，采光极好，视觉上对房屋的空间具有放大作用。窗外辽阔湖面，给丁友刚感觉像是站在船甲板上，湖风拂面，俩人感觉要飞起来。就像电影《泰坦尼克号》上罗丝和杰克那样展翅飞翔。丁友刚有了冲动，感觉自己还很年轻，还有能力经历一场恋爱，至少能经历一场风流。或许，是他压抑太久了，或许，是对方采取了主动，或许，是相同的场景同时蛊惑了两个人，总之，丁友刚产生片刻恍惚，只记得陶醉在对方的温柔当中，感觉到一种膨胀，是那种从里到外的膨胀，膨胀得要炸出来一样，而对方年轻的躯体像真丝绸缎一样滑爽，但真丝绸缎是干燥的，而售楼小姐的肌肤则略带湿润，并由此产生了物理学上两个相互抵触的现象并存，既保持了良好的浸润性，又具一定的表面张力。大概只有年轻生命的活力才能创造如此奇迹吧。这是丁友刚当年在菁菁身上都未体验过的感觉，给丁友刚带来的不仅仅是局部快感，而是浑身如醉、如痴、如梦、如幻……当时，他感觉这一刻是自己人生的顶点和最高潮，事后，他觉得这是自己人格的深渊和人品最低谷……他痛恨自己的堕落，他对自己恶心，觉得自己本质上是个坏人，至少是个容易背叛的人。当初背叛导师、背叛单位、背叛菁菁，今天背叛道德、背叛伦理、背叛理性、背叛曾雪芬。他与曾雪芬还没有肌肤之亲，就与比她更年轻的售楼小姐滑入了深渊。丁友刚不可能再与曾雪芬结婚了。甚至不敢再次面对她。就像当初不敢再次面对菁菁。现在，不是他怀疑曾雪芬人品和素质有问题，而是他确信自己人格、人品配不上曾雪芬，也配不上这世界上任何女人。或许，苍天就是要让他孤独终身。这是苍天对他的惩罚，也是丁友刚自己对自己的惩罚。

他不能再背叛了。从此之后永远不再背叛任何人，不再背叛自己良知。眼下，丁友刚所做第一件事就是不能背叛售楼小姐。方式不是娶她，如果那样，就是更大罪恶。他丁友刚有何能、何才、何德敢娶一个比自己小差不多三十岁的女孩？再说，就算丁友刚打算娶她，对方也未必答应。售楼小姐一时冲动给他一刻温柔是一回事，与他结婚和他相守终生是另外一回事。售楼小姐与菁菁是两代人，甚至与曾雪芬都不是一代人，她们对爱、对性、对婚姻也是两种理解和两种态度。所以，丁友刚不背叛售楼小姐不是娶她，而是买房。买售楼小姐推荐的房子。丁友刚抱着赎罪的心态，总共买了几十套，差不多把整个梅林关小区所有一房一厅的房子全部买下了，也把自己的钱全部用尽，才获得一点点安心。

丁友刚是完全自愿的。售楼小姐丝毫没有逼迫他。更没有威胁他或要挟他。之前之后，售楼小姐对丁友刚一如既往，给丁友刚感觉她把那场经历当成应景之作，并非精心策划的温柔陷阱。一切都是真情流露，水到渠成，自然而然。当然，丁友刚也想到过利益。即使当时没考虑，在后来填写一大堆合同和支付大笔人民币的时候，他也想过。

合同是售楼小姐替他填写。丁友刚签名。一份一份签名。每份都好几处。他连看都没认真看。最坏结果就是售楼小姐设局骗他。果真如此，丁友刚也无悔无怨。甚至不恨售楼小姐，理解成是苍天对他的惩罚。

售楼小姐并没骗他。照样给他打折，照样给优惠，照样两成按揭且利息打七五折，所不同的，是这里的房子比科技园那十一套更便宜，因此，丁友刚在此处的房产数量远远超过在科技园。

令丁友刚感动的是，售楼小姐在已经清楚丁友刚再也无力购买任何房产之后，仍然一如既往与他保持联系。给他发短信，打电话，说略带色彩的笑话给他听。遇上什么不顺心的事，还向丁友刚倾诉。

有一次她主动说到自己男朋友。说她因为业绩斐然，获得了不少提成，已经拥有两套房产，自己住一套，出租一套。而男朋友好高骛远，一事无成，她不但提供房子给男朋友住，还要陪男朋友睡觉，帮男朋友洗衣做饭。

"我贱啊？"售楼小姐说。

"他总有吸引你的地方吧。"丁友刚说。

"嗷"，售楼小姐说，"我还不如找一个年纪大却能在事业上、生活上照顾我的人。"

丁友刚听了心惊肉跳，不敢接话。

他们偶然也见面。售楼小姐两套房子也在梅林关小区，丁友刚因为处理退租、出租之事，经常去，每次几乎都与售楼小姐见面。此时，售楼小姐已与男友分手，丁友刚感觉如果他想重温旧梦，也未必不可。但他深感自己罪孽深重，再添罪恶，上帝也拯救不了。或者他怕承担责任，所以与售楼小姐保持分寸。

此后，丁友刚开始卖房子。房子太多，不但每月大笔按揭支付让他忧，而且几十套房子也让他焦头烂额。虽委托给了中介机构，且深圳的中介机构很发达也很专业，但许多问题他不得不亲力亲为。当初，售楼小姐以悄悄话的方式告诫丁友刚，要选择房客，但中介机构不管这些，谁出房租高他们就给谁，因此房客鱼龙混杂，不乏从事非法职业者，这就让丁友刚无法省心。一有机会，他就卖房，以至于房地产交易中心的人都认识丁友刚了。

所谓"机会"，很简单，就是看该处房产是不是升值了。

最先获得"机会"的是科技园那十套。它们很快涨价一倍。看样子还能涨，丁友刚等不及了。一是他手上房屋太多，急需处理一批，二是他想与曾雪芬彻底摆脱关系。只有把房子卖掉，才可以永远不进科技园小区，才不会每次进去的时候本能地抬头遥望那扇窗。

科技园房子卖掉后，丁友刚提前偿还了梅林关小区部分按揭，这样，那些房子就完全属于他自己了，不仅不用每月向银行付按揭，而且房产证也从银行回到丁友刚手上，等再有机会出手时，因为红本在手，能卖更好的价钱，且交易过程简单。

因为与售楼小姐维持联系的缘故，丁友刚卖房的事情她也知道。售楼小姐说眼下房地产一天一个价格，这时候出手太可惜。丁友刚回答：我要那么多钱干什么？

售楼小姐的话很快得到证实。被丁友刚"贱卖"的科技园房子价钱很快又翻了一番。丁友刚忽然想，特区精细化工如果当初不做实业，就利用国营招牌，大量从银行贷款，大量买房子，是不是现在发达了？不会被私人老板收购了？自己也不用提前退休了？

售楼小姐的唠叨加上残酷现实也影响了丁友刚。他虽然觉得钱多了没用，但也不会真讨厌钱。有一段时间，丁友刚暂停疯狂卖楼。毕竟，剩下的物业已经红本在手，不用承担任何还款，他也习惯了应付与房客之间的麻烦。他用不着急着出手。

丁友刚学会了开车。因为深圳驾照难考，跑回老家安徽办了一张。

他买了车。通过比较，最终买了凌志，也就是雷克萨斯。据说欧美的车子虽然结实，但小毛病不断，而一般的日本车又太不经撞，唯有雷克萨斯，不仅保持了日本车电子技术领先和注意细节的特点，而且车身借鉴欧美风格，底盘是整体锻压的，与欧美车同样安全。

开好车不是为了炫耀，但能增加自信。感觉自己生活质量不比钱善乐差，也不比三位师兄弟差。

丁友刚剩下的房产在国家出台限购政策之后出手。他不怕限购，但是怕物业税。媒体讨论国家要开征物业税。说此举不但能够遏制房价疯狂上涨，也能弥补国家打压房价之后地方财政短缺。丁友刚认为这确实是一个好政策，估计会很快推出。

照丁友刚的理解，如果只有一套房，免税，有两套房，象征性地征收一点税，有三套以上商品房，重税，房子越多征税比例越大。至于像他这样经过大量出手仍然拥有十几套房子的情况，税款的支出说不定高过租金。这种情况一旦出现，有三套以上商品房的业主必然急于抛售。到那时候，卖房就困难了。丁友刚"先知先觉"，赶在国家开征物业税之前清理手上房产。

这次他没对售楼小姐说。他发现，男女之间所谓"纯洁的友谊"并不存在。即便像他这样怀着赎罪心情苟且偷生之人，在售楼小姐与男朋友分手后，俩人一见面，丁友刚也不禁想入非非，之所以没再次滑入深渊，完全是自己努力克制的结果。但常在河边走难免不湿鞋，最好断绝来往。

房产清理完之后，丁友刚换了一张手机卡，与售楼小姐断了联系。

丁友刚没想到，等他房产全部处理完之后，国家并没有开征物业税，而且，房价仍然上涨。他有一种公鸡因为提前打鸣而被主人宰了的感觉。不过，丁友刚不后悔。像他自己说的，他要那么多钱干什么。

不知不觉，丁友刚到了真正退休的年龄。回想被提前退休这几年，尽管经历失落，品尝孤独，产生过迷惘，感到过厌世，但回过头一看，竟然比在位的时候更精彩。意外收获有两条，一是身体仍然健康，二是成了有钱人。他感觉命运捉弄人，也发觉苍天未必总是公平。自己是个背信弃义没有道德底线的小人，却活得好好的，而菁菁后来再婚的男人，据说是个非常忠厚并且道德水准很高的君子，每日打太极拳，生活极为阳光健康，居然得了淋巴癌，发现之时已是晚期，不久便走了。为什么生活健康、注重体育锻炼的人反而早逝？他这个基本上不锻炼身体且心灵肮脏的小人却仍然苟且偷生？

丁友刚设想过与菁菁复婚可能性，也试探了一下，被菁菁轻轻一句"你自己好自为之吧"客气地挡回。

也是。丁友刚想，凭自己肮脏的灵魂和躯体，也确实不该再次玷污菁菁。

儿子已上大学。丁友刚去北京探望过，儿子态度相当冷淡，基本上不希望与他见面，更没办法交谈。丁友刚给他钱，儿子不要，说"我妈给了"。丁友刚找辅导员，辅导员与儿子谈心，得到答复：我并不否认他是我父亲，也不恨他，就是感到陌生，感到他的生活与我无关，我的生活也与他无关。亲近不起来。

丁友刚向菁菁求助，菁菁只警告丁友刚不要给儿子太多钱，这样对他成长不好。

丁友刚知趣，深知自己罪孽深重，不能再过分打扰儿子生活或乞求儿子情感，担心遭儿子反感。于是，只偶尔与儿子电话联系，儿子偶然接他一次电话，丁友刚却连说什么都不知道。他不晓得儿子到底想什么，也不敢把自己的想法告诉儿子。有时想把自己一些人生经验和感悟告诉儿子，却开不了口。担心这些经验和感悟未必正确，即便正确，儿子也未必听，说不定产生逆反心理。丁友刚自觉是个堕落的人，没资格教育儿子。他时常往儿子卡上打零花钱。鉴于菁菁的警告，不会打很多。这样，丁友刚基本上又回到了刚刚被退休的状态。整天无所事事，不知道该干什么。

丁友刚不再买股票或买房，更不会投资实业。

丁友刚把钱存在银行。媒体上说因为通货膨胀，钱存在银行里财富日益减少。丁友刚却感觉自己的钱越来越多。他是所谓五星级客户，银行工作人员请他做理财产品，资金越多，利息越高，最高居然达到年息百分之九。银行还送礼。虽然送的只是大米和食用油，经济价值不大，但对于已经彻底退休的丁友刚来说，却像又有"单位"一样温馨，搞得丁友刚不买理财产品就对不起人了。做就做呗。反正钱没有出银行，换一张凭据而已。他的资金收益超过通货膨胀率，财富仍在增长。

丁友刚再次决定找点事情做做。

这次不是为了赚钱，相反，是为了散财。

丁友刚晓得中国历史上许多散财故事。范蠡"三聚三散"之壮举；平原君邯郸城下散财励士，激三千勇士保家卫国迎头痛击秦军；孟尝君劝父亲着眼未来，散财养士。《史记》是一部英雄史，历史上流传至今的所有"散财"故事，当事人都是出于因政治图谋收买人心的行为。丁友刚没野心，无成为英雄的壮志，他散财，纯粹为了赎罪。丁友刚已退休，唯一的儿子连零花钱都不要他多给，他要那么多钱做什么？散了，还安心一些，少一项负担。

按惯性思维，丁友刚首先想到把钱捐助给红十字会，却恰巧出了郭美美。他不相信网上那些耸人听闻的传言，但从官方出面的解释中发现一个事实：掌管中国红十字会的人居然没有一个是慈善家，全部是政府官员。如今，官员是值得信赖的群体吗？

他想到直接去火车站，当场给回家过年的民工发钱，却又爆出陈光标事件。丁友刚欣赏陈光标的行为，却也不得不承认，如此高调行善，确实自找麻烦。丁友刚想做善事，却不想给自己找麻烦。

最后，丁友刚从一则新闻中获得启示。深圳市政府为一千名进城务工人员提供免费车票，市长亲自到车站送民工回乡过年。丁友刚决定效仿。

丁友刚注意到，深圳的各级政府机关和企事业单位，拥有大量大巴，平常主要用来接送职工上下班，春节放假，闲置无用，可正好用于春运。

丁友刚决定租下这些车辆，送民工回老家过年。

丁友刚迅速写了报告，打印多份，分别投递给政府各部门。

报告两页。内容太多领导没时间看，太短让人觉得不严肃。

报告第一段讲了此事的重要性。第二段说具体做法，包括他个人承担主要费用，民工承担部分汽油费和过路费，以及大巴送人的具体路线，主要是广西、湖南、江西。第三段请求政府有关部门给予大力支持，动员一下，发个通知，请各单位克服几天，腾出大巴送民工回家过年。

按规定，政府部门七个工作日答复。丁友刚等不及，春运即将开始。他亲自去政府接待大厅催问。得到答复是正在研究。丁友刚强调了时间紧迫性，接待人员说临近春节，领导很忙，这种事，没有领导批示不能落实。丁友刚要见领导，接待人员说领导不在。

第二天一大早，丁友刚于领导上班之前在大门口等，终于见到了一个部门负责人。该领导看了报告后，说这是好事情，支持。丁友刚喜出望外，要求领导在报告上批示。领导说这确实是一件好事，但涉及许多部门，不是他一个部门说了算，怎敢批示？丁友刚还坚持，领导要赶去参加会议，留下一个工作人员与丁友刚继续商量，自己走了。工作人员一条一条与丁友刚仔细研究。第一，组织这么大规模活动，万一发生车祸怎么办？谁来承担责任？第二，机关大巴上路送客，还收费，是不是非法营运？即使特事特办，在特区内没问题，但出了深圳怎么办？还要出省，时间这么紧迫，与广西、湖南、江西几个省紧急协调也来不及。第三，因为收费便宜，大家都想乘坐，具体给哪些来深建设者坐？不给哪些来深建设者坐？怎么摆平？第四，春节期间机关车辆确实空闲，但司机要放假，许多司机是临聘人员，他们也是民工，凭什么不给他们放假？第五，此举肯定影响客运公司收入，他们会不会反弹？第六……第七……不用对方再罗列了，丁友刚忽然感觉，自己的想法，不说天真，起码也算考虑不周，不仅根本不可行，还等于给领导出难题，为政府找麻烦。丁友刚不得不对工作人员说：对不起！实在对不起！我给你们添麻烦了。

丁友刚决定回大别山看看。

还是为了散财。既然在深圳散财不成，就打算回他当年插队大别山的小山村散财。

回大别山另一原因是他怀念宁静。丁友刚在城市生活了几十年，在大别山总共只生活了两年半，当初，他在那里所做的一切都是为了早日离开大别山，可几十年后，却特别然渴望那种"落后"，渴望那种简单与宁静。他忽然发觉过分发达并不符合人性需要。人，就该为自己生计忙碌并憧憬来年有好收成。艰难但有盼头的生活最有意思。

下了高速公路，丁友刚几乎不认识路。幸好，大别山还在。大别山仿佛作为人生大舞台的背景，傲视人间潮起潮落，宠辱不惊，岿然不动，为丁友刚的回归指引方向。

山村一派肃杀。

丁友刚以为哪位老人走了，但气氛不对，当地送老人要吹吹打打，可此时空气中透着太平间般阴冷。

原来是送孩子。不是一个。丁友刚的心陡然收紧起来。

哭得最惨是周广秀。她孙子和外孙子同时走了。

丁友刚无法将当年的俏媳妇与眼前老太婆画等号。记忆中广秀比他大不了两岁呀。

广秀的丈夫王宝山最终未能提干，从副排长的位置上退伍回到山村，面前这个呆滞的老人丝毫没有当年英姿。

广秀倒是认识丁友刚。见到他，先是一愣，继而眼睛一亮，然后扑通一声跪在地上，抓住丁友刚双手，泣不成声，用当地特有花腔女高音般哭丧专用音调嚎道："丁书记啊，您可要为我们做主啊！"

"丁书记"？虽离开多年，这三个字丁友刚还能听懂。可是，自己连党员都不是，怎么成了"书记"？他还没想好怎么回应，其他山民已经纷纷效仿周广秀，齐刷刷跪在丁友刚面前，喊"丁书记为我们做主"。

丁友刚终于弄清楚，是接送孩子上学的"三脚猫"翻了。

"三脚猫"是本地产的一种机动三轮车，平常拉山货还可以，怎么能用来接送孩子呢？

这几年全国都在搞并校。把之前分散于各村小学并到相对集中的村镇。取消民办教师制度后，没有充足的公办教师填充到只有几十甚至几个学生的偏远乡村来，靠志愿者的短期行为毕竟不是长久之计，只能并校。但全部安排学生住校不可能，免费提供高级校车更不现实，在此背景下，"三脚猫"承担了接送孩子主要任务。翻车撞车事故接二连三。

丁友刚决定为乡亲们做点事。

丁友刚虽不是"书记"，但他有钱。很多情况下，钱能办到的事情，权力能办到。反过来也一样，权能办到的事情钱也能办到。

丁友刚当即表态，第一，给每位遇难学生家长十万元安抚金；第二，赞助村里一辆进口校车。

不知不觉，丁友刚说话口气有了"书记"腔。

此言一出，群山震撼。

"青天大老爷回来了啊！"

"丁书记没有忘记乡亲们啊！"

"感谢党！感谢政府！"

丁友刚无法解释，也无须解释。他只管做事，至于乡亲们感谢谁，他无所谓。

村支书是老支书的儿子，他也以为丁友刚是"书记"，而且是"大书记"，给这么多钱，不需要开会集体研究，不是"大书记"敢么？

钱花出去之后，丁友刚顿时感到顺畅许多，回到深圳，一身轻松。之前，丁友刚总觉得深圳绿化虽美，但也做作，好比女人打扮过分显得不正经，可现在，同样是路边绿化，丁友刚竟能找到当年插队年月闻见油菜花香的感觉。清晰，自然，和谐，赏心悦目。他忽然觉得自己不孤独了。哪怕单独一人独处，只要一想到乡亲们喊他"丁书记"就觉得好笑并感到温暖，一想起孩子坐在宽敞的进口校车上就觉得自己这辈子没白活。他看到自身的价值，感到了生命的意义。连晚上睡觉，都更踏实。

这天丁友刚又做美梦。梦见自己和广秀在一起。当然，是俏媳妇广秀，不是老太婆广秀。奇怪的是，年轻俏丽的广秀居然喊她"丁书记"。这可不能开玩笑啊，大队书记至高无上，是他一个知青敢冒充的？丁友刚想纠正，可嗓子发不出声音。

丁友刚醒了。不完全是急的，手机正好响了。

是山村支书打的。

丁友刚大脑发生短暂短路，不确定是不是在做梦。

"本来不想打扰您的"，支书说，"但还是觉得应该告诉您。"

"什么事？你说。"丁友刚意识到情况不妙。

对方停顿了一下，说："校车出事了。"

"出事啦?！出什么事情啦?!"丁友刚叫起来。把自己彻底叫醒了。

"翻了。"对方说。

对方是真正的书记，尽管不是"大书记"，但面对突发事件，比丁友刚淡定。

"翻了？怎么翻了？孩子怎么样？出人命了吗？"丁友刚焦急地问。

"已经处理了。该送医院的送医院了，该……"

"我来。我现在就来。"说着，丁友刚开始穿衣服。

丁友刚走沿海高速，转盐坝，经深惠，上粤赣高速。

夜路孤行，丁友刚提醒自己注意安全，防止祸不单行。但车子比他急，稍不注意，时速超过120。

村支书反复安慰丁友刚，说事故与车子无关，还幸亏了丁友刚的好车子，打了几个滚都没变形，要是"三脚猫"，更惨。

校车从加拿大进口。据说比美国校车更安全。黄色，外号"大黄蜂"。据卖方介绍，即使在冰面或雪地上跑，速度60迈，紧急刹车都不会打滑。

刮七八级大风，在高速路上也不会"飘"。怎么会翻呢？

车进江西，实在太困。丁友刚决定休息一下。把车停在抢险通道，打开警示灯，调低靠背椅，躺下。

刚刚睡着，就感觉车子滑动起来。

他很紧张。这是高速公路啊！

丁友刚感觉车子顺着公路往前滑，速度越来越快。

虽然躺着，但座椅有角度，丁友刚能看见少许路面。他想踩刹车，但腿脚不听使唤。车子像有灵性，居然一路沿着公路滑行，却未冲下公路或与其他车辆碰撞，可速度越来越快，停不下来，万一前面堵车怎么办？丁友刚努力让自己坐起来。他似乎做到了。可刚刚坐起，就看见前方果然堵车。丁友刚立刻制动，腿脚却使不上力。急死了。担心连环撞。自己可以不要命，可不能连累别人啊。丁友刚拼尽全身体力，可越是着急腿脚越是不听使唤。大脑清醒，却指挥不动腿脚！像梦魇。眼看就要发生悲剧，突然，车子忽然失去重力，漂浮起来。透过车窗，丁友刚看见花丛中的广秀，看见坐在大班台后面的陈善乐，看见导师兼前岳父，看见师母，看见菁菁，还看见曾雪芬和售楼小姐，他们或安详或忙碌，只是并未注意到他的存在。此时，丁友刚正在他们头顶上随风飘荡。

租　友

租友启示

罗先生，中年男士，各方面正常，有一定经济基础，欲租女友一名，要求：年龄35岁以下，大学本科以上学历，未婚或离异，其他方面正常，最好是内地欲来深圳发展的女士。租友期间，男方提供女方食住和基本的日常开销，不干预女方的事业和感情发展，男女双方都不承诺与对方最终步入婚姻殿堂，也不排斥彼此成为终身伴侣的可能性，一切随缘。租友期间，男女双方都有权提出终止租友关系，但必须提前十天告知对方。若男方主动提出终止关系，除了履行提前十天告知义务外，另支付女方两个月的生活费。

本人QQ号：622★★4700

帖子发上去之后，电脑的左下角很快就有小喇叭闪出，显示有人响应，要加他。罗中素来者不拒，马上点击接受，并且在成为"好友"之后，不是点击"完成"，而是直接点击"发起对话"，输入"你好"。不过，对方虽然主动加了他，但面对"你好"问候，并没有立刻回应，仿佛一旦回应，就陷入了某种圈套。罗中素对此见怪不怪。他的策略是广种薄收，相信一定会有人回应的。

第一个回应者网名叫"糊涂娃"，试探性地回应了"你好"。

罗中素有些兴奋，马上回复：你好！谢谢你的回应。

糊涂娃：不用谢。无聊。反正闲着也是闲着。

罗中素：你应该很年轻吧？怎么会无聊呢？

糊涂娃：不年轻了。奔三了。还没有工作。

罗中素：也没有爱人？

糊涂娃：是不是"爱人"不敢说，但有老公。

罗中素立刻失去了兴趣，不再继续浪费时间，把"糊涂娃"晾在一边，赶紧与下一个对话。

这一个网名叫"带刺的玫瑰"，罗中素输入：不好意思，刚才有点忙。

带刺的玫瑰：理解。一定应接不暇吧？

罗中素：也不是。只有你们两个回应。你在后，她在先，所以刚才先与她对话。

带刺的玫瑰：理解。先来后到嘛。你还是先和她说吧。

罗中素：不。已经结束了。

带刺的玫瑰：这么快？太轻率了吧？

罗中素：我不轻率。是她轻率。

带刺的玫瑰：哦？怎么说？

罗中素：她有老公了。

带刺的玫瑰：哦，我也有老公了。

罗中素给了一个不可思议的表情，打算结束对话，等待第三个"好友"的出现。但带刺的玫瑰马上又加了一句：不过，已经离婚了。

罗中素给了一个轻松的表情。问：有孩子吗？

带刺的玫瑰：有。

罗中素：男孩女孩？

带刺的玫瑰：问这么仔细干什么？你打算帮我养孩子呀？

罗中素被噎住了，他感觉对方确实"带刺"，话不投机，决定放弃，因为，左下角的下喇叭又闪烁了，表明第三个已经出现。

第三个回应者叫"女妖"。罗中素同样说：你好！

女妖：你好！

罗中素：谢谢你的回应。

女妖：你是认真的还是玩创意？

罗中素：是玩创意，也是认真的。

女妖：有鱼没鱼撒一网？

罗中素给了一个哈哈大笑的表情，说：碰碰运气。

女妖：哪方面的运气？艳遇吗？

罗中素略微想了一下，回复：不排除，但这不是主要的。

女妖：主要是什么？

罗中素：寻求真爱。

女妖：你相信这世界上有真爱？

罗中素：绝对相信。

女妖：凭什么？

罗中素：我经历过。

女妖：是吗？

罗中素：是的。

女妖：说说看。

罗中素：说什么？这个话题很长啊。

女妖：就说你当时的感受。

罗中素稍微停顿了一下，回忆当初的感受，然后说：为了引起她的注意，我甚至想到去死。

女妖：啊？怎么会这么想?!

罗中素：因为另一个知青死了，她哭得非常伤心。

女妖：知青？

罗中素：知识青年。当初都这么叫。城市中学毕业的年轻人，响应号召，上山下乡到农村，被称为"知识青年"，简称"知青"。

女妖：哦，明白了。电视剧上演过。感觉很好玩的。

罗中素给了一个不可理喻的表情。

女妖：不是吗？

罗中素：今天回头看看，确实蛮好玩的。但当初农村条件很差，要在那里生活一辈子，成为农村人，很可怕的，关键是当时农民低人一等，受歧视，所以，几乎所有的知青都想早日离开农村，回到城市。

女妖：城市就这么好？

罗中素：相对而言吧。当时的城市在各方面都比农村好。比如物质保障和文化生活，还比如卫生条件，你能想象没有厕所和没办法洗澡的生活吗？

女妖给了一个可怕的表情，问：后来呢？

罗中素：什么后来？

女妖：你说另一个知青死了，她哭得很伤心。

罗中素：是。她哭得非常伤心。我现在还记得当时她哭的样子。

女妖：她爱那个知青？

罗中素：好像不是。至少之前我们没看出来。

女妖：那就是她很善良。

罗中素：可能吧。

女妖：因此打动了你？

罗中素：也不是。之前我就天天想她。

女妖：想和她做爱？

罗中素：不是不是，绝对不是。

女妖：那是想和她做什么？

罗中素回忆了一下，回复：想和她一起进城，想帮她提水，想让她吃我从家里带来的咸鸭蛋，想让其他人背后议论我们是一对……

女妖：没有想着拥抱、抚摸、接吻、做爱？

罗中素努力回忆了一下，回复：没有。

女妖：你肯定。

罗中素：肯定。

女妖：那不是爱情。

罗中素：那是什么？

女妖：青春是一个短暂的美梦，当你醒来时，它早已消失无踪。

罗中素：你这话像诗。

女妖：不是诗。是莎士比亚的名言。

罗中素：哦，难怪。但我相信真爱。

女妖：是你渴望真爱吧？

罗中素：或许。你说得对。是我渴望真爱。

女妖：缺什么想什么。你大概不差钱吧。

罗中素：是。不差钱。

女妖：你也不缺社会地位吧？

罗中素略微思考了一下，回复：说"社会地位"不准确，是"社会尊重"吧。

女妖：一样。你不要咬文嚼字。

罗中素：是。接受批评。

女妖：你也不缺少性？

罗中素稍微停顿了一下，回复：应该是吧。

女妖：什么叫"应该"？

罗中素：就是说假如我想要，就能得到。

女妖：那还是不缺嘛。

罗中素：是。

女妖：但你缺少爱。

罗中素：或许吧。

女妖：忙。下了。

罗中素还没有反应过来，对方已经下了。

这时候，小喇叭又闪起来，罗中素来不及多想了，他必须迎接下一个回应者。

第四个回应者叫张张华。名字有点怪，却让罗中素感到亲切。起码，"张华"让他感到亲切，像生活中一个真实的人的名字，而不是纯粹的"网名"。

照例，罗中素在点击完接受之后，直接进入"发起对话"，问候"你好"。

张张华回复的是一张笑脸。

罗中素：你的网名很有特点。

张张华：是吗？很普通。

罗中素：正因为普通，所以才有特点。

张张华：我叫张华，因为已经被人注册了，所以多加一个"张"。

罗中素问：你怎么想起来加我的？

张张华：我看到你的"热帖"啊。

罗中素：热帖？

张张华：是啊。腾讯"热帖"啊。

罗中素：是嘛。我还不知道。

张张华：你是真想征婚？

罗中素：第一步先征友吧。

张张华：但你是说"租友"。

罗中素：是。一个意思。

张张华：不完全一个意思。

罗中素："租"表示我的诚意。

张张华：恰恰相反。表明你侮辱女性。

罗中素：完全没有这个意思。

张张华：但就是这个效果。

罗中素：那么反过来，你"租"我吧。我愿意被你"租"，丝毫没有觉得自己被侮辱。

张张华：好啊。

罗中素：你不是开玩笑吧？

张张华：这话我也可以反过来问你。

罗中素：我是认真的。

张张华：怎么证明？

罗中素又被噎住了。但他这次没有立刻 pass，主要是左下角没有小喇叭闪烁。于是回复：走一步看一步吧。

张张华：什么意思？

罗中素：我不能立刻证明自己是认真的，但如果你也有诚意，往下交往，我会一步步证明我是认真的。

张张华：我也有诚意？我有什么诚意？

罗中素：不一定是你，但加我QQ的人，总有一个是有诚意的。

对方不说话了，这次是她被罗中素噎住了。

罗中素等待了一会儿，主动打破沉默，说：其实我们都希望对方是真诚的，但自己却不愿意首先付出真诚。

张张华：你也是？

罗中素：当然。不然，我怎么只留QQ，不留电话号码呢？

张张华：怕骚扰？

罗中素：怕应付不了。

张张华：现在接听不是不收费了吗？

罗中素：怕手机总是占线，其他人打不进来，显得不礼貌。

张张华：你想的还蛮周全。

罗中素：是。我是认真的。是深思熟虑的。

张张华：QQ不也是一样？也会爆满吧？

罗中素：那不一样。

张张华：怎么不一样？

罗中素：QQ可以同时和几个人对话，这样就有了缓冲时间。

张张华：周旋于几个女人之间的缓冲时间？

罗中素：话不要说得这么难听吧？

张张华：好。不难听。我问你，你现在同时和几个人对话？

罗中素：就你一个。

张张华：骗人。

罗中素：没骗你。

张张华：如何证明？

罗中素：我没必要骗你。我就是告诉你，我现在同时和几个人对话，你也能理解。是不是？

张张华发过来一个笑脸，同时说：谢谢！

罗中素：谢什么？

张张华：谢谢你只跟我一个人对话啊。

罗中素：不用谢。现在只有你一个人。

张张华：是吗？不是热帖吗？我以为你忙得不理我呢。

罗中素：刚才有几个人，但话不投机，pass 了。

张张华：怎么话不投机？

罗中素：这个说来话长了。每个人不一样。

张张华：举个例子。

罗中素略微想了想，回复：比如她已经有老公了，纯粹因为无聊而加我。

张张华：那是不好。

罗中素：你呢？你没有老公吧？

张张华：如果我有老公，就一定和老公好好过，绝不在外面三心二意。

罗中素：离异还是单身？

张张华：单身。

罗中素：多大了？说个大概。

张张华：28 周岁。准确的。不是大概。

罗中素：好！我已经感受到你的真诚了。

张张华：算不上真诚，只是比较自信。

罗中素：是。隐瞒年龄是一种不自信的表现。

张张华：你自信吗？

罗中素：在年龄上不是很自信。我五十了。

张张华：是大了一点。我能接受的最大年龄是四十。

罗中素：赞同。下面闪灯了，我能去和她们对话吗？

张张华：没关系。祝你成功！

罗中素：谢谢！与你对话很愉快！

张张华发过来一张笑脸。

罗中素回敬一个握手。

点击闪烁的小喇叭，发现要求加他做好友的不止一个，而是同时出现好几个。看来，果然上了"热帖"榜。罗中素怀着歉意赶紧点击接受，赶紧问"你好"，并且，不得不利用网上对话的缓冲效应，同时与几个人对话。不过，大多数"好友"要么不回应，要么不着边际，比如有一个上来就问："买春吗？包新鲜。"还有两个是推销员，其中一个居然向他推销汽车发动机，令罗中素百思不得其解，猜想"发动机"是不是一种暗指，就好比"新鲜水果"是暗指刚出道的卖淫女一样。只有一个叫"稻草人"的，算是正经的回应。

稻草人不说话，上来就给罗中素一大堆鬼脸。

罗中素：什么意思？

对方继续给鬼脸，一副笑得忍不住的样子。

罗中素以牙还牙，回敬一个一头雾水的表情。

稻草人终于说话了。问：什么叫"各方面正常"？

罗中素：就是"各方面正常"啊。

稻草人：不是特指吧？

罗中素：特指什么？

稻草人：特指那方面。

罗中素：哪方面？

稻草人：男女方面。

罗中素：你是说性方面？

稻草人：是。

罗中素：包括。但不是主要的。

稻草人：主要指哪方面？

罗中素想了一下，回复：性格。价值观。为人处世。

稻草人：你什么性格？

罗中素：偏外向。但不过分，所以说"正常"。

稻草人：价值观呢？

罗中素：遵守传统。但不排斥新观念和新事物。也属于"正常"。

稻草人：为人处世呢？

罗中素：这个范围很广，没法说啊。

稻草人：你简单说说，捡最重要的说。

罗中素：我以为，做人分三个层次。第一，不占别人的便宜，知恩图报，礼尚往来；第二，尽量让对方占便宜，自己吃亏，也就是所谓的"会做人"；第三，不仅对亲戚朋友同学同事如此，对世界上所有的人都如此，都遵循自己吃亏，让别人占便宜，这是最高层次了，很少有人达到。

稻草人：普度众生？

罗中素：大概是这个意思吧。

稻草人：你信佛？

罗中素：谈不上，但价值观已经受到佛教文化的影响。

稻草人：你自己属于哪个层次？

罗中素：第一和第二之间。

稻草人：那已经很不错了。

罗中素：谈不上。只能算"正常"吧。

稻草人发过来一个友好的笑脸。

罗中素回敬一个友好的握手动作。暂时离开一下，继续点击下面的闪烁。

第一个被显示的居然不是要求加"好友"的新朋友，而是头先已经成为"好友"的女妖。

女妖：我回来了！

罗中素：欢迎。我等你呢。

女妖：是吗？

罗中素：是。感觉与你对话蛮有意思。

女妖：什么叫"蛮有意思"？

罗中素：就是对路。不是上来就胡扯。

女妖：有胡扯的吗？

罗中素：多呢。

女妖：比如？

罗中素：居然有推销汽车发动机的。

女妖给出哈哈大笑的表情。

罗中素回复一个无可奈何的动画。

女妖：刚才你说到了真爱。

罗中素：是。

女妖：但你经历的"真爱"最多只是单相思。

罗中素：应该是。

女妖：不过，我仍然承认你对她的爱是真的。为博得她的注意，你居然想到了死。即便是单相思，我也很感动。如果我是那个女孩，一定嫁给你。

罗中素：你这样说我也很感动。谢谢！！

女妖：你向她表白过吗？

罗中素：没有。

女妖：不敢？

罗中素：对。不敢。

女妖：我觉得你不用在这里"租友"了，赶紧回头找那位女知青吧。

罗中素：你记住了"知青"？

女妖：是。我刚才特意上网查了一下。

罗中素：我回去找过，但非常失望。

女妖：是吗？

罗中素：是。

女妖：她变得很老很丑？

罗中素：我不想这么说。但事实如此。

女妖：不至于吧。如果很丑，你当初也不会打算为她去死啊。

罗中素：对。不能说很丑，但确实很老。对于大多数人来说，老了，也就丑了。她就属于大多数。

女妖：你不能用当年的标准要求她。再说，你自己也不年轻了吧。

罗中素：可能女人和男人不一样吧。或者是生活的环境不一样，她更显老些。再说，当初她就比我大。

女妖：大几岁？

罗中素：三岁。当年我 17 岁，她 20 岁。

女妖：你喜欢比自己年纪大的女人？

罗中素：不是。

女妖：那你当年怎么疯狂地喜欢上她？

罗中素：当初我懵懵懂懂，她 20 岁，在我眼里是真正的"女人"。

女妖：女人？你说到了"女人"？真正的"女人"。

罗中素：是。

女妖：你不是说你当初只想到和她一起进城、帮她提水、希望别人背后议论你们是一对，连和她拥抱接吻的想法都没有吗？

罗中素：是。

女妖：那么何来"女人"？

罗中素：懵懵懂懂吧，也不是完全不懂。我第一次梦遗就是梦见她。

女妖：梦遗？你当初因为她梦遗？快说说！梦见和她怎么了？在床上吗？

罗中素：是。你怎么知道的？

女妖：我不知道。但我想知道。你快说。

罗中素：梦见是下雨天，没出工，在屋里休息。准确地说是在自己的床上休息。当年在知青点，只有自己的床是属于自己的私人领地，其他地方是公用的，乱糟糟的，没有领地感和安全感。所以，每逢雨天休息，我都窝在自己的床上，甚至把蚊帐放下来，构成自己的"私人空间"，在里面看书、写信、睡觉或补衣服。

女妖：你还会补衣服。

罗中素：简单的。比如钉纽扣。生活逼的。

女妖：还是说梦遗吧。说你梦见了什么？

罗中素：梦见她也在我的蚊帐里，好像是帮我缝被子，也好像是聊天。关键是她躺了下来。

女妖：她躺下了？！

罗中素：是。半躺着，面对着我笑，我就情不自禁地贴上去，就梦遗了。那是我的第一次。好丑。紧张得不得了。非常不好意思。

女妖：太简单了。说详细一点。

罗中素：就这么简单。

女妖：不可能。

罗中素：真的就这么简单。要不然你往下问，你问到哪里，我回答到哪里。

女妖：当时你们是穿着衣服还是脱了衣服。

罗中素：穿了衣服。

女妖：你肯定？

罗中素：肯定。她穿了红黑两色条纹春秋衫。

女妖：这你也记得？

罗中素：记得。她还扎了一个小辫。就是那种半截的短发，不需要梳辫子，只要用两根橡皮筋，在后面扎两下就可以了。

女妖：像小女孩那样？

罗中素：比小女孩的略微长一点，也粗一点。

女妖：还有呢？

罗中素：没有了。

女妖：裤子呢？她穿什么颜色的裤子？

罗中素：记不清了。但肯定穿了裤子。因为她穿裤子的样子我还记得。

女妖：什么样子？

罗中素：就是两根大腿之间有一个"丫"字形状的样子。很温暖的样子。

女妖：很温暖？你能感觉到很温暖？

罗中素：是。我能想象出那地方很温暖，如果我的手放上去，应该能感觉到比其他地方热。

女妖：你把手放上去了吗？

罗中素：没有。

女妖：我是说梦里面。

罗中素：也没有。

女妖：那你怎么说"情不自禁贴上去"的？

罗中素有些不好意思说。说不出口。他用"虚拟世界"调整自己，回复：梦里是用自己大腿之间的那地方往她"丫"字地方贴。

女妖：是生殖器吗？干吗不直接说？

罗中素：不是。不确定。感觉是那一片地方。包括大腿根部。也包括丹田。好像还包括生殖器。

女妖：没有进去？

罗中素再次感觉不好意思，尽管他明明知道这是虚拟世界，不过，他仍然感觉不好意思。但他还是回答了对方，说：没进去。

女妖：没梦见进去就梦遗了？

罗中素：是。没梦见"进去"，也想象不出"进去"，就感觉那地方有一种压迫，然后就遗精了。

女妖：压迫？

罗中素：是。压迫。

女妖：之前你有过这种压迫吗？不是做梦的时候。

罗中素：有。

女妖：是怎么压迫的？

罗中素又有些不好意思，但还是说了：有一次偶然压在被子上，是叠好的被子，我无意中把自己的小肚子压在上面，感觉很舒服，后来在没人的时候，又故意压过几次。那次梦里就是这种感觉。

忽然，罗中素感觉到了什么。他觉得对方问得太仔细了，似乎已经超出了"租友"的范畴。是记者？是侦探？还是变态？如果是女变态还好，万一是男变态呢？这么一想，罗中素就有点恶心。赶快说了声对不起，我要离开一下，就离开了。

女妖也比较知趣，并没有纠缠罗中素。这让罗中素感觉对方有一定素质，好像并不是变态狂。

晚上，女妖并没有出现，罗中素也没有主动找她。

罗中素很忙，要求"加"他的人很多，这时候，他才感觉确实有些应接不暇了，因此也就更加挑剔。有时候甚至并没有对话，仅仅只是感觉对方的卡通头像不顺眼，就立刻派司掉，连"接受"也不点击了。更多的是对上几句话，感觉味道不对，说声对不起，就将对方"打入冷宫"。他只与其中的两个对了话。一个叫"智能娃娃"，另一个叫"良家妇女"。

"智能娃娃"给罗中素的感觉是机器人，而对方却回答是比较聪明小女孩的意思。

罗中素：你很小吗？

智能娃娃：也不是，长了一张娃娃脸而已。

罗中素：那就一定很智慧？

智能娃娃：不敢当，只是希望不要太傻吧。

罗中素：方便告诉我你多大吗？我担心自己拐骗幼女。

智能娃娃：绝对不会。哪有"幼女"大学毕业的。

罗中素：你都大学毕业了吗？

智能娃娃：当然。这是你"租友"的基本要求啊。

罗中素：是。但有很多人上来捣乱的。

智能娃娃：这很正常。关键是你自己的鉴别能力。

罗中素：可这是虚拟世界呀，怎么鉴别？

智能娃娃：绝对的"虚拟"并不存在。网络的"虚拟"其实也是"人造"的，所以，它的构建基础还是真实世界。

罗中素：有道理。果然是"智能型"的。

智能娃娃给了一张得意的笑脸。

罗中素回敬一个大拇指。

智能娃娃：尽管不能见面，但只要一对话，应该还是能大概判断对方是什么样的人吧。

罗中素：是吗？那你对我判断一下。

智能娃娃：我感觉你是认真的，不是在开玩笑。

罗中素：谢谢！何以见得？

智能娃娃：首先，从你的"租友启示"看，文理通顺，表明你是受过一定程度教育的；第二，从你对对方的要求看，首先强调了学历，而不是单纯的"年轻漂亮"，假如你是开玩笑，或者想行骗，没必要给自己出难题；第三，从对给予对方的"租金"看，也比较实际，比较生活化，说明你是懂得生活的人，知道女人最需要什么。

罗中素：最需要什么？

智能娃娃：想去深圳发展的女人，大概最担心的是生存问题，其次是想获得充分自由。你给出的条件看似简单，其实正好满足了这两种需求。

罗中素：啊，我可没想这么多，只是从实际出发。

智能娃娃：所以我说你是认真的嘛。

罗中素：或许吧。我希望对方是一位知识女士，对眼下的状况不满意，想改变，因此想来深圳发展，又不敢冒险，而我能提供的，就是给她一个有基本生活保障又不限制她自由发展的空间。

智能娃娃：你就不怕自己被利用？

罗中素：能被人利用，是价值体现。再说，利用是互相的。

智能娃娃：是。她在利用你的时候，你也在利用她。至少，让你不寂寞。

罗中素：这不是主要的。我本来就不寂寞。

智能娃娃：你主要想得到什么？

罗中素：想寻找真爱。

智能娃娃：你觉得这样能找到真爱吗？

罗中素：一切皆有可能。

智能娃娃：这话太哲学了。

罗中素：也很现实。即便她是为了利用我而和我住在一起，但只要住在一起，就能相互了解，就知道她是不是我想寻找的人，我是不是她想寻找的人。

智能娃娃：快捷试婚？

罗中素：大概是这个意思。

智能娃娃：假如通过同居，你发现她果然是你寻找的人，而她却在外面找到了心爱的人，要离开你，你不是很惨？

罗中素：我自信比我好的男人不多，即使有，也未必正好能爱她。

智能娃娃：你还蛮自信嘛。

罗中素：是。

智能娃娃：但我说的情况也不能完全排除。我是说万一出现这种情况，你不是很惨？

罗中素：是很惨。但也很幸福。至少，我知道这世界上存在我要寻找的人，并且她还与我共同生活了一段时间。不值得吗？

智能娃娃：也是，生命是一种过程，幸福也是一种过程，寻找真爱并且果真找到了，这本身一种幸福。不过，你不年轻了，有多少时间如此折腾？

罗中素：是不年轻了，所以我才抓紧时间，今天就做。而且，我认为这是最有效的一种方式。

智能娃娃：你是说"租友"？

罗中素：是。我们不就是在谈"租友"吗？你不是应征者吗？

智能娃娃：应征者？谁说我是应征者？

罗中素：你不是应征者？那你"加"我干什么？那我们说这么多干什么？

智能娃娃：好奇。好玩。想证实一下自己的判断。

罗中素：对不起。我不年轻了，我的时间非常有限。假如你不抱此目的，恕我不能奉陪了。

说完，罗中素不等对方回应，立刻把对方从"好友"当中删除。

与智能娃娃的咄咄逼人相反，良家妇女的态度相当谦虚，以至于罗中素都不忍心回绝。

良家妇女：我可能不符合你的条件，但我想争取一下。

罗中素感觉对方像是来"应聘"的，竟然产生一种微微的酸楚，有点同情对方。但他还是不动声色地问：哪方面不符合条件？

良家妇女：我 36 了，比你要求的年龄大了一岁。

罗中素：没关系吧。不就差一岁嘛。

良家妇女：还有。我是大学专科毕业。

罗中素不说话了。他不能一下子放宽两个条件，否则，就太没有原则了。或者说，范围太宽泛了而没办法选择。但既然对方这么谦虚，罗中素即使否定，也不能太生硬。他在想着怎么回答。

罗中素：其实不是我自己挑剔，是现实太挑剔。我这样要求是为你考虑。

良家妇女：为我考虑？怎么说？

罗中素：因为我不能保证最后与你成为终身伴侣，你也不用做这个承诺。

良家妇女：这我知道。

罗中素：所以，我理解你来深圳主要是想寻求发展的，可深圳的现实你应该知道，超过35岁并且只有大专学历，除非你在其他方面特别出众，否则是很难在这里立足的，而我又不能保证对你负责到底。

良家妇女：谢谢！看来你还是一个比较负责的男人。

罗中素：谈不上，只能说还比较有良心吧。

良家妇女：谢谢！在生存方面我还有一点自信。我是学营销的。有一定的工作和与人相处经验，可以胜任的工作类别很广，比如售楼，或银行信用卡业务，养活自己应该不成问题。自身条件也还可以。长相不敢说"特别出众"，但在我们这个小地方还算出众。

罗中素：那就好。能说说与人相处的经验吗？我觉得这是最重要的。

良家妇女：对。营销就是和人打交道。经验是换位思考。凡事不要太以自我为中心，要学会站在对方的立场上思考问题，多为对方着想，赢得别人的尊敬与信任。

罗中素先给了一个大拇指，然后说：既然你有这个认识，加上自身条件不错，那么你应该生活得很好，干吗要来深圳呢？

良家妇女：地方小，发展的空间窄，人与人之间都认识，而且小地方人特别喜欢"关心"和议论别人，稍微有些社交就被议论为"不正经"。老公因此猜忌，从动口到动手，有几次脸打肿了不好意思出门。前段时间刚离婚，现在最希望能去特区发展。看了你的"租友启示"，感觉是专门针对我的，所以，尽管不完全符合你的条件，还是鼓足勇气碰碰运气。

罗中素：谢谢！你这样说我很感动。甚至有些不好意思。认识就是缘分，即便最后我们没有达成协议，如果你想来深圳发展，我也尽量帮你。

良家妇女：真的吗？我可当真了呀！

罗中素：当然是真的。但我的能力也十分有限，关键还是靠你自己。

良家妇女：当然关键靠自己。但在一个人生地不熟的环境里打拼，关键时候有人帮一把非常重要，哪怕只有你这句话，我就感觉自己并不是孤独的，所以，先谢谢你！

这话在罗中素心里产生共鸣，他想起自己刚来深圳的时候，第一次被老板炒鱿鱼，很无助，甚至很恐惧，仿佛被船长丢弃在一个荒岛上，那时候，他多么希望有人收留他住一晚上啊。尽管他当时身上有钱，完全住得起旅馆。

罗中素：没关系。认识就是缘分。

良家妇女：是。缘分！说实话，我现在就想过来。我太压抑了，非常向往特区那种自由的空气。

罗中素：特区也不像你想象的那么开放。深圳已经不是改革开放之初那种"前沿阵地"了。

良家妇女：知道。因为向往那里，我一直关注网上关于深圳的消息与评论，有些帖子说现在深圳在很多方面甚至比内地都保守。

罗中素：的确如此。经过三十年的发展，很多当年闯深圳的人功成名就，成了有产阶级甚至权贵，他们不愿意打破已经形成的对他们有利的格局，不想继续改革了，你没看到总理两次来深圳点火，想推进政治体制改革，结果都没点着。

良家妇女给出一个哈哈大笑的画面，然后说：但整个城市的文化已经形成，不是既得利益者能够左右的。比如那里的人非常宽容，不会背后说三道四。

罗中素：这倒是。深圳节奏快，大家都很忙，没时间管别人的闲事，所以不会热衷于背后议论别人。但这也可以理解为是一种冷漠。

良家妇女：我喜欢这种"冷漠"。最讨厌周围人过分的"关心"。

罗中素：你之前深受其害？

良家妇女：是。要不然，我也不会离婚了。

罗中素：你其实不想离婚？

良家妇女：当然。不是逼急了，哪个有孩子的女人想离婚？

罗中素：后悔了？

良家妇女：也不是。既然离了，就往好的地方想。

罗中素：孩子呢？

良家妇女：孩子跟我。

罗中素：他同意？

良家妇女：女孩。他和他妈都重男轻女。这也是我们离婚的另一个原因。

罗中素：那你舍得离开女儿吗？

良家妇女：只能暂时委屈一下女儿了，先把女儿交给我妈妈带，等我在那边有了基础，再把女儿接过去。

罗中素：你还蛮有信心？

良家妇女：是。如果不自信，我就不同意离婚了。如果我真不想离，他也不会坚持的。真的。

罗中素：我相信。你说过，你蛮漂亮。

良家妇女给了一个害羞的卡通表情。说：如果你不介意，我发一张照片给你看看？

罗中素：当然不介意。不过，按照对等的原则，我也应该发送一张给你。

良家妇女没说话，发过来一张照片。

果然是美女！不仅仅是脸蛋漂亮，而且身材也相当不错。背景是公园，穿了长裤，因此露出了"丫"字形，就跟当初罗中素当年喜欢的那个女知青一样，让罗中素很亲切，很能感觉到"女人味"，甚至能感到那地方的温热。如果是之前网上认识的一般网友，罗中素肯定会大加赞赏，即使不怎么漂亮也大加赞赏。但这次不一样，这次罗中素不想轻薄。他什么话也没说，赶紧找出自己的一张近照，发过去。

良家妇女：好帅啊！

罗中素：不会吧。只能说看上去不是太老。

良家妇女：真的很帅！埃菲尔铁塔？布景还是真景？

罗中素：真景。春节去巴黎照的。

良家妇女：出差？

罗中素：旅游。

良家妇女：真羡慕你！

罗中素的心动了一下，差点就说"下次带你去"，但他没这么说，而是夸对方年轻，看上去根本没有 36 岁，三十出头吧。

良家妇女沉默了一下，问：我能过来吗？我是说现在。

罗中素真的不好拒绝，可又实在不能立刻答应，毕竟，只是看了一张照片啊，再说，这才第一天，哪能这么匆忙就做出决定呢，要是这样，不等于头一天上《非诚勿扰》就被人牵手走了？

罗中素说：如果你单纯过来玩玩，当然欢迎，我会像朋友一样接待你。

良家妇女：我们可以先从普通朋友做起。

罗中素沉默。不知道该怎么回答。

良家妇女：怎么？为难吗？

罗中素：主要是我们认识的时间太短，我想，我们需要进一步交流吧？

良家妇女不说话，给罗中素的感觉对方在流眼泪，他差点就心软，让她立刻过来，但又觉得荒唐，觉得这样不合情理，所以，想了想，狠了狠心，说：先下了。明天再聊。好吗？

良家妇女没说话，发过来一个祝他晚安的画面。罗中素回敬一张晚安，下了。

这一夜罗中素并没有睡好。良家妇女沉默流眼泪的样子一直在他眼前晃。尽管他并没有看到对方流泪，但想象的画面有时候比真实的画面更有震撼力。他觉得自己太谨慎了，太狠心了。又自我安慰地想，说不定是骗子呢，我不能凭她一张照片就接受她做朋友啊。再说，谁知道照片上的人是不是她呢？罗中素决定明天和她上视频。如果视频上和照片上是同一个人，并且她再提出今天的要求，他就答应。

第二天罗中素起床很晚，上网的时候差不多是中午了。一上去，就发现自己的 QQ 几乎被呼爆。闪烁的小喇叭和跳跃的小企鹅交替出现，一点击，冒出的不是一个，而是一大溜闪烁的小喇叭、小企鹅和各种卡通图案。有熟悉的，也有陌生的。罗中素"喜旧厌新"，先找良家妇女，居然没找到。他不禁担心起来。难道她生气了？难道我昨天的态度伤害她了？她不会因此绝望走上轻生的道路吧？又想，不至于吧。可是，她怎么会没上来呢？不合逻辑啊。按照她昨晚那种泪眼婆娑的样子，今天一大早就该上来和我打招呼才对啊。罗中素百思不得其解，最后，竟然想象"良家妇女"已经在火车上，此时正在开往深圳呢。这倒是有可能的，也是罗中素可以接受的。大不了就是请她吃饭，帮他找工作，安排她住宿。一想到"住宿"，罗中素就不禁看了一眼自己的家，想象这良家妇女住在他家的情景，居然感到了温馨与兴奋。

别做梦娶媳妇啦！

罗中素给自己泼了一瓢凉水，重新把注意力放到 QQ 上。

在一大溜闪烁、跳跃的图案中，他最熟悉的是女妖，于是，先点击女妖。

嗬！也是一大溜招呼！有卡通图案，也有语言问候，还有做鬼脸。最早的一个居然是早晨六点。

真是女妖！她难道不睡觉！

罗中素：你好！对不起，刚上来。

见对方没反应，罗中素又说：不好意思！昨晚没睡好。所以上来晚了。

女妖：遭受艳遇了？

罗中素：还真被你猜中了。

女妖：分享一下。

罗中素：她说她想立刻过来。

女妖：一见钟情？

罗中素：不。她刚离婚。正好想离开那个小地方，来深圳。

女妖：那不是正中你的下怀？

罗中素：我没这么浅薄吧。

女妖：男人不都是动物吗？

罗中素：女人是植物？

女妖给出一个哈哈大笑的动画。

罗中素：可是，她今天却没有上来。

女妖：你找她了？

罗中素：没有。

女妖：那你怎么知道她没上来？

罗中素：她没主动和我打招呼。而昨晚她给我的感觉是泪眼婆娑迫不及待的样子，我还愧疚了大半夜呢。

女妖：你拒绝她了？

罗中素：也没有。我说大家应该再进一步交流交流，想着她今天一大早就该上来打招呼，继续"交流"，结果没有。

女妖：结果一大早上来打招呼的是我。

罗中素：哈，你怎么这么早就上网了。

女妖：习惯了。

罗中素：不是想我了吧？

女妖：美得你！

罗中素：开玩笑。

女妖：还真想你了。

罗中素：不会吧?!

女妖：想着昨天和你没有结束的对话。

罗中素：能上视频吗？

女妖：为什么？

罗中素：起码，我得确认你是男是女吧。

女妖：当然是女性。你感觉不到？

罗中素：感觉有时候不可靠。

女妖：好吧。但你不能有进一步的要求。

罗中素：什么要求？

女妖：我不会裸聊的。

罗中素：裸聊？我怎么会要求你裸聊？你和别人裸聊过?!

女妖：没有。

罗中素：那你怎么想起来说裸聊？

女妖：我被别人要求过。对方和你现在一样，先说视频，后要求裸聊。

罗中素：和我一样？我没要求裸聊啊！

女妖：我是说开头一样，都是说上视频。

罗中素：冤枉死啦！你不说，我都想不起来这个词！

女妖：你没裸聊过？

罗中素：完全没有！也没有被要求过！

女妖：那说明我比你先进。

罗中素：是。你太先进了。

女妖：好了，上视频吧。

上视频很简单。点击 QQ 对话框上一个小摄像头一样的标记，电脑立刻发出打电话一般的嘀嘀嘀响声，并且有拨号的显示，对方一接受，就能视频了。

是女人。而且是个蛮漂亮的女人。比"良家妇女"年轻，感觉还没结婚，至少没有生过孩子。但不如"良家妇女"漂亮，或者说没有"良家妇女"妖媚。大概是没有化妆素面朝天的原因吧。

罗中素还注意到一个细节，女妖是在家里，而不是在网吧或办公室，因为她的背景有衣柜。

视频中的女妖也在认真地看她，表情很专注，仿佛是要看穿他的心灵，但没看一会儿，女妖就把视频关了。对话框现实视频 1 分 27 秒。

罗中素：断了？

女妖：还没看清楚吗？

罗中素：没看够。

女妖给了一个鬼脸。说：至少，你能确定我是女人了吧。

罗中素：不能确定。现在男扮女装的多着呢。

女妖：那你说怎么办？

罗中素：还是按照你说的办吧。裸聊。坦诚相待。

女妖给出一个愤怒的表情。

罗中素：不能一直视频聊天吗？

女妖：不习惯。总有一种被窥视的感觉。还是这样盲聊注意力集中一些。

罗中素：你在家里？

女妖：是啊。你不也是。

罗中素：我不上班的。

女妖：我在家里工作。

罗中素：什么工作？

女妖：在电脑上工作。

罗中素：与网络有关？

女妖：算是吧。

罗中素：网站管理？

女妖：差不多吧。

罗中素：收入怎样？

女妖：一般。我们还是接着昨天的话题吧。

罗中素：好。听你的。

女妖：乖！

罗中素给了一个假装害羞的表情。

女妖：昨天说到了你第一次遗精。

罗中素有些警觉。又有些不好意思。问：你记得这么清楚？

女妖：是。我这个 QQ 号码是专门为你注册的，只与你一个人对话，只要一打开，就能看到昨天的对话。

罗中素：你不是间谍吧？

女妖：真聪明！居然被你一口猜中！

罗中素给了一个夸张的吃惊的表情。

女妖：别紧张。心理间谍。

罗中素：没听说过。

女妖：我发明的。

罗中素：你是心理医生？

女妖发过来一个不可理喻的表情。

罗中素：不是？

女妖：当然不是。

罗中素：那你怎么对我的第一次遗精这么感兴趣？

女妖：我说实话，你不要紧张。更不要误解。

罗中素：好。我不紧张，也不误解。

女妖：我是写手。

罗中素：写手？

女妖：对。传统的说法叫作家。但我是靠写网络小说吃饭。

罗中素：你在我这里找素材了?!

女妖：不全是。

罗中素：还有什么？

女妖：还有就是你说的条件很适合我，所以，我算是应征者。

罗中素：应征者？

女妖：是啊。你不是打算"租友"吗？我有兴趣啊。

罗中素：不开玩笑？

女妖：不开玩笑。

罗中素：怎么会呢？你不是作家吗？

女妖：是写手。你也没说不接受写手。

罗中素：你得给个理由吧。

女妖：什么理由？

罗中素：对"租友"有兴趣的理由。

女妖：昨天还在试探，今天看了视频，又听说你对昨天"艳遇"中女主角的担心，感觉你还不错，才敢说。

罗中素：你说。我听着呢。

女妖：我是网络写手。但希望成为真正的作家。尝试着投了两次稿，感觉还可以，所以，我想做一个真正的作家。

罗中素：那好啊。

女妖：可当真正的作家我吃什么？

罗中素：不是有工资吗？还有稿费。

女妖传过来一个哈哈大笑的表情，说：老大，你过期了吧？

罗中素：是吗？

女妖：当作家谁给工资？

罗中素：我印象中作家是有工资的呀。好像还很高。听说大作家享受部长级待遇。

女妖：你说的那是20世纪50年代吧？那时候我还没有出生呢。

罗中素：现在也是吧？铁凝不就是正部长待遇吗？

女妖：但全国有几个铁凝？你知道中国有多少网络写手吗？

罗中素：不知道。

女妖：我告诉你，网络写手很多，多得数不清，都没有工资。而且，很多地方已经取消"专业作家"编制了。

罗中素：应该。现在公务员编制这么紧张，发达地区一个值几百万呢，给作家占着，是一种浪费。

女妖：你还挺幽默嘛。

罗中素：我曾经是官场中人，对此略知一二吧。

女妖：现在呢？

罗中素：什么现在？

女妖：你说你曾经是官场中人，我问你现在做什么？现在不是官场中人了吗？

罗中素：不要跑题。还是说你自己吧。说你对我"租友"有兴趣的理由。

女妖：啊，是。我现在是网络写手，但我想成为真正的作家。

罗中素：这二者有区别吗？

女妖：有。很大。

罗中素：多大？

女妖：性质不一样，写作的动机和方式也不一样，成功与否的评判标准也不一样。总之，他们不是一种职业。

罗中素：太笼统了。不要概括，说具体一点。

女妖：作家为文学写作，写手为市场写作。

罗中素：还是太抽象。

女妖：作家心里装着文学的高度，是很崇高的；写手心里想着点击率，一切为了迎合读者，为了赢得"人气"，不得不千方百计抓住读者，有时候其至写一些违心的东西，比如编造自己的"绝对隐私"，假装自己是妓女，男写手假装成纯情少女，写自己被上司"潜规则"了，说自己莫名其妙地怀孕了等等。

罗中素：有这种事？

女妖：没办法，靠点击率养活自己，故事必须每天更新，不瞎编怎么办？

罗中素：那也不容易啊。

女妖：是。我平均每天写五千字。

罗中素：这么多？

女妖：不算多。多的每天写一万多字。

罗中素：天天如此？

女妖：是。读者耐性差，选择的范围广，写手停一天，读者就可能走了，再也不回来了，点击率就要下降。

罗中素：每天写一万多字，不是把人写疯了？

女妖：是。所以我感觉网络写手都是天才，不相信做个试验，让传统作家上来写，不要说一万，就是每天写五千，而且要做到故事吸引人，能把读者带到你的故事里来，让读者天天跟着你读下去，这样坚持半年试试。

罗中素：估计他们做不到。

女妖：肯定做不到。

罗中素：所以，你觉得自己其实是有文学天赋的，当网络写手吃亏了？从事传统文学的人，大多数当不了网络写手，而成功的网络写手，只要让他们生活无忧，享受"专业作家"的待遇，他们就能写出纯文学作品。

女妖给出 · 个大拇指，说：聪明！！

罗中素：明白了。你想从一个网络写手转变成一个真正的作家。

女妖：是！！

罗中素：那很好啊，你不是已经做尝试了吗？

女妖：是做尝试了，可稿费太低。我尝试着写了几个中短篇，结果只有一个短篇在一家省级文学刊物上发表。

罗中素：那也不错啊，很多人投稿一辈子都没发表一篇呢。我年轻的时候就多次投稿，到现在也没有发表。

女妖：是不错。但稿费才几百块，还不够请编辑吃一顿饭。

罗中素：这么低？

女妖：是。但我仍然想成为真正的作家。再说，这样天天五千字身体也吃不消。

罗中素：支持！

女妖：真支持还是假支持？

罗中素：真支持！

女妖：成交！我过来，你养我，让我安心写作，不是为了点击率，而是为了文学高度。

罗中素：啊？！

女妖：怎么？害怕了？说话不算话了？嫌我长得丑？不符合你的条件？

罗中素：不是不是。

女妖：那是什么？

罗中素：是我觉得自己配不上你。

女妖：借口！！绝对是借口！！！

罗中素：息怒！不是借口。是真的。你那么年轻，而我都五十了。

女妖：还有嫌女人年轻的？

罗中素：不是我嫌你年轻，是担心你嫌我太老。

女妖：我不嫌你老啊。我觉得你这个年龄正好。

罗中素：哦？为什么？

女妖：第一，你说自己有一定的经济基础，那就是真有经济基础。

罗中素：这是真的。

女妖：第二，应该比较宽容。因此也就比较包容。而我既然想当真正的作家，就少不了与编辑和评论家交往，相信你能理解，能包容。

罗中素：你这是打预防针？果真如此，也有限度，我不能容忍你与别人裸聊。

女妖：哈哈哈哈哈……记仇呢。

罗中素：不是记仇，是想说我也不会无限宽容。

女妖：那当然，我也会有分寸，但相对年轻人来说，知天命的人应该更宽容一些，至少不会无端猜忌和冲动。

罗中素：那倒是。

女妖：所以，我愿意"成交"。

罗中素：这个…太快了，我还没有准备好。我以为"租友启示"发出去后，根本没有人响应，就是有响应，也大多数是恶作剧者，甚至是骗子，没想到才两天就有两个愿意立刻过来的。

女妖：美得你！我什么时候说我愿意过来了？！

罗中素：你刚才不是说要我养你，还说"成交"。

女妖：你当真了？

罗中素：是。我是认真的。

女妖：我也不是开玩笑。但眼下不会。真到那一天，我也不会自己过来，而是要你过来接我。请我。

罗中素：啊，好。等决定了，我来接你，请你。

女妖：好。啊呀！不好了，版主催我了，我要码字了。拜拜！

罗中素忽然感到一阵惆怅。他觉得女妖太自我了，想来就来，说走就走，连个招呼都来不及打的样子，倒是"良家妇女"，好像比较善解人意，有女人味。或许，自己要找的，就是这种"女人味"？不过，他又觉得自己也喜欢女妖这种风风火火简简单单大大咧咧的性格，感觉如果和女妖生活在一起，应该更满足、更开心、更有情趣一点。但女妖已经忙着码字去了，罗中素不便打扰，还是先找"良家妇女"吧。

罗中素打开自己的QQ好友目录，主动点击"良家妇女"，先给了一个阳光灿烂的笑脸，然后说：你好！

没有应答。

罗中素只能耐心等待，急也没有用，不像电话，如果对方不接，他可以一遍又一遍地打，而网络交流，如果对方不在线，你怎么呼唤也没用，所以，罗中素决定先去看看其他"好友"。

他浏览了一遍闪烁的小喇叭、小企鹅和各色头像，决定先点击小喇叭，把对方接受成"好友"再说，广种薄收嘛。

照例，新加他的"好友"未必都搭理他，但也有几个立刻回应的。其中一个叫"天若有情"，对罗中素的"租友"动机产生了质疑。

天若有情：你不是变相买春吧？

罗中素：当然不是。

天若有情：怎么证明？

罗中素：如果想买春，用不着这样舍近求远，而且你不觉得这样成本太高，给自己找麻烦吗？

天若有情：怎么成本太高？

罗中素：即便对方只住一天，我也得付给她三千元啊。

天若有情：比买春还贵？

罗中素：当然。

天若有情：你还很有经验？

罗中素：没有。但经常受到类似的短信，所以，行情还是知道的。

天若有情：其实你就是有这种经验也没关系。买春的人未必就是不道德。

罗中素：或许吧。总比用权势逼迫对方好。

天若有情：只是方式不同罢了。

罗中素：不一样。我不说我，就说对方。假如对方真打算卖淫，她是不会接受我这种支付方式的。她们会嫌麻烦，不如直接收钱好。所谓"买春"，必须是双方的，有买的，也有卖的，现在卖方不成立，"买春"也就不成立了。

天若有情：别偷换概念。我并不承认你的"假如"。假如我是卖淫女，我可能接受你的支付方式。比如我先答应你的条件，然后做出一些非常出格的事情，迫使你赶我走，等你赔偿我两个月的生活费外加十天旅馆费用，不是比直接卖淫更划算？

罗中素：你能做出什么样出格的事情？

天若有情：比如我不让你碰我。

罗中素：这不可能吧？

天若有情：怎么不可能？我完全能够做到，很多女人都能做到。

罗中素：假如你是卖淫女，你就不可能做到。

天若有情：那不一定。卖淫女的性欲未必比一般的女人更强。

罗中素：或许吧。这个我承认。我是说，如果对方确实是卖淫女，我是不会与她达成协议的，也就是说，我不会让她到我家来住一晚上就赶她走的，她卖淫的目的不可能得逞。

天若有情：问题是你根本不知道她是卖淫女啊。

罗中素：那也不会。无论对谁，我都不会轻易与对方达成协议的。要过很多关。QQ 交流只是第一步，第二步是视频，第三步是见面，是不是卖淫女，当面交往应该能看出来的。

天若有情：那不一定。现在有些兼职的，看上去简直就是纯情少女。

罗中素：倘若如此，那就不存在你说的住在我家却不让我碰了。

天若有情：为什么？

罗中素的：因为见面之后肯定还有进一步的交往，包括像男女朋友一样的交往，然后才可能达成协议，才会把她带到深圳，带回我家。

天若有情：你是说在达成协议之前，其实女方已经让你"碰了"？

罗中素：是啊。既然之前就已经"碰了"，怎么可能住到我家之后反而不允许"碰"呢？

天若有情：如果这样，那你自己就是骗子。

罗中素：我是骗子？骗什么？

天若有情：骗色啊。你通过这种方式，其实并不需要和任何人达成"租友"协议，就可以与许多女性先成为"男女朋友"。"碰"完之后，你溜之大吉。

罗中素：不会吧？太麻烦了吧？

天若有情：怎么麻烦？不麻烦啊。

罗中素：至少，我要先去对方那里吧？往返机票加宾馆住宿，费用不是比"买春"更高？

天若有情：那不一样。"买春"只能买到卖淫女，而通过"租友"，你可以得到良家妇女。

罗中素：良家妇女？

他想到了"良家妇女"。他想马上结束与"天若有情"的对话，去看看"良家妇女"上来没有。于是，找了一个借口，结束了对话。

再次打开与"良家妇女"的对话窗口，见对方还没有上来，只好留下一句问候。

让罗中素感到不安的是，整整一个下午，一直到晚上，"良家妇女"都没露面。因为心里惦记着"良家妇女"，在当天剩余的时间里，罗中素对QQ里的其他"好友"的所有对话都索然无味，晚上睡觉，竟然梦见"良家妇女"突然找到他家。

罗中素通过QQ打开"良家妇女"的空间，本以为"良家妇女"会设置密码，担心进不去，谁知道对方并没有设密码，很容易就进去了，这让罗中素很开心。可是，"良家妇女"的空间空空如也，什么内容也没有，是名副其实的"空"间，罗中素的希望顷刻变成失望。

因为心里惦记着事，次日罗中素起得比较早，一打开电脑，迎接她的并不是"良家妇女"，而是女妖。

女妖：对不起。我只有早上刚起床的时候精神最好，写作效率最高，等一下再跟你聊，好吗？

罗中素说好。

看着寂静的电脑，罗中素胡乱给"良家妇女"留下一大堆担心、问候、安慰、补救的话，甚至留下了自己的手机号码，说万一她真到了深圳，可以打电话给她等等。

"良家妇女"没有给他任何回应。罗中素心里空空荡荡，对其他要求"加"他的"好友"也提不起兴趣，干脆躺在沙发上看电视。

准确地说是"听"电视，因为，罗中素并没有专注地看，他甚至闭上眼睛，一边听着电视，一边闭目养神，想着良家妇女那边到底发生了什么事，怎么昨天一整天都没上网，今天仍然没有上来，即便遇到什么麻烦，比如女儿突然生病了，也不至于两天不露面吧？罗中素听着想着，竟然不知不觉又睡了一觉。醒来的时候已是中午，上网一看，居然又是一大堆闪烁的小喇叭、晃动的小企鹅已经一大堆陌生或似曾相识的各位"好友"标志。罗中素见"良家妇女"还没有上来，再次留下一句问候的话，就急急忙忙去找女妖。

罗中素给女妖一个抖动的窗口。

女妖回复：跑哪去了？

罗中素：你不理我，我就在沙发上看电视，看睡着了。

女妖：我不理你？我怎么不理你了？一开机，一个字没写，就先向你问好。

罗中素：那是礼貌性的，未必真想和我对话。

女妖：我告诉你了，我只有早上写作效率最高，要不是因为你，我上午都不上 QQ 的，安心写作。

罗中素：我有这么大面子？受宠若惊了。所以我才不敢影响你，跑去看电视。看睡着了。

女妖：真乖！

罗中素给了一个不好意思的表情。

女妖：好了，我今天码字的任务完成了，现在可以聊了。

罗中素：好。聊什么？

女妖：接着聊上次的话题吧。

罗中素：什么话题？

女妖：你的第一次啊，你第一次梦遗啊。

罗中素：不行。我已经对你说得够多了，按照对等原则，今天应该聊你。聊你的第一次梦遗。

女妖：哈哈哈哈哈…我们女人没有"梦遗"。

罗中素：有。肯定有与男人"梦遗"类似的经历。你就说说你第一次"怀春"的经历。

女妖这次没笑。但也没有说话。给罗中素的感觉是对方正在思考。

这样思考了一会儿，女妖说：是。你说的对。我也有过类似的经历。

罗中素：快说说！

女妖：当时我大概十五岁，有一天，我忽然对一个邻居大哥哥产生幻想。

罗中素：性幻想？

女妖：是。我忽然希望他是流氓。希望她来猥亵我，诱奸我。

罗中素：猥亵？诱奸？

女妖：是。我希望他骗我，把我骗到一个没人看见的地方，然后摸我，甚至诱骗我脱掉裤子，占有我。

罗中素：怎么"占有"你？你才十五岁，就知道"占有"吗？

女妖：知道。我从小喜欢看书。书上有类似的描写，有"大哥哥"猥亵、诱骗、占有"小妹妹"的描写。我就希望我是那个"小妹妹"，而他就是那个"大哥哥"。

罗中素：流氓大哥哥？

女妖：对。流氓。当时我就希望他是流氓。对我耍流氓。

罗中素：结果呢？他对你耍流氓了吗？

女妖：没有。他好像对我视而不见。

罗中素：后来呢？后来你们有发展吗？

女妖：没有。后来我们搬家了，就再也没有见到他了。

罗中素：不行。你这个"第一次"不如我讲的有内容。太简单了。

女妖：事实就是这么简单，我不能瞎编啊。

罗中素：你说详细一点。

女妖：怎么详细？

罗中素：反正你说得太简单了，不具体，没有我对你说得具体。

女妖：那你问具体吧。和我上次问你一样，你问到哪里，我说到哪里。

罗中素想了想，问：地点。你幻想他对你耍流氓的地点。

女妖：两个地方。一个是他家，他假装给我看一本书，把我骗到他家。关上门。没开灯。当时我们家住平房，虽然是白天，但屋里很黑暗。他在黑暗中突然对我动手动脚。

罗中素：另一个地方呢？

女妖：另一个地方是城外的小树林，也是白天，阳光灿烂，他假装带我出去爬山，把我骗到一个小树林，在树荫下对我动手动脚。

罗中素：怎么动手动脚？

女妖：在家里的时候是趁我不注意从背后一把抱住我，在我身上乱摸，还使劲捏，捏我的胸部，把手伸进我的裤子里，摸我拉尿的地方。

罗中素：在小树林呢？

女妖：在小树林他没有突然袭击，而是一步一步诱骗我，让我在春天的阳光下产生幸福的遐想，然后他一点一点靠近我，迎面，并没有一把抱住我，而是引导我一点一点与他贴近，与他接吻，被他拥抱，让他慢慢地一步步试探性地把手伸进我的内衣、内裤，我感到很幸福，我甚至也摸他了，感到一种从未有过的紧张与兴奋！希望时光在此永久停留，希望他采取进一步行动。

罗中素：你也摸他了？

女妖：是。

罗中素：摸他什么地方？

女妖：当然是那个地方。是他引导我摸的。他握住我的手，把我的手放到他那个上面。

罗中素：隔着衣服，还是脱了衣服？

女妖：不是衣服，是裤子。

罗中素：对。我说的是裤子。隔了裤子，还是脱了裤子？

女妖：刚开始是隔着裤子，后来也没有脱，他打开拉链，把那东西掏出来，让我摸。

罗中素：后来呢？他对你做那种事情了吗？

女妖：你说的是性侵犯？

罗中素：是。就是你问我的那样，他进入你的身体没有？

女妖：没有。

罗中素：你没有想象他进入你的身体？

女妖：我想象不出来。只想象到他摸我，我摸他，就紧张得不得了，兴奋得不得了。

罗中素：你当时穿什么衣服？

女妖：在他家的时候穿什么衣服不记得了，在小树林里穿的是裙子。

罗中素：你记得？

女妖：记得。

罗中素：当时你自己有什么反应？

女妖：我第一次感到自己那地方有强烈的弹跳。

罗中素：弹跳？哪地方弹跳？乳房？还是阴道？怎么弹跳？

女妖：阴道。能感觉那地方一跳一跳，或者说肌肉一紧一紧的。还伴随着出水。

罗中素：流出水来？

女妖：没那么严重，是"渗"出水来。

罗中素：内裤湿了？

女妖：是。

罗中素：是白天还是夜晚？我是问是你醒着的时候这么想象，还是睡着的时候梦见这样？

女妖：醒着的时候。

罗中素：做梦的时候呢？没有梦到吗？

女妖：我很想梦到。可惜很少梦到。偶然梦到，也是短暂的，零碎的，不如我跟你说得这么完整。

罗中素：这种情况发生过几次？

女妖：什么情况？

罗中素：幻想着邻居大哥哥对你耍流氓的情景，你幻想过几次？

女妖：啊，数不清。有一段时间天天想，甚至每时每刻都在想，一天到晚都在想。

罗中素：上课也想？

女妖：是。无时无刻。

罗中素：那你还怎么上课？学习成绩不是非常差？

女妖：是。学些成绩一落千丈。

罗中素：那你后来怎么考上大学的？

女妖：关键时刻虚荣心起了作用。期末考试成绩公布，从全班第三跌到倒数第七。是整个年级学习成绩下降最快的。老师、同学、家长看我的眼神都怪怪的。我感到无地自容。我甚至感到邻居大哥哥对我也没以前热情了。猜想他已经瞧不起我。我强迫自己集中精力学习，强迫自己不想那些不健康的东西，终于摆脱出来。

罗中素：不健康？

女妖：对。不健康。确实不健康。不是性幻想本身不健康，而是人在不同的年龄段有不同的任务，上中学的时候，就应该把所有的精力放到学习上，而不是消耗在性幻想上，没意义。

罗中素：你说得对。人不能太随性。需要约束自己。特别是青春期的时候，容易走入误区，你能走出来，说明你还是很理智的。

女妖：谈不上"理智"，虚荣心支配吧。

罗中素：但也有因为虚荣心把人引向歧途的。

女妖：是。环境很重要。我表姐没有考上重点中学，也是跟着虚荣心跑，跟着不健康的虚荣心跑，结果，跑歪了，学坏了。

罗中素：什么叫"不健康"的虚荣心？

女妖：虚荣的内容不是学习上争高低，而是在穿着、打扮、博得男生的青睐甚至"男朋友"有多帅上争高低，在中学阶段，这些虚荣心就是不健康的，就能把人引向歧途，甚至毁了一生。我们是重点高中，风气正，连虚荣心也正，所以我最终考上大学了，而我表姐没有。

罗中素给了女妖一个大拇指，说：正确！认识深刻！你应该把自己的这种认识写出来。

女妖：一直想写，但怕写出来没人看。或者说没地方出版，没人买。

罗中素：那也要写。你们作家，不是应该有社会责任感吗？不是充当人类灵魂的工程师吗？

女妖：你说的是之前吧？现在的作家未必是这样，再说，我不是作家，是写手。

罗中素：你不是想成为真正的作家吗？

女妖：是。但还没有"成为"啊，这不是希望你能成全我嘛。

罗中素：我成全你？我怎么成全你？

女妖：租我啊。让我衣食无忧，安心写作。如果不为生活发愁，我就可以不为点击率写作，不为生活费写作，就可以写出自己的真实感悟与认识了。

罗中素：啊，你这么说，好像是把你自己的责任感转嫁给我了。

女妖：但我不是白白让你付出。

罗中素不说话。不知道该说什么。他知道女妖并非完全说笑。她相信女妖是以开玩笑的方式说出自己的真实想法。他无法拒绝。不忍拒绝。但这与他的预期不一样。当初他发"租友启示"的时候，是想寻求真爱，或者谈不上"真爱"，但安安稳稳过日子也行。比如像"良家妇女"那样，很女人，很依赖他。而这个女妖显然不是那种安安稳稳过日子的人。

当天，女妖再没上来，罗中素也没主动找他。但他找过"良家妇女"。情况依旧。他打招呼。他问候。他发窗口抖动。他再次留下自己的手机号码，希望对方联系他。可对方一概沉默，根本就没上网。仿佛这世界上根本就没有"良家妇女"。可是，她明明存在啊，罗中素的 QQ 里明明保存着与她的对话啊。

罗中素也点击闪烁的下喇叭，接受新"加"他的"好友"，问候"你好"，甚至幻想着"良家妇女"以另外一个名字出现。但这种情况并没有出现。和前几天一样，这些"好友"大多数没做回复，即使有两个回复的，所谈的内容也不着边际，给罗中素印象最深的是"安溪铁观音"，因为，不是一个，而是出现好几个。不同的"好友"都是推销这种茶叶的。罗中素怀疑这是对方的一种营销策略，就是用这种方式加深人们对"安溪铁观音"的印象。罗中素因为心中惦记"良家妇女"，心不在焉，但仍然记住了"安溪铁观音"。

不。不仅仅是惦记"良家妇女"，他还惦记"女妖"。现在，他心里已经装着两个女人了。一个是"良家妇女"，另一个是"女妖"。他甚至一边与"好友"们有一搭没一搭地说话，一边回想着自己与"良家妇女"和"女妖"的对话。他和"女妖"的对话多，和"良家妇女"的对话少，但他心里想着的，却更多的是"良家妇女"。罗中素忽然发现，是自己对对方的重要性，决定了自己在对方心目中的分量与位置，并且反过来也成立，当自己感觉自己在对方心中重要的时候，对方在他心中也重要了。那么，罗中素又想，自己对女妖不是同样重要吗？假如说与"良家妇女"生活在一起，更多的是满足对方的物质需求，那么，如果与女妖达成"租友协议"，则更多地满足对方的精神需求，让对方能按照自己真实的意愿去写作，而不是为了点击率去"码字"。既然人的精神需求比物质需求更重要，为什么自己心里想得更过的是"良家妇女"，而不是"女妖"？

对，问题出在"租友协议"。如果选择女妖，罗中素想到的是达成"租友协议"；而如果是"良家妇女"，罗中素想到的是在一起"过日子"。"过日子"比达成"租友协议"重要。

这么七想八想，哪里还能与其他"好友"认真对话。不过，有一个叫"魅力时尚"的"好友"，提出一个严肃的问题，令罗中素不得不认真回答。

魅力时尚：老大，能问你多大了吗？

罗中素：五十。周岁。

魅力时尚：那你怎么一定要求女方 35 岁以下呢？

罗中素立刻想到了"良家妇女"，想到"良家妇女"已经 36 了，想到"良家妇女"也问过这个问题，想到他对"良家妇女"的解释，并且，他忽然找到自己总是惦记"良家妇女"的另一个原因。同样的问题，从"良家妇女"口中问出来，是那么的谦虚与温和，而从"魅力时尚"口中问出来，却有点咄咄逼人。或许，在男女交往中，也遵循当年中国足球队主教练米卢的名言——态度决定一切？

罗中素：也不能说"一定"吧，只是大致的要求。

魅力时尚：是吗？

罗中素：是。

魅力时尚：那就是说，你"租友启示"里面所有的条款，其实都是可以打折的？

罗中素再次感到了"魅力时尚"与"良家妇女"的区别，他觉得"打折"很刺耳，如果换成"良家妇女"，是绝对不会这么说的。她肯定用另外一个词，比如"商量"。

罗中素：可以商量。关键是看缘分。看综合条件。看双方是不是有共同语言，是不是能聊得来，是不是对脾气。

魅力时尚：你是不是希望女方越小越好？

罗中素：不是。

魅力时尚：那你为什么只规定了年龄的上限，而没有规定下限。

罗中素：是。我是希望年轻一点，但并不是越年轻越好。

魅力时尚：那你就应该给出一个下限。

罗中素：是。我最初想写成 30~35 岁，但感觉如果对方 29 岁，其他方面都符合，她本人也不嫌弃我老，也就不该排斥。

魅力时尚：那么 36 呢？如果女方 36 岁，其他方面都符合，是不是也可以？

罗中素再次想到了"良家妇女"，想到"良家妇女"的年龄就是 36。

罗中素：当然。

魅力时尚：既然如此，为什么只规定上限，不规定下限？

罗中素被问住了。他发觉自己的"租友启示"确实有漏洞。

罗中素：你说的对。接受。或许我要修改一下"租友启示"？但修改起来很麻烦。而且该给人"朝令夕改"的感觉。

魅力时尚：你太抬高自己了吧？也不是皇帝，说什么"朝令夕改"，说"朝三暮四"还差不多。

罗中素赶紧给了一个大拇指。他觉得魅力时尚虽然态度不讨人喜欢，但并非无理取闹型的，和这样的人交谈交谈，虽然不是很开心，但未必不会有收获。

魅力时尚：问一个问题，希望你真实回答。

罗中素：好。我保证。

魅力时尚：你怎么保证？

罗中素：这里是虚拟世界，我没必要撒谎。

魅力时尚：好。我问你：男人为什么都喜欢年轻的女人？

罗中素被问住了。越是简单的问题，越是难以回答。比如一加一明明白白等于二，但如果你问为什么一定要等于二，就变成哥德巴赫猜想了。

魅力时尚：怎么？为难了？

罗中素：不。不是为难。

魅力时尚：那就立刻回答。不要思考。

罗中素：为什么？

魅力时尚：因为所谓的"思考"，可能是在想着怎么说谎。

罗中素给出一个哈哈大笑的表情。

魅力时尚：别嬉皮笑脸。快回答。

罗中素：第一，年轻人单纯，身上没有负重，而年纪大的人经历复杂，有婚史，甚至有孩子，因此就有负担，包括经济负担和精神负担，不如和年轻的女孩在一起简单轻松。

魅力时尚：第二呢？

罗中素：第二，每个人身上都有缺点或恶习，年轻，意味着更有可能被纠正和改变。

魅力时尚：勉强说得过。第三呢？

罗中素：第三，从生理上说，男女都喜欢对方年轻，这也符合生物遗传规律。

魅力时尚：笼统了。回答问题偷工减料。

罗中素：年轻人身体健康，精力旺盛，有活力，从纯生理上说，性交流的时候，对于对方的努力反应强烈。

魅力时尚：还是不够具体。

罗中素：哪方面不具体？

魅力时尚：说什么"性交流"，直接说性交不行吗？

罗中素感到有些说不出口，又想到这是虚拟世界，反正互相不认识，再说，也不是"说"，而是"敲"，或许，"敲"比"说"容易一些。

罗中素：好。我说。性交的时候，从生理上说，年轻的女人阴道紧而润滑，给男人生殖器带来的感觉既刺激又舒爽。从心理上说，男人在满足自己生理需求获得快感的同时，也希望自己的行为能给对方带来同样的满足和快感，这样才显得自己"威猛"，才更有成就感。而且，只有当他感觉在满足自身的同时也给对方带来满足，男人才能获得更大的满足。这种满足，男人在年轻的女孩身上更容易实现。

忽然，罗中素意识到自己说的太多了，太直接了。

魅力时尚没有再问。甚至连招呼都没有打，悄悄地下了。

这让罗中素很疑惑。是自己说的太多太直白了？让对方怀疑我是流氓？还是自己不小心碰到对方某根敏感神经了？比如"魅力时尚"其实并不时尚，也毫无魅力，年纪很大了，被丈夫嫌弃了，她找罗中素对话，其实并不打算"出租"自己，而是求证，是解惑，现在，她的目的达到了，因此就悄悄离去了？但也有另外一种可能，"魅力时尚"根本就是"良家妇女"，或者是"女妖"，她们是用这种方式来试探罗中素。

这也是完全有可能的。因为，反正这里是虚拟世界，另外注册一个QQ号很容易，他们是第一次聊天，没有到视频的层次。

在后来的日子里，要求"加"罗中素的"好友"有所减少，大概是自己的"热帖"位置逐渐靠后并最终被淹没了吧。但每天仍然有一两次小喇叭闪烁，罗中素也都热情地点击"接受"，并首先发起对话，说"你好"。情况和之前差不多，要么，对方并没有搭理罗中素，要么，感觉话不投机，甚至有肆意捣乱的。其中也有几个条件不错，可惜对方就在深圳，或者东莞，而罗中素大概特别相信外来的和尚会念经，或许怕对方纠缠，因此对本地或附近地区的女人敬而远之，倒是每天惦记着"良家妇女"和"女妖"。

情况照旧。"良家妇女"再未露面，而罗中素一如既往，每天探望，给她留话并去她的"空间"探望，希望能有更新，看到被"激活"的迹象。可惜没有。

"女妖"照例每天一大早就发来问候，但真正聊天的时间要拖到中午。罗中素曾试图改变她这种习惯，妖女说没办法，她与网站签了合同，必须每天更新，否则前功尽弃。还说网站鬼得很，稿费不是月结，而是按季度结算，倘若自己违约，之三个月算白干。

"除非你立刻'租'我，否则我不敢违约。"口气是开玩笑，内容却异常严肃。

罗中素照例顾左右而言他，不敢正面回答。说到底，他心里还没有完全放下"良家妇女"。失去的都是最好的，好比钓鱼，跑掉的都说是最大的，倘若"良家妇女"并没有消失，而是在QQ上与罗中素继续聊，说不定聊着聊着，罗中素就发觉对方并不是自己理想中的另一半，综合起来看，说不定还不如"女妖"。问题是"良家妇女"玩失踪了，好比那条跑掉的鱼，任由罗中素想象，被想象成了无限大。

罗中素发觉自己与女妖很有共同语言，而与"良家妇女"未必。他也曾经爱好文学，记得莎士比亚的名言——爱情是建立在共同语言基础上的。但是最终，罗中素决定与女妖达成"租友协议"，并不是因为莎士比亚的名言，而是因为女妖的一句话。

女妖说：其实，"良家妇女"是我的另一个QQ。

这话罗中素信，毕竟，想象力是作家的天性，女妖用两种身份与罗中素对话，不费事。况且，"良家妇女"的QQ空间空空如也，一看就是临时注册的。

罗中素甚至想到"魅力时尚"也是女妖的马甲。但他没有问，怕引火烧身。上次女妖要看罗中素与"良家妇女"的对话记录，罗中素费了很大的劲才搪塞掉，这次，他可不敢再给自己找麻烦了。

作为对自己穿"良家妇女"马甲的惩罚，女妖并没有要求罗中素去接她，而是她自己"送"上门来。

两人做爱之前，女妖又对罗中素说了一句话。

女妖说：对不起。我还是处女。

罗中素震惊不已。

罗中素虽然是过来人，并且有过多个女人，正式的婚姻就有三次，但他对"处女"始终没有清楚的认识。第一任妻子确实是处女，可他不懂得珍惜，还没来得及欣赏就将其破坏了。后两任妻子当中的一个是离婚的，另一个虽然未婚，但谈过几任男朋友，早已严正声明自己并非处女。至于与之发生过关系的其他女人，则更不可能是处女。偶然从手机短信上获得兜售"处女"的信息，还听说是用鸽子血冒充的，所以，这次罗中素非常珍惜。破坏性探索之前，仔细欣赏认真研究，凭着自己的经验与学识，确信女妖没开玩笑，她确实是处女。这更让罗中素惊叹不已，感慨万千。看来，思想并不代表行为。思想的开放更不代表身体的开放。说不定相反。

罗中素油然产生了责任感，并顿悟女人坚守贞操的实际意义。他决定与女妖好好过一辈子，打算立下遗嘱，万一猝死或遭遇某种不测，自己的所有财产，包括在两家公司的股份，在深圳、香港和老家的房产，以及汽车、股票、收藏和存款，平分三份，一份给儿子，另一份给兄弟姐妹，最后一份给女妖。

谁知，关键时刻，女妖又对罗中素说了一句话。

女妖说：对不起。其实，那个"良家妇女"不是我的马甲。

连襟

老婆回贵阳了，余丰年本应该和老婆一起去的，但一想到岳母，算了。

岳母也没什么不好，只是习惯把姐夫挂在嘴边，令余丰年不爽。

其实是老婆的姐夫，也就是余丰年的连襟或者"一担挑"，但"连襟"和"一担挑"是对别人说的，当面喊不出口，所以，余丰年随老婆称姐夫。

姐夫是领导，这就让岳母很自豪。大年初三请亲戚朋友在甲秀楼吃饭，开了两瓶好酒，岳母说："大女婿从深圳带回来的。大女婿工作忙，每年春节上面都有人来深圳或香港，他要亲自接待，回不来，就让菲菲把酒带回来了。"此时，亲戚朋友中往往会有一个人接着话头问："大姑爷又高升了吧?"岳母摆出一副不在乎和不经意的样子回答："也算不上高升。从副局到正局，算扶正吧。"于是，反应慢的亲朋好友也清醒过来，马上起身敬酒，说"祝贺""祝贺""您老好福气"等等，搞得余丰年站也不是，坐也不是，屁股悬在那里，陪着脸一起受罪。

其实，余丰年也是公务员，但级别不高，部门没权，因此说话不响，不值得岳母拿出来炫耀。

老婆回到贵阳之后，打来电话，报平安，也让余丰年和岳父岳母说说话，以弥补不能回来过年的缺憾。余丰年很懂礼节，在问候岳父岳母大人之后，没忘记顺便问候一下姐姐、姐夫。

"他们今年没回来。"老婆说。

"没回来？"余丰年问。随口一问，没有什么特别的意义，并没有打探姐姐、姐夫动向的意思，更没有指责姐姐、姐夫的意思，他自己都没回去，哪里有资格要求别人。

"是"，老婆说，"我姐夫回昆明了，姐姐一个人在深圳。"

姐夫回昆明是应该的。他是昆明人，老父亲还健在，上面来的领导要接待，自己的父亲也要陪伴，可以先回去陪老父亲过完春节再回深圳迎接上面来人嘛，毕竟，上面的领导或领导夫人们也不会大年三十或年初一来深圳或香港的。可是，姐姐为什么不跟着姐夫去昆明呢？既然不跟着去昆明，怎么不回贵阳呢？

这不是余丰年该问的问题，也不是他该管的事。经验证明，对老婆娘家的事情，少问为好，少管为妙，只要注意自己不失礼就行了。那么，余丰年想，既然姐夫回昆明了，姐姐一个人留在深圳，我是不是该请她吃年饭呢？

姐姐姐夫和余丰年夫妇一样，都只有一个孩子，而且，孩子大了之后，都送到了国外。这不是相互攀比，而是适应风气。深圳主流社会都这样，余丰年也只能随大流。所不同的是，姐姐姐夫的孩子在英国，余丰年夫妇的孩子在澳大利亚。两个孩子留学地生活水准的差异，基本上反映了两个家庭社会地位和经济条件的差异。这不是关键，关键是，孩子在国外，配偶回老家，余丰年和姐姐各自放单留在深圳，按照礼节，他应该请姐姐吃年饭。当然，如果姐夫也留在深圳，则情况倒过来，是姐姐姐夫请他吃年饭，他们是老大嘛。可是，姐夫回昆明了，只留下姐姐在深圳，余丰年就应该请姐姐吃年饭。毕竟，他是男人。

当然只能在外面吃，不能请来家里吃。一来余丰年没有能力在这么短的时间内张罗出一顿像样的年饭，二来也似乎不方便，毕竟，"姐姐"只是口头称呼，其实她是余丰年的大姨子，虽然自古至今，姐夫与小姨子之间的故事不少，妹夫与大姨子之间的传说不多，但传说不多不表示可以毫不忌讳，况且，这是年饭，吃的时间可能比较长，还可能要饮酒，中途要上洗手间等等，孤男寡女在一起似乎不妥。所以，还是在外面公共场所共进晚餐比较可行和符合礼节。可是，已经腊月二十八了，只剩两天的时间，这个时候还能订到年饭吗？

余丰年没有把握，所以先不说，悄悄地订，实在订不到了，就只好装糊涂，假装不知道姐姐一个人在深圳。

确实不好订。在深圳做餐饮的基本上都是内地人，即便老板是广东人，大厨和服务员肯定是内地人，他们也是爹娘生的，一年忙到头，春节也需要回去与父母团圆，所以，深圳的绝大部分餐馆春节停业。况且，好不容易轮到一次余丰年做东的机会，又是春节，档次肯定不能低，再怎么说姐姐也是官太太啊，而高档场所更加紧俏，这就给余丰年订年饭计划增加了难度。

余丰年开始打电话。给朋友打。但朋友大部分回到外地，都在和自己的父母团圆，谁能通过遥控给他订年饭？留在深圳的，也肯定遇到了特殊原因，忙得不可开交，谁有闲情逸致为他操心？个别关系特别好的，还拿余丰年开涮，说："腊月二十八你才想起来订年饭，还要求档次高，这不是三十晚上找人家借锅嘛！"

朋友说的有道理，余丰年这时候麻烦人家订年饭确实有些不近情理。

那么，余丰年是不是就该放弃了呢？或者说，他是不是就该装糊涂呢？假装自己根本就不知道姐姐一个人在深圳过年呢？

不行。装不成。这件事情老婆不说，岳母肯定要说。余丰年晓得，姐姐和岳母通电话，一通一个小时，好话坏话想起来的话和想不起来的话都要说，说着说着就会把余丰年给他们打电话拜年并且老婆告诉他姐姐一个人在深圳过年的事情说出来。所以，余丰年不能装糊涂，必须继续想办法订年饭。

余丰年改变策略，不找朋友，找熟人，具体地说，就是找那些求余丰年办事的人。

余丰年虽然级别不如姐夫，任职的部门也不像姐夫管的部门那么重要，但只要是政府部门，就有分管的范围，只要是公务员，就有自己的权限，所以，求余丰年办事的单位和个人还是有的，因此，他也有这样的"熟人"。

余丰年开始给这些"熟人"打电话。先是假意问候，说担心年三十线路忙，怕电话打不通，所以提前拜年等等。"熟人"接到这样的电话很意外，受宠若惊，不敢相信自己的耳朵，怀疑太阳从西面出来了，都不知道该说什么了。趁他们惊诧之际，余丰年话题一转，说因为特殊原因，自己急需订一桌年饭，是招待上级领导的，所以档次不能低，可惜时间晚了，比较麻烦，问对方是不是有门路帮忙解决。这时候，对方刚刚从惊诧之中回过神来，想都没想，马上就说：好，没问题，我这就去办。

实践再次证明，群众的力量是无穷的，在余丰年看来几乎是不可能完成的任务，他们居然能超额完成。余丰年总共打了五个电话，结果他们为余丰年订了五桌，而且，五桌都说不要钱，是他们单位"正好订多了"的，如果余丰年不找他们，也是浪费了等等。

钱是肯定要给的。余丰年不想贪这点小便宜。找"熟人"订年饭已经够麻烦别人了，如果再不给钱，性质就变了，所以，余丰年一再强调，钱是要给的，并且谎称是接待上级领导，公家报销等等。问题是，他只需要一桌，他该推掉哪四桌呢？

余丰年以朋友为参照系，低估了"熟人"的力量。早知如此，他给其中的一个熟人打电话就足够了，干吗要打五个电话呢？可是，天下没有后悔药，既然已经打了，现在就必须退掉四桌。让余丰年略微感到安慰的是，他相信这四桌年饭推掉也不会给对方造成任何损失，因为他心里清楚，这五桌年饭根本不是对方"正好订多了"，而是对方把他们自己的年饭让出来给他的，现在余丰年说不需要了，正好可以物归原主，不至于造成经济损失。

竞争很激烈。五个"熟人"都争着要余丰年去他们那里吃年饭。理由都很充分，态度都十分诚恳。那意思，仿佛余丰年去他们那里，就是对他们最大的信任，而不去那里，就是瞧不起他们甚至以后会为难他们一样。这就给余丰年出了难题，他发觉自己推掉哪一桌都是对"熟人"的极大伤害，都觉得对不起人。可是，他实在不能一下子再编出四个大姨子来，实在享用不了五份年饭。有那么一刻，余丰年甚至想把他们五个聚到一起，实行现场竞标。当然，这想法只是一闪而过，近乎自己内心搞笑，苦中作乐，他不可能真这么做，如果真这么做，没准五个"熟人"之间相互打起来，大过年的，为了自己的一桌年饭，让人家打架斗殴，肯定不行。最后，余丰年当断则断，果断地推掉另外四家，只保留圣庭院凤凰楼那一桌。

最后的抉择基于两项考虑。第一，凤凰楼档次高，他记得，前年女儿出国留学前夕，姐夫做东，请他们一家吃饭，地点就是这里，所以，今年他请姐姐吃年饭，选择同样的地点，应该不失礼。第二，提供该年饭的"熟人"单位所申报的项目年后就上局务会，并且他已经从"一哥"的口气中听出倾向性，所以，余丰年选择他们提供的地方，基本上没有人情负担和压力。唯一的缺点是价钱有点贵，8888元，加上服务费，过万。说实话，如果不是为了请大姨子，而是他自己一个人，或者老婆没有回贵阳，他们夫妻二人吃年饭，甚至宝贝女儿从澳大利亚回来了，一家三口吃年饭，余丰年都不会选择这么昂贵场所的。不过，男人不能小气，这点钱余丰年花得起，难得请姐姐一次，又是年饭，花万把块值得。

一切搞掂，已经是大年三十的下午。余丰年第一时间给老婆打电话。直接打老婆的手机，而不是岳母家的座机。关于自己请姐姐吃年饭的事情，余丰年希望岳母从姐姐的嘴巴里获悉，而不是从他这里知道。

手机打通，余丰年把情况简单一说，老婆立刻觉得余丰年做得对，考虑的周到，给予的评价是："你总算干了一件好事！"

结束与老婆的通话，余丰年怀着大功告成的喜悦心情打大姨子的手机。

"大姐呀，你好，我是丰年啊。听说你今年一个人在深圳过年？"

"啊？啊。你没回合肥？"

明知故问。余丰年想。

余丰年一直把大姨子当领导，所以，他从来不计较大姨子的诚实度，并且，他知道凡是领导都比较忙，没时间听他废话，有什么话赶紧说，不要惹领导不耐烦，因此，这时候余丰年绕过对方关于他是不是回合肥的问题，赶紧说："你在哪里？我过来接你，请你吃年饭。我已经订好了。"

余丰年故意没说地点，一来节省时间，二来反正要去接，说不说无所谓，不如给她一个悬念和小小的惊喜。

"啊？哦。这个呀。我…我们已经安排好了呀。"

姐姐吞吞吐吐，旁边好像有人。

可不是有人嘛，没听她说"我们"吗？

余丰年心里一惊，立刻意识到自己可能犯了一个错误，或者说，是无意中触碰到一个不该触碰的秘密。

我怎么这么傻啊？余丰年懊恼地想，一再提醒自己不要自作聪明，尤其在领导面前，千万不要自作聪明，怎么最终还是自作聪明！既然姐夫回昆明了，姐姐既不跟姐夫回昆明，也不回贵阳的娘家，就一定有她的特殊安排，自己这样自作多情地请姐姐吃年饭，不仅劳而无功，而且还让姐姐难堪，没准还触碰到一个不该触碰的秘密。余丰年忽然意识到，说不定姐姐对姐夫谎称她回贵阳了呢。

是。肯定是。要不然姐姐刚才为什么说话吞吞吐吐，好像旁边还有另外一个人似的。

对。确实有另外一个人。

谁？肯定不是姐夫。姐夫已经回昆明了。倘若姐夫还在深圳，就该他们请余丰年了，就不会发生前面这一连串的事情了。

那么，这"另外一个人"是谁呢？余丰年又想。如果是女人，好办，我把她们一起接到凤凰楼吃年饭就是。加一个人，更好，反正两个人也吃不了一大桌，顺便做一个人情，还避免妹夫和大姨子单独吃年饭的尴尬。可是，万一对方是个男的呢？

不是万一，而是肯定，要不然，姐姐干吗吞吞吐吐呢？干吗在说到"我们"的时候还十分勉强，非常犹豫呢？

深圳是个宽容的城市，宽容到官员腐败大家习以为常，一点不腐败倒觉得不正常了；宽容到男人在外面有一个女朋友很正常，女人在外面有一个男朋友也很正常。对于前者，余丰年自己就有体会。比如有"熟人"找他办事，如果他不收礼，对方反而担心余丰年收了别人的礼，所以要打算为难他们了，相反，余丰年收了礼，对方倒觉得安心了，觉得余丰年肯定会帮他们，即使将来事情万一没办成，也不会怀疑是余丰年从中作梗。至于后者，则不用举例，时代不同了，男女都一样，广东省规定男人不允许包二奶，深圳立刻加了一条，女人包二爷同样不允许，充分体现深圳作为先锋城市在男女平等方面的前瞻性。既然如此，余丰年想，姐姐在外面有一个男朋友有什么不正常？问题是，这种事情做得说不得啊，更不能让他这样的亲戚知道。

想到这里，余丰年立刻说："啊，没事。那就算了。"说完，赶紧挂线，生怕言多必失，再惹出什么是非出来。

余丰年心里怦怦跳，仿佛自己做了一个十分见不得人的事情却恰恰被自己的大姨子看见了。或者倒过来，是大姨子做了什么事情让他看见了。幸好，他没"看见"，只是"听见"，耳听为虚眼见为实，没看见，就可以当作根本没发生。

余丰年几乎本能地想再打一个电话给老婆，汇报刚刚发生的一切。因为这一切太惊心动魄了，太有戏曲性了，太值得向老婆汇报了。但是，他克制住了。他没有打。余丰年知道这个电话不能打。男人，不能太随性，不能什么事情都向老婆汇报，特别是涉及老婆家里人的不雅秘密，最好的办法是"忘记"。

现在的问题是，已经订好的年饭怎么办？推掉肯定不合适。眼看就到年饭的时间了，这个时候推掉已经订好的年饭，不等于讹人吗？

认了。不就是一万块钱嘛。

虽然决定认了，可一个人吃一桌子年饭实在也太夸张了吧？

余丰年又开始给朋友打电话。这次打电话不是请对方订年饭，相反，是他请朋友吃年饭。可是，电话刚刚拨出去一半，就立刻意识到不妥。第一，绝大部分朋友回内地了，并不在深圳，谁能坐飞机赶回来与他吃年饭？第二，深圳与内地不一样，内地或许还有办不成事假装能办成骗吃骗喝的情况，深圳没有，起码在余丰年的朋友圈子里没有，他们谁也不在乎一顿饭，别说大年三十，就是平常，余丰年要请朋友吃饭，别人来了是给他面子，而不是他给别人面子，至于今天，大过年的，余丰年要是存心请人家吃年饭，早就约定了，能等到这个时候吗？到这个时候再发出邀请，朋友不但不会领情，说不定还要余丰年搭人情，被朋友怀疑目的不纯甚至以为他脑子出了问题也说不定。所以，余丰年想了想，这个时候能请来吃年饭的，除了他自己，还是他自己。

一个人也要吃啊。没有订了年饭又不去吃的道理。

因为请不到人，余丰年也不用去接大姨子了，所以时间比较充裕，赶到圣庭院凤凰楼的时候就有点早。

由于年饭紧俏，凤凰楼的年饭不得不分时间段。同一间包房，大年三十那一天要连续开三桌。"熟人"帮余丰年订的是中间时间段那一席，等"头席"吃完了，里面的人撤出来，服务员进去重新收拾房间，重新摆台，再迎接他，他吃完了，后面还有一桌。但是，因为最初不是他自己订的，这个情况余丰年并不知道，"熟人"也没有特意告诉他这个情况，而且，因为余丰年去得比较早，并且他是一个人，所以，迎宾小姐也没在意。当余丰年按图索骥找到自己的包房时，门一推开，吓了一跳，里面居然有人在吃饭，而且迎面看到的，竟然正是自己的大姨子！

难道是大姨子没跟他打招呼就主动来了？也想给他一个意外的惊喜？

不可能啊，我没告诉她具体地址啊。

并且，大姨子果然和一个男人在一起。虽然余丰年看到的只是背影，可明显是男人的背影。

完了！完啦！这下不仅"听见"了，而且亲眼"看见"了！余丰年看到了自己最不该看到的场景，触碰到最不该触碰的秘密。真真切切，想装作没看见都不行。

比余丰年更紧张的是大姨子。

这个余丰年能理解。换位思考。假设自己和另外一个女人单独在包房里面共进年饭，碰巧被大姨子看到了，余丰年也肯定比大姨子更紧张。

这时候，大姨子像目睹了日本沉没，瞪着大眼，惶恐地看着余丰年，又看看那个男人，紧张快速地小幅度摇头，仿佛是在极力争辩或否认什么。

余丰年想解释一下，说自己不是故意打扰他们的，更不是来"捉奸"的，可是，此时任何语言都显得苍白，余丰年唯一想做的，就是找个地洞钻进去。无奈凤凰楼的设计没有考虑这种事情发生，这里根本没有地洞，令余丰年无洞可钻。

"对不起，我走错了。"余丰年想以这句话结束惊骇与难堪，然后迅速转身离开。可是，已经晚了。

这时候，那个男人已经转过身来，并且立刻就站了起来。

让余丰年万万没有想到的是，此人居然是姐夫，也就是他的连襟，或者叫"一担挑"。

划　痕

女人要换沙发，男人不情愿。

沙发并没有坏，只是有了一道划痕，并不影响使用，干嘛要换？

钱不是问题，主要怕麻烦。

男人来自农村，虽然上大学读研究生，毕业后在深圳多年，但乡下人过日子的习惯并没变，节俭是一方面，更主要是追求生活的简单，没事最好不要给自己找麻烦。女人是大城市人，从小在机关大院长大，天生高贵，生活注重品质，沙发换还是不换，与能不能继续使用无关，关键是沙发上的划痕太明显，而且，沙发上的划痕与汽车上的划痕不一样，属于软划痕，无论怎么修补，阴影都存在，一看就是修补过的，好比衣服打了补丁。如今，还有谁穿打补丁的衣服？搞得女人都不好意思把朋友往家带，难道不该换？

男人拗不过女人，采用拖延战术，说要换就换一套好的，过几天吧，这两天实在太忙，等得闲了，我们一起去好好挑选。

女人说好。

男人想，女人或许一时兴起，一拖，没准就不换了。类似的经历，之前屡次发生，这次未必不能重演。

果然，一连几天，女人再未提及换沙发的事情，男人为自己的拖延战术沾沾自喜。

周末，女人回家满面疲倦。男人问怎么了？女人回答没怎么。男人好声安抚，女人终于吐出实情：一桩本以为很有把握的案子败诉了。

怎么会呢？男人问。

女人简单说了案情。

一年前，一女工携12盘光纤下班，被当场查出，保安部长主张报警，女工苦苦哀求，毕竟是女人，自己出于对女工的同情，建议老板不必为小事情大动干戈，按规定做开除处理算了，老板也不想把事情做得太绝，遂接受自己的建议，没想到一年后，女工申请司法援助，诉公司违反劳动合同，要求公司"支付违法解除劳动合同赔偿金并补缴社保金、住房公积金等共计三万元"。劳动仲裁判公司败诉。理由是："偷盗的事实必须经过公安机关的侦查或人民法院的认定，否则不予采信。"

"这是典型的恩将仇报！是'农夫与蛇'的深圳版！"男人故意大声骂道。意在替女人消气。

女人的气确实顺了一些，但愁容仍未完全消退，主要是面子过不去，作为公司的法律顾问，不但没替公司消灾解难，反而因自己的一时心软给公司惹麻烦，说不过去啊。

"是法院判的还是仲裁委判的?"男人问。

女人说是仲裁委，还说这是程序，凡是劳动纠纷案子，都必须先经过仲裁委，不服仲裁的，才上法院。

"你向法院起诉。"男人建议。

"那是当然"，女人说，"但终归麻烦，而且麻烦是我造成的，过意不去。"

"你没错"，男人说，"作为公司的法律顾问，不把事情往大里挑，主张息事宁人，说明你是真心为公司好，至于女工的表现，可能是受人唆使，实在出人意料，老板是明白人，不会怪你的。"

为了让女人开心，男人转移话题，主动提议明天去看沙发。女人没有前几天那么热情高涨，但也没有拒绝，算是勉强接受吧。

第二天进了卖场，女人果然暂时忘记了工作上的烦恼，变了一张脸。为取悦女人，男人一改节俭作风，专挑贵的看。最终，二人看中一套实木硬沙发。除了博女人开心外，男人的想法是一劳永逸。厂家拍着胸脯说，虽然不是真正的红木，不敢说保值升值，也不敢说传代，但用一辈子肯定没问题。女人也觉得，深圳一年有八个月夏天，确实该用硬沙发，大不了冬天配个海绵垫子。所以，当厂家说购买该套硬木沙发厂家奉送一套越冬海绵垫子之后，女人当即说：就它了。

既然要换新沙发，就要处理旧沙发。

这也是一件比较麻烦的事。沙发是一套，不是一个，还有与之配套的茶几和拐角桌，夫妻二人是不是有能力把这些东西搬下楼都是问题，更不用说搬下楼之后如何处理，因为，小区内是不能随意丢弃大件垃圾的。

女人在刷卡的时候，向卖场提出：明天送新家具的时候，能不能顺便把旧家具拉走？

"白送给你们，随便你们怎么处理。"女人说。

卖场回答没问题。

男人则补充说，如果我们能自己处理，就不麻烦你们了。

卖场说行。

出了卖场，上了车，系上安全带，女人问男人：你自己怎么处理？

男人说，小区门口收废品的或许愿意收购。

回到家，男人没上楼，直接去找收废品的。两个收废品的正在小区门口下象棋，男人远远地招了一下手，眼尖的那一个立刻跑过来。

也算是熟人，之前的报纸、旧书、啤酒瓶他们上门收过。但这次他们收购的不是"废品"，而是旧家具，是可以继续使用的旧家具，所以，对方看得格外仔细，还挑了许多毛病，大意是说，沙发已经完全没有价值了，与其说"收购"，不如说是帮业主处理垃圾。男人听了不舒服，这是一套真皮沙发，买的时候一万多呢，眼下虽然有一道划痕了，但仍然可以用，说好了是收购的，怎么变成"帮忙处理垃圾"呢？照此意思，是不是该我付给你"处理费"？女人则想，幸亏和卖场说好了，答应明天送新沙发的时候顺便把旧沙发拉走，于是说："那就算了，我们自己处理吧。"

对方立刻改口，说："不过，这茶几和拐角桌还可以用。"

男人不说话，看一眼女人。女人没接男人的眼光，面无表情。

"这样吧，我总共给一百块，东西我拉走。"对方说。

男人真想说算了，女人的嘴角鄙视地咧了一下。

"一百五。再不能高了。其实沙发我搬下去也是扔掉，但茶几和拐角桌或许有人要。这样，我现在就把茶几和拐角桌搬走，明天上午再来搬沙发，顺便把钱给你们。怎么样？"

还能怎么样？一百五也好过一分钱没有。毕竟，男人是过日子的人，想象乡下老母亲进城连车都不愿意做，宁可走路，一百五也是钱啊。

次日是星期天，等了整整一上午，也没人来搬旧沙发。男人想下楼去找，但最终没去，怕被女人瞧不起。他不能为了区区一百五十元，搞得像求收垃圾的一样。女人安慰说，不怕，反正昨天已经和厂家说好了，让他们顺便把旧家具拉走。

"那就是说，搞了半天，我们白白送给收废品的一个茶几和拐角桌，还听他一大堆挑剔的话？"男人像是问女人，也像是问自己，或者是问空气。

"是又怎么样？谁让你跟他们打交道的。"女人说。

千错万错都是自己的错。这是男人的做人原则。发生任何不愉快的事情，他都先挑自己的毛病，从不怨天尤人，更不把责任推到对方身上，这是父亲的遗训，也是男人的立身之本。父亲虽然是一介农民，但知书达理，书法比如今的某些"大家"还要漂亮，古文也好过文学院的某些教授，男人对老父亲言听计从，按其遗训做人，半辈子事业顺利，人际关系融洽，比如这次，他就首先想到是自己过于精打细算，自作聪明，既然几万块钱新家具都买了，还在乎旧沙发一两百块吗？如果按照老婆的意见处理，等今天新沙发送来的时候，顺便让厂家把旧沙发拉走，就不会惹一肚子不愉快了，更不会搞得昨天晚上、今天早上、今天中午看电视吃饭都不方便。说到底，错在自己，自己一个堂堂的博士，月薪过万的大学教授，居然为一两百块钱与小区门口收废品的人讨价还价斤斤计较，还是自己根深蒂固的小农经济思想作怪啊。这么想着，男人非但没有沮丧，反而有些释然。

"再等等，说不定马上就来呢。"男人像是安慰女人，也像是安慰自己，或者是安慰空气。

男人和女人坐在即将被搬走的旧沙发上，等待小区门口收垃圾的人，或者等待今天送新沙发的人。闲着无聊，男人说，我出生在贫困山区，从小听大人讲故事，说的都是地主老财怎样心狠手辣地算计穷人，而穷人又是怎样可怜，怎样通过智慧战胜或捉弄富人，因此，自己对穷人一直抱有同情心，对富人则抱有戒备心，现在我们自己也算是富人了，至少相对收废品的算是富人，你觉得我们算计过穷人吗？比如，我算计小区门口收废品的人了吗？

女人说，你没有算计他们，是他们算计我们。

是吗？男人问。

"我和你相反"，女人说，"我出生在机关大院，小时候没有听过地主老财算计穷人的故事，倒是耳闻目睹许多保姆算计主人的事情。"

"耳闻目睹？"男人问。

"是。"女人肯定地回答，"见过，也听过。亲眼看见小保姆往我妈妈的咖啡里吐吐沫。保姆以为我小不懂，其实我什么都知道。保姆单独带我的时候，经常与一帮小保姆聚在一起，相互交流的全是算计主人的招数和经验，还把主人的善良当成愚蠢。她们以为我听不懂，其实我听得懂。"

"有这事？"男人问。

"我骗你？"女人反问。

"那倒不是。"男人说。

"你总是这样"，女人说，"凡事总替别人着想，把责任都揽在自己身上。"

"不好吗？"男人问。

"好。"女人说，"非常好。我一直很欣赏你这点，觉得你善良，觉得你很高尚，觉得道德水准高，所以才嫁给你，而且潜移默化，受你影响，才会对女工的苦苦哀求动了恻隐之心，才会阻拦保安部长报警，才会落得公司败诉。"

男人不敢接话了，因为，说着说着，又说到女人的痛处。恰好在这时，门铃响了。男人像是获得了大赦，嘴里喊着"来了!"身体一下子从沙发上弹起来，飞快地跑去开门，但是，到门口后，却没有立刻摁键，因为，可视对讲机里显示的不是小区门口收废品的，而是一个陌生的面孔。直到对方展示了送货单，说明自己是送沙发的，男人才反应过来。

送沙发的队伍很专业，他们很快将新沙发抬进来，把旧沙发搬走，过程有条不紊，总共不到二十分钟。

刚刚安顿停当，夫妻二人在新沙发上还没有屁股坐热，门铃又响了，这次是收废品的。

男人说，等了你一上午，你不来，现在新家具已经送来了，并且顺便把旧沙发带走了，你们才来。算了，不用你们"帮忙处理"了。

男人特意在"帮忙处理"四个字上加了重音，讽刺的意味很明显，可对方不介意，仍然一张笑脸，说，那我也得把茶几和拐角桌的钱给你呀。

男人本打算说算了，又一想，不要白不要，把门打开。

进来的不是一个人，而是两个人。进来之后，他们并没有立刻给钱，居然一屁股坐在新沙发上。

女人的脸上露出不快。没说话，板着脸自己进里屋了。男人则在等待对方给钱，希望接过钱之后立刻说拜拜，绝对不说"再坐坐"。

收废品的对男人说："你看，买主我已经联系好了，钱都收了，你却把旧沙发卖给别人了，怎么办？"

男人听了马上纠正说："不是卖，是让送家具的人顺便带走了。"

"一样。"对方说，"不管你是卖了，还是让送家具的人顺便带走了，反正昨天说好给我的沙发现在没有了，而我却已经联系好了买主，并且已经收了人家的钱，你说怎么办？"

男人皱起了眉头，说："是说好了。说好今天下午厂家给我送新沙发来，旧家具你今天上午必须拿走，腾出地方安放新沙发。可是你上午没来，我一直等到下午，等厂家都把新沙发送来了，你还没来，我怎么办？当然请他们顺便把旧沙发带走，不然，哪有地方安放新家具？"

"嘿嘿"，对方笑笑，然后说，"我是没来，可我也没闲着呀，我不是帮你联系买主嘛。你看，现在买主联系好了，钱都收了，你却把沙发给别人了，你让我怎么办？"

"你都收人家钱了？"男人问。

"是啊。"收废品的说。

"多少钱？"男人问。

"五百？"对方说。

"五百？不是说好一百五的吗？"

"是说好一百五的，可一百五是我给你的钱，我再卖给别人，当然要五百，不然，我吃什么？"

男人点了下头，表示理解。

"你说现在怎么办？"收废品的又提出这个问题。

"什么怎么办？"男人问。

"你说好旧沙发让我处理的，我出去忙活的大半天，买主联系好了，五百块钱都收了，可是你却把旧沙发给别人了，让我怎么办？"收废品的见男人不开窍，不得不把已经说过的话再重复一遍。

"把钱退给他呗。"男人说。

"退？退多少？"对方问。

"收了人家多少退多少呗。"男人说。

"嘿嘿嘿。"收废品的笑。笑的方式有点怪，好像是嘲笑。

"老板，话可不能这么说，看你也是读书人，这点规矩都不懂？"

说话的是与收废品一起进来的那个人，这倒让男人有点吃惊，因为，男人看不出自己与这个人有什么关系，他有什么资格进来，有什么资格说话。所以，男人没有接他的话，而是对着收废品的人问：你笑什么？

"哦，这位就是买主。"收废品的人介绍说，"我就是收了他五百块钱。"

男人看看收废品的人，又不得不看看"买主"，然后说："那你赶快把五百块退给他呗。"

这下，该"买主"笑了，"买主"说："这位老板，你是真不懂还是假不懂？"

"不懂什么？"男人问。

"他要是退，也不是五百。""买主"提高了嗓门说。

"不是五百？是多少？"男人问。

"你说多少？""买主"又问。问的口气，仿佛是男人拿了他五百块钱。

"我怎么知道退多少。"男人说。

"你不知道吧？""买主"说。

男人摇摇头，表示自己不知道。确实不知道。

"不知道没关系，我告诉你，按照规矩，钱只要付了，就必须见货，如果见不到货，至少双倍返还。""买主"说。

男人确实不知道这个规矩，他见识少，但仔细一想，似乎有点道理，记忆中好像是有"双倍返还"这一说，大概是在电视剧或新闻中听过吧，但不是关于买卖旧家具的事，好像是其他事，至于到底是什么事，男人记不清了。

男人禁不住认真打量起"买主"来，竟然发现有点面熟，在哪里见过呢？忽然，男人想起来了，所谓"买主"，其实就是昨天小区门口与收废品的一起下象棋的两个人当中的另一个。

男人似乎有点反应过来了。他略微想了一想，搬出小时候听故事学到的穷人对付财主的方法，他现在反过来用，顺着对方的逻辑问："你的意思是说，如果收钱了，可是东西却没有了，就该双倍退钱给你。是吗？"

"对啦！""买主"说。

男人又转过脸，对着收废品的人问："昨天你从我这里搬走一个茶几和一张拐角桌，是吗？"

收废品点点头。

"说好了今天上午再来拿沙发，并且把总共一百五块钱给我，是吗？"男人接着问。

收废品的不得不再次点点头。表示是。

"可是上午你没有来。所以，到目前为止，你还没有给我一分钱，是吗？"男人也不知不觉间提高了嗓门，把自己搞得像粗人。

对方没有点头，也没有摇头，当然也就没有说话，而是略微有点紧张地看看所谓的"买主"。

男人乘胜追击，大声说："所以，即使按照你们所谓的'规矩'，双倍退还，十倍退还，我也用不着退给你一分钱！因为，零的双倍是零。零的十倍还是零。是吗？！"

收废品的想辩解，却找不出合适的理由，因此，脸都急红了。

"算了。"男人放缓口气息事宁人地说，"钱我也不要了，茶几和拐角桌你们也不用拿回来了，我白白送给你了，行了吧？好了，我累了，要休息了，二位请回吧。"

收废品的人无话可说，只得往外走。但走得比较犹豫，像斗败的公鸡，一副不甘心的样子。

男人不敢怠慢，紧紧跟在后面，打算只要他们一迈出自己家的门，就立刻毫不客气地把门关上，再也不打算让他们进来，包括以后的废报纸或啤酒瓶，宁可白白扔掉，也不会请他们上门收购。女人说得对，"谁让你和他们打交道的？"看来，确实不能和他们打交道。

可是，就在他们即将迈出门的一霎啦，好像其中的一个扯了一下另一个的手，两个人同时停下了，并且转过身来，堵着门。其中的一个说："不对。你虽然没有收钱，但有承诺，你说好了沙发给我们处理的，所以我们才出去联系买主，我们为此付出了劳动，因此，你至少应该付给我们劳务费。"

男人因为愤怒而忘却了斯文，他忽然来了勇气，想一鼓作气把他们二人掀出去，然后砰的一声把门关上，但是，他很快掂量了一下自己的实力，估计自己没有这么大力气把对方两个人同时掀出去，假如他有那么大的力气，真能把二位一下子掀出去，估计在惯性的作用下，自己也冲出门外，仍然无法关门，如果那样，不是等于把他自己也关在门外了吗？关键是如果他这样做，问题的性质就发生变化了，就要打架了，并且，是他自己先动手的。男人可不想为这点小事动手，再说，他也确实不是对方两个人的对手。

男人涨红了脸，愤怒地说："你们还讲不讲理？！说好了上午来搬沙发的，你们不来，新家具送来了，没地方摆放，我不让他们把旧沙发搬走怎么办？昨天你自己说了旧沙发不值钱的，就是茶几和拐角桌还有点用，所以昨天你已经把茶几和拐角桌搬走了，并且一分钱也没给我，现在我钱也不要了，东西也不要了，白送给你们了，还怎么样？！"

"哎，话不能这么说，我们是收废品的，不是要饭的，谁稀罕你白送了？有钱就了不起了吗？有钱就能欺负我们打工的吗？！有钱就该仗势欺人吗？"

双方的声音都非常大，很快引起左右隔壁楼上楼下的围观，但大家都是远远地围观，没有人凑到跟前，更没有人上来劝架。男人见有人观看，无地自容，觉得自己受了天大的委屈，大学教授和收废品的吵架，无论什么原因什么结果，他都是失败者。这次男人来不及自我反思，也暂时忘却了父亲的遗训，只想竭力向大家说明真相，他嗓子都喊变声了，道理也说得非常清楚，却没有一个人站出来帮他主持公道，观众可能是不想惹事，或者是他们对谁对谁错并不介意，想看的，就是这个过程，现在不搞大规模群众运动了，看不到热闹的场面，偶然观摩一次小规模热闹，好过没有。

男人忽然有些绝望，与事情大小无关，主要是咽不下这口气，他简直被气晕了，竟然想到了鱼死网破，恍惚之间手上突然有了一把手枪，一气之下，砰砰两枪把眼前的这两个人打倒，然后再朝自己的脑袋上开一枪。

当然，这是幻觉，并不是真的，但幻觉也让他明白一个道理，很多杀人犯之所以杀人，或许不一定有深仇大恨，更不一定是精心策划，只是一时冲动而已。他自己现在就十分冲动，之所以没有杀人，仅仅是因为手上没枪，假如像美国人那样，人人都有枪，后果就说不定了。当然，这里是中国，不是美国，他手上并没有枪，家里也没藏任何武器，即便有，也没有时间了，因为，两名警察及时出现在现场。

"是谁报的警？"警察问。

场面一下子安静下来。

报警？谁报的警？

男人和两个收废品的肯定没报警。没时间报警。没想起来报警。难道是左右隔壁或楼上楼下的邻居？抑或说是这些观众当中的一个人报的警？好像也不是，观众欣赏热闹正看得起劲呢，谁会报警？

"是我。"女人从里屋出来，边走边对警察说。

"什么事情？"警察问。

女人是律师，应付这种场面比男人冷静，和执法人员面对面交流也比较有经验，女人说话声音虽然不大，但条理清晰，切中要害。女人说，这两个人都是在本小区门口收废品的，今天其中一个假装成"买主"，两个人在小区门口等着，看到送新沙发的人来，再看着他们把旧沙发顺便拉走，然后才上来合谋敲诈。

"钱不是问题"，女人说，"几百块钱我们真不在乎，但不能助长他们这种做法。否则，今天他们敲诈我们，明天就可能敲诈楼上楼下左右隔壁的邻居，所以，我报警了。"

女人的最后一句话显然是故意说给"观众"听的，并且当即起到了效果，一个退休老大爷马上站出来，说："是。上次他们来我家回收报纸，那么一大堆报纸，才十块钱，他们走后，我才发现钱是假的，再找他们，哪里肯认账。我也不是在乎十块钱，但心里气不过，要不是数额太小，我也会报警的！"

警察要把两个收废品的人带回派出所，并让男人跟了一起去做笔录。

男人的精气神仿佛被抽干了一样，感到从未有过的疲倦，他想赶快结束一切，再不想折腾了，更不想跟两个收废品的一起去派出所做什么狗屁笔录。

"算了"，男人说，"反正也没敲诈成功，再说数目不大，教育一下就算了。我们不追究了。"

警察看看男人，再看看女人。女人没说话，瞪了男人一眼，进屋了。

男人的疲倦一直延续到次日。第二天上午没课，男人早醒了，却没有起床，想让自己彻底休息一下，以便尽快回复往日的生活。女人因为心里有气，没跟男人说话，自顾自起床，洗漱，用早餐，然后去上班。

男人听见女人的关门声，打算睡个回笼觉，可是，刚想入睡，电话铃就响了。

是女人打的。就两个字：下来。

下来？下来干什么？不知道我想懒一会儿吗？

男人想问，女人已经把电话挂了。男人想再打回去，又想到如果不是发生什么情况，女人是不会打电话要他下去的。能发生什么情况呢？难道是昨天那两个收废品的来找麻烦？光天化日之下，不敢吧？再说，听女人的口气，不像被人殴打或劫持的样子啊。

男人穿着睡衣慌慌张张来到楼下。

女人果然很安全，优雅地站在自己心爱的红色宝马车面前。等男人走近自己，女人没说话，只是嘟嘟嘴，提示男人朝车上看。男人看见，车厢盖的一侧，有一道深深的划痕。

男人心里愤怒，表面上却和女人一样平静，仿佛这是他早已意料之中的事情，抑或说是他隐约期待的事情。他甚至微笑了一下，然后问女人：要不要报警？

"问你呀。"女人说。

"报警。"男人说，"不报警，保险公司也不理赔啊。"

男人说着，就开始拨打 110。女人则打保险公司电话，请他们来勘查现场。

保险公司肯定希望能查出肇事者，那样，他们就不用理赔了，否则，按规定保险公司要承担大部分维修费用。但男人和女人一致相信，查不出肇事者，即便监控录像碰巧记录下两个收废品的昨晚在车子旁边出现并停留过，也不能证明就是他们划了宝马车，因为，划痕在车厢盖的一侧，位于监控探头死角的位置，缺乏直接的证据，很难追究他们的责任。可是，他们仍然选择报警，并且把自己的怀疑毫无保留地告诉了警察和保险公司，最终无论是不是查出结果，他们都要这样做。这是态度。他们相信，面对邪恶，息事未必能宁人，说不定越想息事，越是扰人，就好比中国摊上了菲律宾。

正当他们以为此事一定会不了了之的时候，事情发生了转机，一位小区居民向警察提供了头天晚上的现场录像，清楚记录了肇事过程，证据确凿。

令他们没有想到的是，肇事者并非小区门口那两个收废品的人，而是一个老太太。莫非老太太受两个收废品的人唆使？不可能啊，老太太受过良好教育，看上去不缺钱，怎么能被两个收废品的唆使或收买呢？

进一步的调查证明，老太太已经在小区内肇事多起，先后有二十多辆车遭此划伤，被划的都是好车，提供录像的人就是受害者之一，他的车因为被划过三次，气不过，决心查个水落石出，于是专门购置了夜间录像设备，经常躲在车里等候，昨天晚上终于如愿以偿。

一个受过良好教育并且看上去慈眉善目的老太太怎么做这种事情呢？

此话题一时间成为小区居民谈论的热点，更有好事者请来电视台《热点追踪》栏目组，使该事件在整个鹏城家喻户晓。根据《热点追踪》的报道，老太太可爱的孙子曾经在小区内遭遇车祸，所以，她对小区内所有的车子都看不顺眼，尤其是好车，见了就想划一下。

幸好，老太太的儿子是地产大亨，相当有钱，他赶过来对所有遭遇划痕的车辆进行赔偿，并将老太太带到惠州的一处私家别墅，远离小区，事态才渐渐平息。

下午，男人开车驶出小区的时候，瞥见两个收废品的一左一右坐在一条长沙发上，中间摆着象棋，一副非常投入悠闲自得的样子。忽然，男人发现那沙发正是他家的。

错不了，有划痕为证。

不是给送新家具的人带走了吗？难道他们并没有将沙发带走，而是就地转给收废品的了？如果这样，两个收废品的再敲门向他讨要"劳务费"，就太可恶了。

不过，收废品的也没占到便宜，带有划痕的沙发确实不值钱，要不然，他们早出手了，不会垫在屁股下面下象棋。

男人担心，女人看见曾经伴随他们几年的沙发如今在两个收废品的屁股下惨遭蹂躏，心里肯定不舒服。

男人想把车停下，与两个收废品的商量，请他们把沙发移到不显眼的地方，免得女人眼见心烦。可是，沙发已经不属于他的了，男人无权要求对方这么做。再说，作为教授，犯得着去求两个收废品的吗？

从此，男人每天进出小区都看见两个收废品的坐在曾经是他家的那个带有划痕的沙发上，任意蹂躏，肆意妄为，男人心里非常不舒服。至于女人，男人没有问，想必她也看见了，并且同样不舒服，甚至更加不舒服。但男人和女人都小心回避着这个话题，仿佛他们都没看见那个沙发，或者，那沙发原本就与他们没有任何关系。

贵宾

周富贵帮领导搬家，领导把一个打算丢弃的小柜子送给他。周富贵刚开始不敢要，担心领导认为他喜欢贪小便宜，后来，从领导和领导夫人的眼神中，读出他们是真心的，再看看这个小柜子，在领导家豪华的新居中确实没有自己的位置，周富贵这才欢天喜地地把小木柜搬回家。

　　柜子不大，并且旧了，但破是破，仍然是苏州货，好东西就是好东西，一看就知道是实木的，敲起来声音梆梆响，摸上去有质感，不仅周富贵喜欢，老婆陈竹花也爱不释手。说，这有钱人家的东西就是不一般。周富贵说，那是，要是一般，我能带回来吗？老婆伸出食指，在周富贵的额头上使劲点一下，说："看把你能的！"

　　老婆在为小木柜擦洗的过程中，从抽屉里清出一堆废纸，诸如旅游景点的门票和各种优惠券、打折券之类。不用看，都是过期的。即便没有过期，陈竹花也不会因为能打折而去高消费。老公是临聘的司机，自己是餐厅服务员，虽然不是生产线上的工人，却也属于进城务工人员，即便是打折的高消费，也不是他们这种人能承受起的。

　　但是，有一张优惠券引起了陈竹花的注意。主要是印刷非常精美，十分漂亮，比较显眼，仔细一看，截止日期是 12 月 20 日，而今天才 12 月 7 日，就是说，还没过期，还能用。再看内容，居然是一张免费入住三洲田温泉度假村的贵宾券。贵宾券上说，凭此券，可以免费入住温泉酒店，免费享受温泉浴，免费享用次日的早餐。

陈竹花的心动了一下。

关于三洲田温泉度假村，她当然没去过，可是听说过，听餐厅里的顾客高谈阔论过，电视上也偶然见过广告，她还隐约甚至向往过。当然，是那种一瞬间的向往，向往的不是很结实，毕竟，那不是她这种人该向往的地方。

出于好奇，陈竹花照着上面的电话号码打过去，一问，确实不收费，住宿不收费，泡温泉不收费，第二天早餐仍然不收费。既然如此，为什么不去享受一次呢？

晚上老公回来，陈竹花神秘地把贵宾券展示给周富贵看。周富贵不相信天下有这样的好事情，怀疑是套，如果不是套，真有这样的好事情，也绝对轮不到他们这样的人。

"怎么是我们这样的人呢？"陈竹花不服气地辩解道，"是杨主任那样的人。"

周富贵这才想起来，这张贵宾券的真正主人不是他，而是他们领导，也就是送他小木柜的杨主任。既然是杨主任的东西，那么当然一切皆有可能，不要说一张贵宾券了，听说上次一个更大的领导搬家，还在一个不起眼的纸袋中发现一万美金呢。

周富贵仍然不是很放心，这是他的生活经验，凡是遇上好事情，都要多打几个问号，不要轻易高兴。周富贵也照着上面的电话号码打过去，得到的结论与老婆一致。确实是免费。凭这种贵宾券，完全享受"贵宾"待遇，入住免费，泡温泉免费，早餐仍然免费。为了进一步弄清楚，周富贵不厌其烦，反复追问，对方很有耐心，认真回答抑或说是解释说："既然入住酒店免费了，那么泡温泉和第二天早餐当然免费，因为，不要说您有贵宾券，就是没有贵宾券，花钱入住，只要入住了，就一定免费泡温泉和享受早餐，这是规矩。"

"多少钱？"周富贵问。

对方一下子没反应过来，因为周富贵的这个问题比较突兀，与前面讲的问题连接不上。周富贵进一步说："假如没有贵宾券，花钱，入住你们那里一晚上总共要花多少钱？"

对方回答："标准价格三千，20 日之前是淡季，优惠价一千九百元。"

周富贵的心里咯噔了一下。一千九百元？就是说我手上的这样贵宾券至少值一千九百元?!

周富贵不放心，再打一个电话，这次不是打到贵宾券上标明的旅行社，而是通过 114 查询，直接把电话打到三洲田温泉度假村的总服务台。并且换了个口吻，没有说自己手上有贵宾券，而是以一个有钱人的口吻，说自己周末想去度假，问怎么消费。对方的回答非常热情，说先生您运气真好，这几天正在搞促销，优惠价，每天只要一千九百元。周富贵问能不能再优惠一点。对方说已经相当优惠了，再过几天，就恢复每天三千元的定价了，就是找到经理打折，也最多只能打到两千八。

周富贵在打这些电话的时候，老婆陈竹花一直守在身边，连厕所都忍着没去，生怕漏听一个字，现在，听见对方这样肯定的回答，第一个想法就是把手中的贵宾券卖掉。不要说一千九了，就是一千，甚至九百，也卖掉。

可是，卖给谁呢？穷人，别说一千，就是一百，他们也不会买。富人，既然钱多了烧得难受，有家不住，硬是要花几千块钱一晚上跑到外面住，那么，他们还在乎多花千儿八百的吗？还会从别收手里买贵宾券呢？还会从他们这样的人手中买贵宾券吗？再说，有钱人也不相信他们手中有这种贵宾券啊，贵宾券，是他们这种人所持有的吗？最关键的问题是，在他们能说上话的人当中，压根就没有真正的富人，除了老公的领导杨主任。总不能他们再反过来把贵宾券卖给杨主任吧。

夫妻俩这样商量着，老公突然不说话了。

老婆问他怎么了？想什么呢？

周富贵说："这东西不属于我们的，是杨主任的，我们应该还给杨主任。"

老公这么一说，老婆也不说话了，仿佛是买了几年的彩票，好不容易中一次奖，却被告知是搞错了一般。

"他们不会要的吧。这也不是现金。"老婆嘟噜着说。显然是不甘心。

老公本来想说，"那也不能要"，但没忍心说。

这时候，老婆又翻出一张类似的贵宾券，也是崭新的，但过期了。给老公看。老公看了，却不知道老婆是什么意思。

"这说明什么?"老婆说,"这说明他们根本不去用这种贵宾券!如果用了,怎么会有这么多过期的?"老婆说着,又从那堆废纸中七七八八翻出七八张过期的优惠券、打折券、贵宾券,都是崭新的,都是没有用过的,当然,都是过期作废的。

也是,周富贵想,杨主任他们本来就是"贵宾",到哪里参加活动,不是剪彩,就是坐在主席台上,不仅吃喝玩乐全部免费,而且还另外收取"咨询费",他们才不稀罕这种贵宾券呢,除非在免费住宿、免费泡温泉、免费享用早餐之后度假村还能派给他一个大红包。但这显然是不可能的。贵宾券上没写,刚才电话里也没说,所以不可能免费之后再给红包,因此,对于杨主任这样天天享受贵宾待遇的人来说,不可能再去使用这种贵宾券。

周富贵是个处事谨慎的人,要不然,连临聘司机这样的位置也得不到。这时候,他仍然不是很放心,又从那堆废纸当中找出更多过期的类似贵宾券一样的东西,充分证明杨主任确实是把它们当废纸了之后,才说:"那么,这东西现在就属于我们的了?"

"当然",陈竹花说,"你如果拿去还杨主任,主任不但不领情,说不定反而生气,因为你窥视了他们生活中的一项小秘密。"

有道理。真的有道理。周富贵闭上眼睛一想,就能想象出如果自己拿上贵宾券还给杨主任的情景。不但得不到讨好,反而遭领导厌弃。既然如此,我们何不自己享用?同样的东西,在领导手中是废纸,在我们手里,可是宝贝啊。

俩人取得一致意见之后,先是一阵激动,接着就开始为即将到来的超级享受认真准备。

首先是休假,周富贵好说,基本上和领导保持一致,领导肯定每个周末都双休,周富贵也跟着双休,问题是陈竹花在餐厅工作,几乎不执行劳动法,一个月能休息一两天就不错了。再说,休息是要扣工资的,陈竹花也舍不得。但这次不一样,这次是价值一千九百元的超级享受,赶上一个月工资了,一辈子可能就这么一次,少拿两天加班工资也是值得的。

陈竹花没有撒谎,这种事情也不需要撒谎,享受,尤其是超级享受,就应该让周围的人知道,否则,就等于白享受了,好比富贵不还乡一样。陈竹花对老板说实话，只是把实话稍微变通了一下，她没说是在老公的领导丢弃的一堆废纸中发现一张贵宾券，而是说自己的老公在单位表现不错，单位特别奖励了他们一次去三洲田温泉度假村过周末的机会，所以这个周末她不能加班了，要请两天假。说着，陈竹花怕老板不相信，还把贵宾券展示给老板看。

老板也为陈竹花高兴，仿佛陈竹花能享受贵宾待遇，就相当于他们整个餐厅都是贵宾了，遂恩准了她两天假，或者说同意她这个周末不加班。陈竹花在同事们羡慕的眼神中，开始了自己的短暂的周末超级享受。

他们做了充分的准备。翻出自己最好的行头。买了泡温泉用的泳装。陈竹花特意去东门买了一件打折的上海羊毛衫，还为周富贵添置了一双新皮鞋。不是名牌，但穿在脚上跟名牌差不多。卖家赌咒发誓，说鞋子其实是意大利名牌，只不过是在东莞生产的，还说许多意大利名牌其实都是在东莞生产的，贴上标签，就要卖好几千，没贴标签，算 A 货，质量一样，却只卖两百块。

入住手续在大梅沙的大峡谷门口办。星期六一大早他们就醒来，睡不着，干脆早早地从罗湖乘 1 路观光双层大巴来到大梅沙，步行到大峡谷门口办手续，然后在这里乘坐 909 路专线巴士去三洲田，并在那里入住温泉度假村，享受免费的温泉和早餐。这一切他们都在电话里反复确认了，没有任何问题。可是，临到办手续了，却被告知，因为正好赶上蓄能电站奠基仪式，温泉度假村的所有客房全部住满了。

周富贵当场有一种被人忽悠了的感觉，而陈竹花则差点哭出来。

"不过没关系"，对方立刻安慰道，"我们会安排同等档次的酒店给你们住。"

"哪里？"周富贵忍住愤怒问，明显感觉自己是被欺负了，心里想，倘若是杨主任来，他们是断然不敢轻易改变入住酒店的。

"京基喜来登大酒店，在海边，其实更好。"接待人员说。

确实可能更好。这地方周富贵来过。当然，是领导来参加活动，他开车，虽然没有在里面住过，但大堂还是进去过，富丽堂皇，可能确实不比温泉酒店差。周富贵心理平衡了一些，但仍然不乐意。

"那不行"，周富贵说，"我们主要是想泡温泉。"

"是"，陈竹花附和说，"我们要泡温泉。"心里想，不泡温泉，我们特意花钱买泳衣干什么。

"不耽误。"对方说，"你们仍然可以去泡温泉，只是晚上住在京基喜来登大酒店。"

"如果你们实在不愿意，下周再来也可以。"对方补充说。

改日再来是不可能的，假已经请好了，现在回去，不仅不能保证下周末还能不能请假，而且还丢人。陈竹花这个时候回去上班，不是被八婆们笑话死？

陈竹花把老公拉倒一边，低声说："更好。这样我们两个地方都玩了。"

既然老婆说好，周富贵当然没有任何意见。

两个人先到喜来登酒店办理完入住手续，然后乘909专线大巴上山。让他们略微感到有点不爽的是，酒店的入住手续虽然办完了，但被告知须等到中午12点之后才能进房间，现在还不到11点，难道让他们坐在大堂里等一个多小时？夫妻俩一商量，干脆先上山泡温泉，然后下山入住。

上山的909专线巴士的车票十元钱，这个钱要他们自己负担。好在两个人来回总共才四十元，出来玩嘛，总不能自己一分钱不花，即使安排在温泉度假村入住，上、下山的费用也是要他们自己承担的，他们对此无异议。

下了车之后，还要走一段路，才能到达泡温泉的地方。这段路，山清水秀，景色诱人。两个人虽然从小在山里长大，但像这样的山水还是第一次见到。群山之间有一潭因泉水形成的高山湖泊，湖泊四周全部是一栋挨着一栋的洋房，跟童话里面的景色一模一样。他们虽然没有去过国外，但在电影、电视或报刊上看到过国外的建筑，知道这样的房子只有国外才有，并且，即使在国外，也不会把这么多漂亮的洋房如此密集地建筑在一块，另外还有海盗船之类，太漂亮了，太奢华了，太"外国"了，因此也就显得不真实了。周富贵因为给领导开车，虽不富贵，但有见识，小时候看阿尔巴里亚电影，对金发女人印象深刻，有一次在大街上恰巧遇上一个，满头金发，比电影上的金发女郎还漂亮，但正因为太漂亮了，反而不真实了，走近一看，果然是一张中国人的脸。现在的情况也类似，随着陈竹花的一惊一乍，周富贵反而觉得这些景色正因为太"外国"，所以反而不像真正的外国了，明显是"人造外国"嘛。但他不想扫老婆的兴，所以没有说，相反，还迎合着陈竹花的惊喜，摆出一副自己也十分惊叹的样子。

温泉的奢华和设施之完备超出了二人的想象。室内有纵横交错两个游泳池，还有干蒸和湿蒸以及供儿童戏水的浅池子，竹花不禁想起儿子，想着如果儿子不是丢在老家让爷爷奶奶带，成为所谓的"留守儿童"，而是在深圳，这次带来一起玩玩该多好！

来到室外，别有洞天。沿着山坡，蜿蜒而上，有牛奶、咖啡、中药、水果、红酒、啤酒等各种各样的池子，全部货真价实。周富贵和陈竹花在一个池子里面泡的时候，亲眼看着工作人员把切好的青瓜倒进池子。当时周富贵还开玩笑，问："你不怕我们吃了呀？"工作人员微笑着十分恭敬地回答："您要是真吃，我给您留几个，倒进池子里面就不卫生了。"其态度之恭敬，是夫妻二人一辈子都没经历过的。以往，都是他们对别人恭敬，哪里经历过别人对他们这么恭敬。明明是一句玩笑话，人家却当真了，还要专门为他们留下干净的青瓜，让二位有点承受不起。

工作人员走后，陈竹花小声说："他真把我贵宾了。"

"本来嘛"，周富贵说，"我们不是有'贵宾券'嘛。"

"不对"，陈竹花说，"是因为我们只穿了泳衣，看不出我们的身份，刚才在大厅的时候，我见他们看我们的眼神还是与看其他人不一样。"

"那是你自己多心。"周富贵不想自己给自己添堵，尽量往好的说。陈竹花也不较真，俩人在泡过水果池子之后，又把山上所有的大小池子全部都泡了一遍，直到感觉肚子饿了，才依依不舍打算离开。没想到，在下山的路中，又意外地发现土耳其浴和芬兰浴，两个人自然不舍得浪费，忍着饥饿，分别尝试了一遍，才回到更衣室。

出来之后才知道多累。他们没想到泡温泉这么累。感觉比干了重体力活或者在床上充分折腾之后还要累。

"我受不了了，赶快吃东西。"周富贵说。

吃的东西倒是有，老婆知道酒店只提供免费的早餐，所以她早早地准备了几盒方便面，以便应付午餐和晚餐。这次她破例没节省，专门跑到大超市，挑品牌方便面买了几盒。昨天晚上，周富贵下班的途中，没和老婆商量，自作主张地又到岁宝买了一只猪蹄膀，并且要求他们切好了带上。早上陈竹花还责怪老公浪费，现在看来，这点小奢侈还是值得的，要不是有这个卤蹄膀，他们现在没有热水，靠喝矿泉水，怎么吃得下方便面？

俩人回到京基喜来登大酒店的时候已是傍晚。他们尽量摆出自己是这里常客的样子，目不斜视，不急不慢地走上台阶，穿过大厅，走向电梯。可是，电梯不听话，无论他们怎么摁，就是不动。最后，居然自动往下走，一直下到地下停车场，上来一个人，他们才知道这是一种所谓的"智能电梯"，必须插房卡才听指挥。

他们住 11 楼。上午办理入住手续的时候，周富贵按照老婆的意见，向总台提出要求：住顶层，靠海。对方说靠海没问题，这里每一个房间靠海，但本酒店总共有 12 层，顶层是商务层，带会议室的大套间，如果你们要求入住，须另外加费。他们当然不可能另外支付费用，所以就选择了第 11 层。

果然靠海。蔚蓝蔚蓝的大海。两口子突然发现，海水的颜色和他们以前看到的任何一次都不一样。周富贵为了显示自己的见识，对老婆解释说：以前是平视，现在是俯视，看任何东西，平视和俯视的感觉是不一样的。

卫生间特大。厕所和淋浴是分开的，洗手池旁边还有一个巨大的浴缸。浴室的墙是透明的玻璃，泡在里面，能看见大海。

"太划算啦！"陈竹花说，"这是天意。天意让我们在享受温泉之后，再来享受喜来登大酒店。"

"是。是天意！"周富贵附和着老婆说。

尽管两人刚刚泡过温泉，但面对此物此景，还是忍不住放了满满一大浴缸的热水，享受一把泡在浴缸里看大海的惬意。

看着看着，他们就忽然发觉这种享受超过了泡温泉。因为，温泉是公共场合，而此时是私密空间。虽然浴室是透明的，可面对的窗外是辽阔的大海，不可能被窥视。

这一发现让两个人都觉得很新奇，并且很快由新奇发展成兴奋。

这是他们第一次在水中互相表达爱。

由于浮力的作用，周富贵居然身轻如燕。原本老夫老妻了，这种事早已经变成例行公事，渐渐失去了新奇和兴趣，没想到一次贵宾体验，居然找到了久违的冲动。陈竹花更是焕然一新，原本一贯被动的陈竹花，今天也一反常态，居然采取主动，而且，能像宇航员在太空中翻跟斗一样，可以从不同的角度与周富贵完成"空中对接"。

尽兴之后，一贯一分钱掰成两半花的陈竹花居然动情地对老公说："就是自己掏钱，这钱花的也值!"

从浴缸里出来，外面已经完全黑了黑了，不知不觉间，海水从蔚蓝变成漆黑一片，海边漫步的计划只能推迟到明天早上了。

陈竹花不甘心。觉得这么好的时光白白睡掉太可惜了，建议楼上楼下走走。

两人穿着酒店的睡袍，踏着酒店提供的一次性免费拖鞋，决定出去走走。这次，他们有经验了，带上房卡，进电梯之后，先插卡，然后摁楼层，电梯乖乖地上下。

外面风大，穿着睡袍在大厅里晃荡也不像话，虽然没有任何人阻止他们，但二人还是自觉地按照贵宾标准严格要求自己，仅仅在大厅里转了一圈，就赶快回到楼上。

陈竹花显然没有尽兴，建议沿着 11 层的走廊来回走走。周富贵欣然接受。走廊铺着厚厚的地毯，顶上配着暖色灯光，与他们的睡袍和拖鞋很协调。

酒店呈 S 形，与大梅沙的海岸线平行，靠海的一面是客房，靠岸的一边是走廊，所以，走廊很长，一边在走廊上漫步，一边欣赏着大梅沙和东部华侨城的夜景，别有一番情趣。周富贵这才发觉如此设计的妙处。不仅每套客房都能看海，而且，走廊上亮着灯，不管酒店的入住率是多少，看上去整个酒店灯火辉煌，仿佛入住率百分之百一样。他们沿着 S 型长走廊来回走了两遍，周富贵忽然发现在东、西两个电梯出口的地方都有报纸，有中文报纸，也有英文报纸，显然是免费提供给住客的。想到自己是住客，不拿白不拿，所以，尽管并不一定打算看，却还是各取了一份，连英文报纸也没放过。而陈竹花则有更大的发现，她看见与报纸架对称摆放的，是一小篮子苹果!

其实她早就看见，以为是装饰品，不知道是供住客免费享用的。酒店怎么可能把苹果摆放在电梯出口任客人随便取用呢？这太超出陈竹花的见识了。要是他们餐馆也像这样在门口摆放一筐子苹果，免费给顾客吃，还不被人家连框子搬走？可是现在，她看见老公从报纸架上每样报纸都拿了一份，陈竹花立刻意识到，这苹果也是可以随意拿的。陈竹花当即拿了两个。

周富贵默认了老婆的举动。他早想到这苹果是供住客随意取用的，同时也知道他们在走廊上的一举一动都在摄像头的监视之中，因此，他希望自己的表现能与"贵宾"身份相称，他取报纸，甚至是取自己完全看不懂的英文报纸，即使被摄像头后面的人看见，也不失贵宾身份，相反，还能提高自己的身份，而如果拿苹果，则效果相反了。所以，尽管他知道报纸和苹果都可以随意取用，但周富贵还是只拿了报纸，没动苹果。不过，既然陈竹花想拿，拿就拿呗，毕竟，这苹果确实是免费提供给住户的，他们不拿，当然能体现高贵，拿了，也是天经地义，无可厚非，因此，这时候他看见陈竹花从篮子里面拿了两只苹果，周富贵并没有制止，而是宽厚地笑笑。

他们继续往前走。像刚才一样沿着 11 层的走廊散步。一边走，一边欣赏着窗外的夜景。所不同的是，俩人手上都拿了东西。周富贵拿着报纸，陈竹花捏着两只苹果。走到前面，也就是另一个电梯出口，又看见同样的报纸架和装苹果的小篮子。

周富贵不可能再拿一套报纸，可陈竹花则想再拿两只苹果。周富贵想制止她，却又不想扫她的兴，提醒说："有监控呢。"陈竹花愣了一下，随即说："怕什么。这东西本来就是给我们拿的。"那一刻，陈竹花表现出任性、顽皮、甚至撒娇的样子。周富贵原本想说，那也不要拿得太多，但他终于没有说出口。他忽然觉得有点对不起老婆。毕竟，陈竹花能表现任性、顽皮、撒娇的机会太少了，偶然一次不容易。

二人回到房间，周富贵有点累，躺在沙发上看电视。这是一种所谓的贵妃沙发，就是成斜坡的那种，好像是专门为了让人靠在上面看电视设置的，周富贵躺在上面很舒服。可是，一连调了几个频道，全部都是外国电视，说的全是周富贵听不懂的话。周富贵有点生气，他不理解在中国的土地上，电视节目为什么都是外国的频道，难道来这里入住的都是外国人？周富贵他一边赌气，一边使劲地往后调，终于在调了十几个频道之后，电视机开始说中国话。

陈竹花则翻箱倒柜，并且不断地有考古新发现，她发现一个保险柜，又发现一个暗藏的小冰箱，冰箱里面居然装着满满的啤酒和饮料。她随手取出一罐啤酒要甩给老公，吓得周富贵赶快摆手，说千万不要动，这里的东西贵得不得了。

"我是交了五百块押金的。"周富贵说。

周富贵不说还好，一说，陈竹花更来劲了，说："那又怎么样？不就五百块吗？我们也不是喝不起。"

周富贵一想，也是，一辈子就这一次，五百块又怎么样？

陈竹花把冰箱里面的饮料、啤酒全部翻出来认真看了一遍，又找到价目表对照。

"哇"，陈竹花说，"一瓶可乐三十块！确实太贵了。"

周富贵则没有说话，随意，陈竹花如果想喝，就喝吧，不就三十块吗，喝了也不至于破产。他们是打工的，无"产"可破。再说，同样的可乐和啤酒，在这里喝与在外面的士多店喝，或者从超市里买回家里喝，价钱怎么能一样呢？好比同样是两个人做爱，在自己的出租屋里做，和刚才在大浴缸里玩"空中对接"，怎么能同日而语呢。

可是，陈竹花并没有喝。既没有打开给周富贵喝，更没有自己喝，而是一件一件地摆回去，摆得很认真，力图恢复它们原先的排列顺序，不要搞错。

周富贵忽然有些心疼自己的老婆，此时此刻，他忽然有些冲动，想走过去，把小冰箱门拉开，取出其中的啤酒和饮料，全部打开，与陈竹花一起，一罐一罐地把它们全部喝掉。

一辈子不就这么一次嘛，周富贵想，也不会破产，再说他们无"产"可破。

凌晨，随着一声沉闷的巨响，酒店楼下发现一男一女两具尸体。双双穿着酒店的睡衣。

120、110 很快到达现场。

120 的任务不是救人。人已经死了，他们救不活。他们的到来，是完成必要的程序。

110 则很快拉起了警戒线。

因为是五星级酒店，为了"维稳"，体现"和谐"，警察没有声张，一切在静悄悄地进行，甚至绝大多数住客都在熟睡中，并不知道酒店里发生了命案。

很快查明，死者是入住 11 楼的两个客人。并且，他们持有"贵宾卡"。

尽管保密工作十分到位，但事情还是很快捅到网络上。微博传言，某领导带着情妇入住五星级酒店，因发生争执，双双坠楼身亡。此事警方正在调查之中云云。

关于他们为什么要自杀，微博上有两种版本。一是说领导对该情妇失去了兴趣，打算分手，情妇说可以，但必须最后温情一夜，期间，绝望抑或痴情的情妇把领导骗至凉台，推下去，然后自己纵身一跳。另一种说法是该情妇贪得无厌，在获得巨额财富之后，仍不甘心，逼领导与老婆离婚，领导被逼无奈，一气之下，恼羞成怒地把情妇推下凉台，自觉罪孽深重，难逃严惩，干脆也纵身跳下。

官方为平息舆论，遂正式公布消息，称死者并不是领导与情妇，而是一对合法夫妻。老公是某单位临聘司机，老婆则是某餐厅服务员。

舆论哗然。嘲笑官方智商低下，撒谎都不会，太低估大众的判断能力了。五星级酒店，一天最低消费一千九，是临聘司机和餐厅服务员夫妇能入住的吗？讹鬼呢！即便是偶然得到了"贵宾卡"，俩人高高兴兴地去享受，又怎么会双双从楼上跳下来？

事情还在发酵。网上还在流传。明星博主推出帖子，先假设官方的消息是真实的，请大家分析，临聘司机和餐厅服务员夫妇为什么坠楼？

跟帖踊跃。

一则认为，二人不是自己跳楼，而是被谋财害命。

马上有人反驳，说一对穷夫妻，值得贼人谋财害命嘛？

"害命论"者说：正因为谋财未果，动怒，才起了杀心。

另一则跟帖认为，二人想把偶遇的超级享受永久定格，生不能富贵，死也要富贵一次，人生，不就是一次生一次死嘛，所以跳楼自尽。

还有人跟帖说纯属意外，两个底层人物，突然享受"贵宾"待遇，舍不得睡觉，整夜狂欢，喝多了，像李白一样，稀里糊涂打算海中捞月，意外坠楼身亡。证据是：房间里啤酒和饮料被喝得一罐不剩。

最离奇的跟帖居然说，这就是命，男死者名叫"富贵"，虽然生的时候不富贵，所以死的时候很富贵；女死者名字叫"竹花"，竹子开花，开完就死……

总之，无论官方公布的证据多么确着，民众仍然相信小道消息。这不能怪大众的无知与固执，只能怪公信力危机。

传言还在流传。越传越离奇，越传越娱乐。周富贵、陈竹花，身前默默无闻的小人物，死后居然成为焦点。不管他们出于什么原因坠楼，他们的死，似乎比他们活着更有价值。

闪会

1

　　谁发起谁牵头。这次闪会是青萍发起的，所以就要由她牵头。

　　青萍热衷于搞闪会。但是以前她只是一个参与者，最多只是一个积极参与者，像这样由她发起并牵头的情况，还是第一次。虽然是第一次，但是却非常有新意，别的不说，就是参与者，也是不限于宜昌本地，甚至不限于湖北本省，而是扩大到全国。一扩大到全国，不是新意也是新意了。

2

陈东林最近突然冒出一个奇怪的念头，想着去湘西凤凰城走一趟。一个小小的边城，居然出了两位大师，太神奇了，应该去看看。

与其说是"看"，还不如说是散心。另外，隐隐约约还有想沾点灵气的愿望。

陈东林的公司是做 ISO 质量体系认证的，头两年受中国加入世界贸易组织的影响，这个生意非常好做，既然中国加入了世界贸易组织，关税壁垒被打破了，中国企业的产品可以出口了，可一旦产品要出口，就必须有一个国际公认的质量标准，这个标准还不是单单指产品本身，还包括生产和制造这个产品的整个过程，只有这样，才能保证产品质量的稳定性和可靠性，因此，几乎所有的企业都要争取通过质量体系认证。陈东林这两年多少赚了一些钱。

但是，随着 CEPA 的签订，香港和内地建立了更紧密合作关系，这种更紧密合作关系除了表现在众多的产品实现零关税之外，另一项重要的内容就是商业服务业的相互开放，而陈东林所做的质量体系认证，恰好就属于商业服务范畴。陈东林知道，一旦香港的认证服务机构进来，他的咨询公司马上就面临经营危机。所以，陈东林需要散心。

陈东林想了三套方案。随旅行团去，自助旅游去，自己驾车去。

　　随旅行团的想法立刻就被否定了。随旅行团虽然最省心，也最省钱，但是根本就不能起到散心的作用。不但不能起到散心的作用，弄不好还要惹一肚子气。你想看的地方，导游小姐像催命鬼，你不想看的地方，比如某些纪念品或土特产商店，导游小姐像出嫁的姑娘回到娘家，死活不想走了。

　　自助旅行当然好，至少比旅行团好，但是订旅馆、买车票肯定是麻烦少不了，自己本来是想散心的，去惹这个麻烦不合算。此方法当然也不宜采用。

　　那么，就只有自己驾车了？

　　自己驾车好，想停就停，想走就走，一路观光，来去自由，绝不存在买车票的问题，至于旅馆，也好办，开着车子慢慢找，哪有找不到的。大不了再开几十公里，到下个城市或县城，总有办法解决。再说，一路游山玩水走亲访友，亲近自然，多惬意！

　　但是，这个方案最后也被否定了。否定的原因只有一条：不安全。所谓的不安全，不是怕车祸，也不是怕车匪路霸，而是怕警察。按说陈东林是规矩的纳税人，为什么会怕警察？其实并不是陈东林自己怕警察，而是他的车子怕警察。自从陈东林买了车子之后，就经常被警察拦下来，而且没有一次被拦下来是为他服务的，比如告诉他车灯忘记关了，或者后胎摇摆了。没有，一次也没有。每次被警察拦下，都是找毛病的，不是找开车人的毛病，就是找车子的毛病，而且不管是找到还是找不到毛病，最后的结果都是一样的——罚款！每次被罚款，陈东林都要骂。当然，不敢骂警察，骂谁呢？骂车子。不但骂，有时候还拳脚相加，比如对着车子轮胎踢一脚。久而久之，车子就懂事了。懂事了之后，就怕警察。在深圳，离家不远，车子的胆子还大一点，如果到了湘西，再遇上警察拦车，还不把车子吓出神经病了？为了不让车子得神经病，自己驾车去湘西的计划只好放弃。

　　难道就没有一个好办法了吗？

　　陈东林就是在这个时候看到青萍在网上发布的闪会消息的。

　　"闪会"陈东林懂，就是一群互不相识的人，通过网上约定，在同一时间于同一地点做同样一件事情。

虽然懂，但是陈东林对这种事情从来就没有兴趣。在陈东林看来，这是年轻人闲着无聊做的游戏。既然是年轻人的无聊游戏，那么陈东林当然就不会感兴趣。陈东林不年轻了，也不无聊，所以，他不会对它感兴趣。

但是，这次陈东林感兴趣了。因为这次闪会的内容是：2004 年 4 月 20 日早晨 7 点整，于湖北宜昌夷陵广场集合，然后去湖南凤凰城。

陈东林闭上眼睛一想，马上就想象出参加此次闪会去凤凰城比他原先设想的那三个方案各好一百倍，便参加了。

3

大约是经济的原因，或者不是节假日的原因，所以参加本次闪会的人并不年轻，至少不像陈东林想象的那样年轻。

武汉的蓝姐虽然长得漂亮，但一看就是快五十了，东北的老王看上去非常精神，但明显属于那种老年人的精神，一问，五十九，差一岁六十。这么一把年纪也参加闪会？看来内地人比深圳人更会享受。宜昌本地的晓窗算年轻的，但使劲往小猜，也不会小过二十五。另外一些不容易很快记住特征的不大不小的男人和女人，也大多在三十岁左右，像陈东林想象那样的十七八岁的帅哥靓女，一个人没有。

人到齐了。青萍开始点人。总共 19 人，加上青萍自己，正好 20。

"怎么去？"东北的老王问。

"7 点 40 有一班火车"，青萍说，"就是中途需要转车，有点麻烦。不过买票没有问题。"

青萍在铁路部门工作，让大家免票她没有本事，但是搞票还是有把握的。

"是不是可以包一个车？"晓窗问。

晓窗是本地人，她这样问就表示她有办法包到车。

"包车好！包车好！"几个相对年轻一点的男人和女人说。

青萍没有说话，而是看着晓窗。那意思，既然晓窗主动逞能提出新建议，那么就应当由她自己回答这个问题。

"前几天我朋友他们单位去过"，晓窗说，"包车来回，大巴六千，中巴四千。20个人，正好可以包一个中巴。"

"好好好！每人两百，包来回，好好好！"大家七嘴八舌，几乎全票通过。

虽说全票通过，但是陈东林没有跟着叫好，道理嘛，非常简单，因为他回去的时候用不着返回宜昌，而直接从湖南回深圳，所以，从经济上考虑，包车对他来说不合算。尽管不合算，陈东林并没有表示反对。既然是集体活动，那么每个人都要有一点牺牲精神，要是一点牺牲精神都没有，最后肯定是不欢而散，再说，一两百块钱对陈东林来说也太小意思了，所以，陈东林什么话也没有说。

很快，晓窗就用手机联系来了一个中巴，而且是一个看上去很不错的中巴。给陈东林的感觉是这个晓窗似乎早有准备，甚至，陈东林还做了进一步联想这个晓窗是不是中巴司机的"托"，专门来兜生意的。

想了，但是陈东林并没有说。直接原因是这些人他一个也不认识。既然一个人也不认识，那么他当然就没有说。总不能随便找一个根本就不认识的人说吧。

陈东林的想法几乎很快就得到证实，因为在以后的行程中，晓窗俨然取代了青萍，成为本次活动的牵头人了。至少，是牵头人之一。

4

中巴于 7 点 40 准时启动，与青萍原先计划的火车时间一分钟不差。本来还可以提前五分钟的，但是青萍不让，说闪会的一个基本特点就是准时。

青萍这样一说，大家马上都赞同，并且脸上还露出了喜悦的笑容。陈东林也跟着喜悦，马上就意识到：这不是一般的旅游，是闪会！

正式上路之后，青萍开始收钱，并且要大家自我介绍。

收钱是每人两百，预付司机一百，另外一百路上用，用完再收。比如给司机的另外一百块钱，就回来的时候再收。

青萍在收钱的时候，晓窗主动帮着登记，青萍自然感谢不尽。二人配合默契，像是两个训练有素的导游。

自我介绍比交钱收钱有趣。老王介绍自己是教授，蓝姐介绍自己是家庭妇女，晓窗介绍自己是《清江文艺》的编辑，青萍则说她在铁路部门工作。至于那些不大不小的男男女女是怎么自我介绍的，陈东林记不清了，反正好像都是一些不愁吃穿但是也不是钱多了没有地方花的人。

轮到陈东林自我介绍的时候，不知道是觉得自己这个老板太小的缘故，还是觉得如果说自己是老板，那么就可能多花钱的缘故，或许什么理由都没有，就是谦虚，反正，他没有介绍自己是老板，而介绍自己是一个工程师。

当然，说自己是工程师也不没错，因为他当老板之前就是一名工程师。

进入湖南境内，青萍和晓窗商量了一下，二人学着真正导游小姐的样子，带大家做起了游戏。

毕竟见识多了，陈东林对这类把戏并无兴趣，这时候他专注地看着窗外，并且很快就发现窗外的景色更精彩。比如他看到一则标语，"光缆无铜，请勿偷盗"。陈东林一想，潜台词分明是"电缆有铜快去哄抢"。陈东林忍不住笑了，而且笑得控制不住。终于，惊动了青萍。青萍以为陈东林是为她的表演喝彩，所以先是得意地表示谢意，然后马上就请这位来自深圳的工程师出一个节目。众人自然是拥护。没有办法，陈东林问讲笑话可以不可以，青萍说可以，于是，陈东林现炒现卖，就把刚才看到了那副标语说了一遍。还没有说完，他自己就忍不住先笑起来，而且笑得挺厉害。但是，除了他自己之外，大家都没有笑。不但没有笑，还有其中的一位看上去比较聪明的小伙子向陈东林解释，说光缆里面确实是没有铜，偷去了也没有用。弄得陈东林不知道是该哭还是该笑了。

5

中午在石门吃的饭。饭店不大，一下子来了 20 人的大生意，老板激动得满脸通红。尽管热情，但是张罗饭菜还费了些时间。

等饭菜的时候，大家自然分成了一个个小团体，在相互交流，而且谈得非常起劲，特别是几个年龄相仿的男女，刚才还不认识，现在已经成了好朋友了。男人文质彬彬，显得知识渊博而不失幽默，女人含蓄暧昧，显得热情奔放而不失矜持。有一个戴眼镜的男性不知说了什么笑话，惹得旁边两位相貌一般但内能颇高的女性笑出咯咯声。陈东林发现，这时候唯有青萍和晓窗在忙碌，仿佛她们俩不是参加闪会的，而是请来为大家服务的。陈东林觉得过意不去，于是，摆脱北京的那个女人的温柔提问，过来帮青萍和晓窗的忙，比如检查厨房的食用油是不是潲水油等等。

陈东林一边这么做着，一边还跟青萍和晓窗说着客气话。

"辛苦了，辛苦了。"陈东林说。仿佛他是领导，因为只有领导才能这样代表大家说话。

青萍显然是被陈东林的态度感动了。一边说着不辛苦，一边作为回报似地跟陈东林说着一些不咸不淡的话。

"你回去的时候还走宜昌吗?"青萍问。

"不"，陈东林说，"直接从湖南回深圳。"

"哎呀"，晓窗说，"那么回来的那一百块钱你不用交了。"

"不行，不行"，陈东林说，"肯定不行。是我自己不回宜昌的，钱还是照样交，要是都这样，那么司机的钱哪个出？"

晓窗还想坚持。这时候她看着青萍，希望青萍也帮着她说服陈东林，但是青萍似乎对他们的争执不感兴趣，而是去查看肉是不是新鲜去了。

转了一圈，等晓窗走了，青萍小声对陈东林说：我也是。

"你也不回宜昌？"陈东林问。问的声音比较大，至少比青萍说话的声音大。

"嘘——！"青萍做了一个轻点声的手势，说："我是铁路上的，有免票证。所以想乘火车回来。"

"那你……"

"嘘——！"青萍再次示意陈东林不要声张，并且掏出免票证，给陈东林看。陈东林不认识这东西，但他相信是真的。

6

边城不如陈东林想象的清净。人太多了，而且太现代了，比如"一页情"咖啡屋，名称比深圳的"色狼咖啡"还时尚。

住宿倒体现了小镇的朴实，每张床位 20 元，价格只有陈东林预想的十分之一。陈东林很想自己一个人单住，反正自己掏钱，不妨碍别人，关键是 40 块钱对他来说根本就不能叫钱。但是他不知道这样做好还是不好。正在这时，青萍发话了：住宿自由，但不要太分散，就在这两家小旅店。

说起来是"旅店"，其实就是两户人家。这样更好。更有小镇的味道。

在办理住宿的时候，陈东林发现，已经有刚刚认识一整天的男女合住了。

他们是什么时候达成这种默契的呢？陈东林想。

陈东林要了一个靠沱江的单间。非常巧，青萍和晓窗的房间就在隔壁，而且，两个房间的阳台几乎是相通的。

陈东林微微有点激动，但是不知道激动什么，像是又回到了二十年之前。

7

晚上吃的是合餐，就是大家在一起吃，把三张桌子合在一起，围成一个长方形，像陈东林公司里面的会议桌，很是热闹。特别是东北来的老王，居然讲了很多笑话，陈东林没有想到老王这么会讲笑话，而且是真正的笑话，不是陈东林在车上讲的那种只有他自己笑而别人不笑的笑话。老王每讲一个，都要注意坐在他旁边的蓝姐的反应，仿佛他讲笑话的全部目的就在于让蓝姐笑，可惜蓝姐好像并没有领会到老王的心意，虽然也笑，但笑得与别人没有什么两样。陈东林有点为老王惋惜。

晚餐之后是自由活动，也只能是自由活动，小镇街道狭窄，不能容纳20人集体散步。

有人提议去泛舟，特别是那几对即将组合而没有正式组合起来的"准情侣"，更是热情高涨。蓝姐表示她也想去，弄得老王当场成了泛舟积极分子，人也顿时年轻了不少。

陈东林没有去，别人都是成双成对的，连老王都快成对了，陈东林不想充当临时电灯泡，所以没去。

青萍和晓窗也没有去，她们俩正在忙着结账。一边结账还一边讨价还价地要求老板打折。陈东林突然发现，自己没有去是不是与她们有关？

不管是不是有关，反正最后的结果还是陈东林与青萍和晓窗一起，仿佛他们三人已经组成了一个小团体。但是很快，陈东林发现跟她们俩玩不到一起，主要是兴趣不一致。陈东林的雅兴在于沿着沱江走走，观两岸灯火，看江上泛舟，听窃窃私语，体味一些在深圳找不到的景致和感觉。但是青萍和晓窗兴趣在钻商店，钻各种各样的小商店。仿佛她们这次参加闪会的主要任务就是采购。陈东林不理解，现在都什么时代了，这里商店有的东西，大城市能没有？并由此感悟女人都有逛商店的怪癖。如此，勉强陪着她们俩逛了两个店，受不了了，逮着一个机会，开溜。

小镇太小，转了几个圈，又碰上了。只见两个女人手上已经提了不少战利品。无非是蜡染的衣服和吃食。陈东林一点也不感兴趣。但是，青萍脖子上多出的一个项圈引起了陈东林注意。

"哪里买的？"陈东林问。

"那边。"俩人说。说完之后，又感觉这是一个非常不明确的答案，于是，两位热心的女人又一起带着陈东林回头找刚才买项圈的商店。

"你也要买这个呀？"青萍问。

"好玩。"陈东林说。

确实是好玩，项圈能有什么用。但是，似乎也不完全是因为好玩。

陈东林小时候是有项圈的，而且跟青萍现在脖子上戴的这个几乎是一模一样。也是银制的，也是这样一边粗一边细，甚至也是这样粗的那边被做成扭曲状，而细的这边被做成具有放大和收小功能。

青萍被陈东林看得不好意思，干脆取下来，递给他，让他看个够。

陈东林本科就是学的有色金属冶炼，接到手一掂，再一看色泽，然后用力弯一下，马上就有了结论。

"真货。"陈东林说。

说着，就递回给青萍。在递的时候，略微有点迟疑，仿佛是爱不释手。

是的。确实有点爱不释手。

陈东林很小的时候，到底多小记不清了，反正是上学之前的时候，有一次家里来了乡下的亲戚，送给他一个礼物——项圈，就是青萍买的这样的项圈。在当时，这是一个相当贵重的礼物。但是陈东林不知道它贵重。不但不知道它贵重，而且陈东林还不要。在陈东林看来，只有乡下的小孩才戴这个东西，城里的小朋友哪有戴这个的？所以，陈东林不要。陈东林不要，乡下的亲戚就下不了台。于是，母亲就把陈东林叫到里屋，跟他讲道理，说他这样不接受亲戚的礼物是非常不礼貌的，所以，不但要接受，而且还高高兴兴地接受。陈东林是听话的孩子，当他跟母亲从里屋再出来的时候，脖子上已经戴上那个项圈了，就跟青萍现在戴在脖子上一样。当陈东林戴着银项圈从里屋出来的时候，全家人都说好。既然全家人都说好，那么陈东林也就感觉很好。而且，陈东林分明记得，那个亲戚竟然喜欢得眼泪都出来了。

但是很快，项圈就给陈东林带来了麻烦。当陈东林高高兴兴地戴着项圈出去向小朋友们炫耀的时候，麻烦来了。

"四旧！"一个人说。

"四旧！！"更多的人说。

陈东林不知道什么是"四旧"，只记得来了几个穿黄军装戴红袖章的人，不由分说地就从他脖子上把项圈抢走了。

"还我！还我项圈！"

陈东林拼命地叫，拼命地喊，甚至拼命地哭。

"还我！还我项圈！"

但是，没有人还他，也没有人帮他。于是，更加拼命地叫，更加拼命地喊，更加拼命地哭。最后，终于惊动了他们家里人。他们家里人，包括父母，包括哥哥姐姐，还包括乡下来的亲戚，一起跑了出来。陈东林见家里人来了，叫得更凶，喊得更响，哭得更惨。并且一边哭喊，一边还紧紧地抓住那个穿黄军装戴红袖章的大哥哥不放。或许，在年幼的陈东林看来，这时候他们家人会一拥而上，把那人手上的银项圈夺回来。不但夺回来，而且还应该揍他一顿。事实上，父母和哥哥姐姐也一直是这么护着陈东林的。但是这次没有。这次家里人冲出来，刚开始是怒不可遏，然后是慢慢平静，再后来是无可奈何。最后，父亲竟然向那些人赔礼道歉，说着一些"小孩不懂事，对不起"这样的话。而母亲则默默地把陈东林的小手掰开，强行将他抱回家，全然不顾陈东林的哭喊与挣扎。至于送他项圈的那个乡下亲戚，则更像是犯了天大的错误，一个劲地说："对不起！都怪我！对不起！都怪我！我害了小宝了!"

"小宝"是陈东林的小名,也叫乳名。亲戚的意思是她带来的项圈害了陈东林了。

母亲则一边哄着陈东林,一边安慰亲戚说没事。

后来到底是有事还是没有事,以及这件事情到底是怎么处理的,陈东林一概不知,但是,有一件事情他是知道的,那就是,那个戴在颈子上沉甸甸凉飕飕的银项圈是再也没有回到他的脖子上了。

8

青萍和晓窗终于又找到她们刚才买项圈的那个商店了。一问，没有了，就这一个，还是前几天刚刚收上来的。

"能不能再找找?"陈东林问。

店住笑着摇摇头，说："不用找，这种东西难得收上来一个，如果有，我肯定记得。"

尽管店住说得非常肯定，但陈东林似乎还不放心，自己又认真地在柜台里面找了一遍。结果当然是徒劳的。

"你这么想要吗?"青萍问。

"不是不是!"陈东林说，"好玩。"

虽然说不是，虽然说好玩，但是，剩下的时间里，是陈东林比两个女人更喜欢钻商店，尤其是那些看上去可能有旧货卖的黑乎乎的小店。直到两个女人都抗议了，三人才回旅店。

上楼的时候，青萍摘下项圈，说："给你吧。"

"不要不要!"陈东林说。一边说，一边还把手摆得像扇扇子，而且还本能地躲闪，仿佛青萍手上吊着的不是一只项圈，而是一条响尾蛇。

虽然陈东林已经明确表示坚决不要，但是满头脑子想的尽是项圈。本来是来散心的，现在倒突然发现原来是带着任务来的，这个任务就是买项圈，买青萍碰巧买到的这样的项圈，买小时候被红卫兵大哥哥收走的那个项圈！

9

第二天玩得比较紧张，上午南方长城和石城黄丝桥，下午参观沈从文、熊希龄故居。陈东林知道沈从文，但是没有听说过熊希龄，陈东林不理解，为什么要参观熊希龄的故居而不是参观黄永玉的故居，是不是因为黄永玉还健在，他居住的地方不能被称为"故居"？陈东林不知道，也没有问，因为他的心事仍然在项圈上，仿佛既然已经动了这个念头了，不买到就绝不罢休一样。事实上，整整一天，无论到什么地方，陈东林总是不断地打听有没有项圈买。最后，买项圈的事已经不是他一个人的任务了，而是他们这个闪会上所有人的共同任务，几乎每个人都在帮他打听，都在找，而且果然不断地有人报告说找到了。陈东林跑过去一看，不是，不是青萍买的那种，或者说不是他自己小时候曾经拥有过的那种，当然，也就不是他想要买的那种。

陈东林的表现似乎让青萍很内疚，仿佛正因为是她买了一个项圈，才惹得陈东林神经兮兮的。老王更是开玩笑，问陈东林是不是爱屋及乌，陈东林一心想着买项圈的事，竟然没有反应过来，倒是青萍反应过来了，立马变成"红萍"。如此，青萍更有了一份责任，干脆把牵头的任务全权交给晓窗，她自己专职陪同陈东林找项圈。

说来也怪，他们几乎找遍了整个凤凰城，就是没有找到第二个这样的项圈。

这期间，青萍再次把自己的项圈摘下来交给陈东林过，并且陈东林也真的接到手上，认真看过，抚摩过，甚至还看到项圈上一行小字：小宝六周岁。小字是由一个一个凹下去的小点组成的，就像老式杆秤上的刻度星点。陈东林看出这些星点有年头了，心里一惊，猛地记起来了：他拥有并失去项圈的那天好像也是他六岁的生日！而且，"小宝"正好是他的乳名。

难道⋯⋯?！

这下，陈东林更神经兮兮了。

但是，君子不夺人所爱，陈东林还是坚决地把项圈还给了青萍，非常坚决。

"你给谁买的?"陈东林问。

"儿子"，青萍说，"我儿子！"

青萍说得有点自豪。这很让陈东林感动，不是为她的自豪感动，而是为她的真诚感动。在陈东林的印象中，如今的女人已经不会在一个男人面前谈论自己的儿子或丈夫了，总是尽可能把自己装扮成未婚甚至是未成年的样子，哪有主动称自己有儿子的?

"多大?"陈东林问。

"六岁"，青萍说，"正好六岁，明天就是他六岁的生日！"

陈东林心里更是猛地颤抖了一下，马上就坚信凤凰城这个地方确实有灵气。

青萍并不知道陈东林内心的反应，所以，刚才这样说的时候，仍然非常自豪，但是说完之后，却又莫名其妙地流出了眼泪，而且显然是极力控制了，只是实在没有控制住。

陈东林继续颤抖，同时又非常疑惑，问："他出事了?"

问得比较小心。

"没有。"青萍说。说得很快，很肯定，并且是笑着说的。陈东林还是第一次看见这种流着眼泪的笑容。因为青萍在这样笑着回答"没有"的时候，眼泪仍然止不住地流淌，并且流淌得更加猛烈了。

陈东林不敢问了。

"他很好"，青萍继续流着眼泪笑着说，"他在美国，是上个月刚刚被他父亲接走的。本来说好是等过完生日再走的，但是他父亲那边时间安排不开，只好先走了。"

这时候，青萍已经笑不出来了，笑已经完全被哭所淹没。

陈东林想扶青萍的肩膀，或者把自己的肩膀让青萍扶，但是街上人太多，而且很难保证这些人当中没有他们这个闪会的成员。陈东林自己无所谓，一拍屁股回深圳了，但是青萍还要做人，还有可能在同一个城市里面对晓窗，面对那个司机。于是，陈东林这时候必须控制自己的情感，哪怕是非常纯洁的仅仅是想安慰对方的情感。

"他父亲是……"

"是我前夫。"青萍说。说着，又尽量恢复笑的模样。一边恢复，一边用纸巾清理脸上的眼泪，清理方式是把纸巾握成一个非常小的纸团，然后在脸上的某些部位蘸，而不是来回地擦，相当于点处理，而不是面处理。

"你前夫？"陈东林问。

"我前夫。"青萍说。

青萍告诉陈东林，前夫是她的大学同学，儿子两岁的时候去的美国，去年他们离婚，今年回来接儿子。

"为什么把儿子给他呢？"陈东林问。问完之后立刻就后悔。后悔自己问了一个根本不该问的问题。

果然，陈东林一个不合时宜的问题，又把青萍好不容易清理干净的眼泪问出来了。

"当时想着这样有利于儿子的成长，现在非常后悔。"青萍说。

陈东林没有说话。如果要说，他一定会说：这样并不利于孩子的成长。

"你知道多巧吗？"青萍说，"这上面正好有一行字，'小宝六周岁'，我儿子的乳名正好叫'小宝'，而且明天正好六周岁！"

青萍又笑了，而且是真笑。

陈东林差点就说"我也是"，但是忍住了，怕说出来青萍不信，更怕青萍误解他。再说，他也不愿意当青萍的"儿子"。

10

返程的时候，按照陈东林的建议，先把付给司机的另外一百块钱收上来，因为看现在这种成双成对的样子，中途下车的不在少数，到时候凑不齐司机的另外两千块是个麻烦。

青萍和晓窗一听，有道理，马上采纳。

果然，车子刚一出凤凰城，就有人要求下车，这个人就是陈东林自己。

陈东林是在吉首下车的，他可以从这里上直达深圳的火车。

陈东林在要求下车的时候，青萍的眼睛里流露了很多内容，仿佛有很多话要说，但是最终却一句话都没有说，只是默默地帮着他拿行李。其实陈东林也没有什么行李，就一个包，这时候青萍帮陈东林拿行李，只能是表达一种意思。这点，陈东林看出来了，车上的其他人也看出来了。

"反正车子正好顺路"，晓窗说，"不如跟我们一起到石门再下车。"

晓窗这样一说，马上就有几个人表示赞同。比如老王，老王说："对，干脆别下了，跟我们走，一直走到宜昌。"

晓窗是客气，老王是调侃，这时候要是青萍也说类似的话，或许陈东林就真的跟他们一起到石门再下车。

青萍终于说话了，青萍一说话，整个车子立刻鸦雀无声。

青萍说："还是在这里下吧，这里下车容易补卧铺。"

既然青萍这样说了，那么陈东林想留下都不行了，只好下车。

最后一刻，陈东林跟车上的每一个人逐一打招呼，算是道别，而且可能是永久地道别。在这样道别的时候，陈东林发现一个现象，就是大家的座位已经进行了自动调整，而且调整的幅度还比较大，除了司机的位置没有动之外，其他人基本上都动了，比如老王，不知道什么时候已经跟蓝姐坐在一起了。

陈东林最后一个跟青萍打招呼，而且打招呼的方式比较特别，没有像对蓝姐那样握手，也没有像对老王那样拍肩膀，而是递给她一个小葫芦，一个昨天晚上在虹桥上买的小葫芦，说："祝小宝生日快乐！"青萍则以"红萍"的姿态接过去，一句话没说。

车子重新启动，大家招手道别，只有青萍低头不语。别人没有注意到，老王注意到了。老王没有声张，轻轻用手捅了一下旁边的蓝姐，然后指指青萍，脸上写满了词汇。

11

青萍的意见是对的。陈东林在吉首果然就顺利地买到了卧铺票。

快到石门时，陈东林觉得应该给中巴车上的人打一个电话，因为石门一过，火车向右拐，与中巴算是彻底分道扬镳了。

在具体给什么人打电话的问题上，陈东林费了一番脑筋。按照道理，想都不用想，当然是给青萍打，因为青萍是这次闪会的发起人，而且在这次凤凰城的整个活动中，陈东林跟青萍接触最多，俩人基本上已经是朋友了，不给她打给谁打？但是，如今的许多事情偏偏就不能按道理做，如果按道理做，那么肯定会留下一个美丽的传说，这种传说经老王这样的人一加工，肯定是色彩丰富，如果万一再经晓窗或司机带回宜昌一扩散，青萍怎么受得了？最后，权衡再三，为了避免不必要的麻烦，准确地说是为了避免给青萍造成的不必要的麻烦，陈东林还是决定给晓窗打电话。陈东林想，给晓窗打了就等于给青萍打了。他相信，青萍一定能读懂。

晓窗接到陈东林的电话非常兴奋，并且说：幸亏你在吉首下车了。

"为什么？"陈东林问。

"堵车了"，晓窗说，"我们现在还在慈利呢。"

陈东林一听，还真是，如果当初接受晓窗的挽留，坐在中巴上，那么现在不是急死，就是只好跟着他们去宜昌了。如果那样，或许是天意。但是现在没有留在中巴上，这也是天意？到底现在这样是天意还是"如果"的那样天意？或许是天意之天意，就跟否定之否定一样？

不仅晓窗兴奋，听到陈东林的电话，中巴上几乎所有的人都跟着兴奋，连青萍也不例外。但是青萍的反应与旁人不一样，其他人是持续兴奋，至少会持续一段时间，比如持续到陈东林跟晓窗的电话结束，但是青萍不是，青萍先是猛地弹起来一下，然后又迅速缩下去，像脉冲，仿佛是生怕别人看出她的兴奋。青萍的这个表现或许别人没有注意到，老王注意到了。照例是提示蓝姐注意。

其实青萍刚才的兴奋是真的，迅速缩下去也是真的。本来，青萍早就想好了，回去的时候绝不再坐中巴，钱照交，但是她在吉首下车，乘火车睡卧铺回宜昌。想好了，但是没有这样做，原因不是怕费钱，青萍有免票证，不费钱。没有这样做的原因仅仅是因为陈东林恰好在吉首下车了，如果她也在吉首下车，那么不是事也是事了。青萍知道，现在的许多事情是倒过来的，像那几对这几天已经住在一起的男女，没事，而像她这样跟陈东林连手也没有拉一下的，如果现在一起在吉首下车，那么肯定就是事。所以，最后青萍只好忍痛割爱，放弃上火车的机会，继续陪着大家坐中巴。

不过，青萍刚才的异常反应不是因为这件事情，青萍刚才的异常反应是因为另外一件事情，一件只有她自己一个人知道的事情。

12

打完电话，陈东林像了了一桩事情，准备睡觉了。为了睡得安适，陈东林决定收拾一下自己的行头。当然，所谓的"行头"也就是一个包，准确地说就是刚才在吉首下车的时候青萍帮他拿的那个包。所谓的"收拾"，也就是把贵重一点的东西从包里移到枕头下面。

打开包，呆了。

那个神奇的项圈终于显灵了，居然会自己跑到他包里面！

13

中巴到达石门的时候已经天黑。老王提议，吃熟不吃生，干脆就在来的时候吃过的那个小饭店吃晚饭。老王的建议立刻得到大家的一致响应。晓窗看看青萍，青萍说好。于是，大家都开始往左边看，生怕错过那个并不起眼的小店。

突然，司机叫了一下，说："快看！那是谁？"

大家立刻齐刷刷地顺着车灯看去。车灯在细雨中划出两道灰色的光柱，就像电影院里放映机射出的光柱一样。光柱的尽头，站着一个人，没有打伞，而是使劲地向驶来的汽车张望，并且也似乎尽量让车上的人能注意他，看清楚他。

"工程师！"

"工程师！！"

这时候，雨中的人也看到了中巴，准确地说是看清楚了中巴，于是，敞开双臂，奋力挥舞，激动的样子不亚于饱受虐待的战俘终于见到了祖国的亲人。

陈东林显然是在雨中淋了很长时间，于是，全车的人既是激动又是感动。自然是一阵欢呼一阵嘘寒问暖，更有人递上干毛巾。

蓝姐问：你怎么不打把伞？

陈东林一边接过人们递来的毛巾，一边笑，没有顾得上回答蓝姐关于为什么没打伞的问题。

一贯喜欢发表高见的老王这时候反倒没有说任何话，只是看看陈东林，又看看青萍，不知道他是被感动了，还是实在不忍心再说任何话了。倒是几个不知深浅的大小伙子，问了一个不知深浅的问题：你怎么又回来了？

陈东林仍然笑，仍然没有顾得上回答这个不知深浅的问题。但是小伙子显然没有蓝姐知趣，再问一遍，全然没有在意老王使过来的眼色。

既然再问了一遍，如果陈东林再不回答，就失礼了。

"是项圈'仙灵'了。"陈东林想说。但是，话到嘴边，又突然改成："我想起来了，这是闪会，不是一般的旅游，所以，我们大家必须一起回到宜昌，回到西陵夷陵广场，而且最好坚持到明天早上 7 点 40，然后突然一起闪掉！"

"好！"老王说。

"好！好！好！"更多的人喊起来。

大家突然意识到，这不是一次简单的旅游，而是一次闪会。意识到之后，再次欢呼，并且欢呼得比较热烈，除了司机之外，几乎所有的人屁股都离开了自己的座位。几个已经速配成功的男女，更是激动地当众拥抱起来。当然，也有人例外，比如青萍，青萍这时候手里攥着一小团纸巾，把脸侧向窗外，仿佛车厢里所发生的一切与她没有任何关系。

拆信

下午去局里开会。散会的时间早于下班时间，段宏伟比平常提前到家。

进院子的时候，段宏伟顺便打开信箱，取出报纸、杂志、账单和一把广告。段宏伟当即进行简单的分拣，把晚报和账单留下，乱七八糟的广告丢掉。但今天的情况有些特殊，他发现了一封信。一封明显不同一般的信。一般的信是白色信封或更为花哨的彩色信封，而它是牛皮纸信封。这让段宏伟相信它是一封真正意义上的"信"，而不是名目繁多的结账单或五花八门的广告。可如今还有谁写信呢？段宏伟想。如今有事一般都发信息。如果是一般的问候，比如出差去外地，受人家接待了，回来之后发个信息感谢一下，既表达了心意，既省事又省钱，还能当场兑现，不会耗费对方的耐心；如果确实有事情要询问，比如问对方的班机号和航班时间，发个信息过去对方立刻答复，完全符合时间就是金钱，效率就是生命的现代都市理念。当然，也有特殊情况，比如对方是领导，或者虽然不是领导，但对自己相当重要，发个信息唯恐礼数不周，那也没关系，打一个电话多说两句就可以了，同样不需要写信。所以，当段宏伟看到这封信的时候，心里多少有些疑惑。同时，他不得不承认，这种牛皮纸信封装着的信比手机信息或打一个电话让他感到实在，有一种从天上回到地面的感觉，甚至令他多少有些亲切，竟然能重新唤起已经久违的"见信如面"的印象，仿佛一下子回到遥远的过去。可见，段宏伟不年轻了，他已经学会了怀旧。

从庭院走进屋里的时候，段宏伟一直举着这封信，边走边端详。

这是一封从北京寄来的信。收信人是"安慧君"，而不是"段宏伟"。安是段的老婆。可老婆在北京并没有亲戚呀。难道是同学？同学倒是有，但毕业的时间长了，来往越来越少，上个月安慧君去北京出差都没有去找同学，同学怎么会突然给她写信呢？再说，这带庭院的房子是去年刚买的，估计老婆的同学连地址都不知道，怎么可能给她写信呢？

段宏伟打算拆开信。天大的疑惑，拆开一看不就清楚了。

不行。段宏伟又想，这种背后拆信的行为是不礼貌的。孩子大了，出国了，老婆现在除了坚持上班等待退休之外，另一项重要的消遣就是找机会和他吵架，平常连报纸丢放的位置不对都能引发她的大喊大叫，这要是未经允许私自把她的信拆开，回来之后还不把天闹翻了。所以，尽管好奇，段宏伟还是忍着没有拆开那封信。

段宏伟开始做饭。这是上海男人的好习惯。尽管段宏伟离开上海到安徽再来深圳好多年了，上海男人的优良传统并没有改变。其实做饭也很简单，就是淘个米并且在电饭煲上摁一个按钮就行了，但给老婆的感觉是他已经把饭做好了，这样，老婆在做菜的时候，不至于一路拿砧板菜刀出气。

其实段宏伟也是可以做菜的，但老婆挑剔，无论段宏伟怎么认真，最后老婆在吃的时候总是能跳出一大堆毛病，直到把两个人的胃口全部都挑坏了为止。久而久之，双方达成默契，段宏伟负责做饭，安慧君负责炒菜，如果段宏伟因为什么事情在单位耽搁了，安慧君在炒菜的过程中顺便把饭也做了，那么段宏伟这顿饭基本上也就吃不成了，他有时候宁可在小区门口吃完再进来，也不愿意听老婆比饭粒还多的数落。不过，今天不会发生这样的情况。今天段宏伟回来早了，现在已经把饭做上了，一切交给电饭煲了，他不用管了，就等着安慧君回来炒完菜他们一起吃饭了。

有那么一刻，段宏伟想到要帮老婆做点事情，比如可以把冰箱打开，把里面的排骨从冷冻室里取出来，先煲上，或者并不先煲上，就是放在外面解冻，也比等安慧君回来之后再拿出来好。可是，一想到老婆的唠叨劲儿，想到老婆可能今天并不打算吃排骨，而是自己带回来乳鸽或生蚝，或打算就吃简单的西红柿鸡蛋汤，自己这样自作主张地提前把排骨从冷冻室里拿出来，不是讨骂嘛。于是，只好放弃，还是决定老老实实坐在凉台的藤椅上看报纸。

凉台是敞开式的。因为凉台外面就是自家的小花园，所以当初装修的时候，征得夫人同意，段宏伟特意把凉台做成敞开式的，与花园连成一体，这样，每天下班后晚饭前，就着未尽的晚霞，读着当日的晚报或自己喜欢的经典文字，就感觉自己已经远离喧嚣并且变得清净清高了。

这就是一楼的好处。年轻人可能觉得一楼不好。潮湿，蚊子多，私密性不如楼上。而深圳是年轻人的天下，所以，开发商在销售楼盘的时候，特意给一楼的住户赠送了北面的庭院和南面的小花园，而段宏伟和安慧君恰恰都喜欢接地气，在单位一年到头一天到晚处在悬空中，就老是觉得心也悬着，回家之后，不能再脚不粘地了，于是，特意选了这一楼的房子。至于这北面的庭院和南面的小花园，属于意外的收获，好比本来就是要买豆浆机，没想到却中奖得到一台面包烤箱一样。现在段宏伟坐在敞开式大阳台的藤椅上看书看报，自然有了一种得了便宜还可以卖乖的感觉，心情不错。不过，今天段宏伟坐在这里的时候，却没有享受这份惬意。

还是因为那封信。

信和报纸在一起。所以，现在段宏伟自然又看到了那封信。那封用牛皮纸信封装着的信。信封没有落款，只有邮政编码，100036，这让段宏伟想起年轻时候给安慧君的一份份情书。情书的信封上也没有落款，只有"内详"。段宏伟暗暗一惊，难道…不可能的，一把年纪了，眼睛都老花了，根据他自己的经验，眼睛花了基本上心就不花了，男人都这样，何况女人呢。不可能。绝对不可能。

可是，这年头谁还写信呢？谁会给安慧君写信呢？

信封的字迹比较稚嫩。当然，这是一种委婉的说话，真实的意思是字不怎么样。这也难怪，如今都用电脑了，无所谓字如其人了，所以也就不用练字了。

等等。段宏伟忽然想起来了，这字他好像在哪里见过。在哪里见过呢？电脑上不可能。报纸或经典文字上也不会有，文件上更不可能，那么…段宏伟真的想起来了。在信封上，也是在信封上！段宏伟记得大约半年之前，他在办公室收到一封信，也是这样的牛皮纸信封装的信，也是没有落款只有邮政编码的信，也是这样稚嫩的笔迹，当时他也非常好奇，打开一看，却是一封让他非常恶心的信。内容是说了个迷信的故事，然后要求他把信抄写十份，分别寄给他十个熟人，说如果不这样做，他就会遭受迷信故事当中相同的命运等等。段宏伟当然不会遵着信上的要求去做，当即把信撕了丢进废纸篓，但恶心的故事并没有立刻在心中消除，堵了好长时间，直到今天，只要一想起这件事情心里仍然堵。比如现在，在夕阳的余晖下，坐在自家后院旁边凉台上的藤椅里，段宏伟捧着写有老婆名字的这封来历不明的牛皮纸信封装着的信，就联想到自己半年前收到的那封信，就仍然感觉心里特别堵。

不行。段宏伟果断地想，绝不能让安慧君读到这样令人恶心的信！

老婆不年轻了。女人和男人不一样。男人到了这个年纪，往往变得豁达。女人相反，起码安慧君相反，到了这个年纪反而愈发经不得气，这要让她看到这样恶心的信，没准气出病来。

不能让老婆读到这封信很简单，趁她还没有回来，段宏伟把信撕掉丢进垃圾桶就行。如果为了进一步保险，撕掉之后不丢在自家的垃圾桶，费一点事，出去丢在外面公共垃圾桶就可以了，想她安慧君绝无可能跑到外面翻公共垃圾桶。假如还不放心，段宏伟又想，干脆点火烧掉，点火烧掉她安慧君总不至于还能看到添堵了吧。

段宏伟就要这么做了。他决定采用最保险的办法，点火烧掉。可是，就在他回到客厅从茶几下面找到打火机之后，却又犹豫了。万一这真是一封有用的信怎么办呢？

打开看看。如果真是恶心的信，二话不说，烧掉，省得让老婆恶心。如果是封有用的信，则不用烧了，再把信封贴上就是。

段宏伟开始拆信。拆得很小心。特意找出一把小刀，从封口处慢慢挑。跳开一点推进一点，生怕把封口弄破了。

信终于拆开了。谢天谢地。原来不是那种令人恶心的信，而是发票。是几张"北京市集贸市场专用发票"。

怎么会是发票呢？段宏伟想不通。发票不在买东西的时候给，而要事后专门邮寄吗？

段宏伟想起来了，老婆是半个购物狂，一定是上个月去北京出差又乱七八糟买了一堆根本用不着的东西了。对，好像还给他买了钱包。其实根本用不着，他却还要装着非常喜欢，真是花钱买罪受啊。难道是北京的商店买东西当时不给发票，或正好赶上发票用完了，承诺包买包寄发票？如果真是这样，段宏伟想，说明北京的商户还是蛮守信的嘛。

段宏伟长长地舒了口气。不是为北京的商户守信，而是为这信封里不是那种令人恶心的信。

段宏伟开始看报。正式看报。

还好，夕阳尚未褪尽，段宏伟还可以不戴老花镜。

但是，段宏伟并没有看进去。他还在想着那封信。他现在思考的问题是：是把封口重新粘上，还是就让它那么敞着？重新粘上似乎完全没有必要，害得老婆还要重新揭开。关键是老婆马上就要到家了，自己现在这样重新粘上，胶水也来不及干啊。可要是不粘上，就这么敞着，老婆回来会不会抱怨自己私自拆开她的信呢？

算了，老夫老妻了，拆信未必就是能扯得上"私自"，再说，平心而论，我拆信绝对不是对她不信任，而是出于对她的爱护，怕万一是那种恶心的信让她受到伤害，所以才拆开的。人正不怕影子斜，在单位在社会我都能堂堂正正，在自己家里难道不成还想做小人？男子汉大丈夫，敢作敢当，出于好心提前拆了老婆一封信有什么见不得人的？如果真要是在老婆到家之前悄悄地把信封重新粘上，那才见不得人呢，才真是小人的做法呢。夫妻之间要有起码的信任。

这么想着，段宏伟就安心了，就让那封信那么敞开着躺在那里而他自己安心地看报了。

刚看完一篇破获一起虚开增值税发票的报道，老婆就回来了。

果然，老婆自己带回了煲汤用的料。是一种段宏伟叫不出名字的海贝。

虽然叫不出名字，但段宏伟知道这东西煲汤好。节省时间还味道鲜美营养丰富。段宏伟为自己没有自作主张从冰箱里取出排骨而感到庆幸。同时，他多少有些心虚，还惦记着那封被自己拆开的信。

吃过饭，段宏伟像突然想起来一样，说："啊，北京还给你寄来发票啦。"说着，非常坦然地走到凉台上，取来那封信，递给安慧君。

"他们还蛮讲信用，还真给你把发票寄过来了。"段宏伟边递信边说，仿佛是刻意掩饰什么，或者想分散老婆的注意力。

老婆接过信，瞟了一眼，根本就没有取出信瓤看，就随手丢在茶几上，说："其实要不要无所谓。"然后就继续收拾餐桌了。

段宏伟吸了一口气，心里像一块石头落了地。

一切照旧，平安无事，两口子看电视看书看报纸吃水果上厕所洗澡睡觉。本来段宏伟以为这件事情就这么过去了，因为他们已经上床了，打算关灯睡觉了，可是，就在段宏伟伸手关灯的那一霎那，老婆突然开口说话了。

"段宏伟"，安慧君严肃认真地说，"我们之间是不是应该有起码的信任？"

"当然，我……"段宏伟当然知道她指的是拆信，他想解释，但不知道该怎么解释。他不想说假话，可说真话怕安慧君不信。

"既然如此"，安慧君义正词严地说，"那你还为什么私拆我的信？"

"这个……"段宏伟仍然想解释，可仍然没有想好该怎么说。

"我不怪你"，安慧君说，"说出来恐怕你不相信。"

"没事，我相信。"段宏伟终于找到自己可说的话。

"我有点可怜你"，安慧君说，"我知道你年纪大了，不行了，可是我并没有嫌弃你呀，你怎么这么不自信？你说这是怎么了？这么多年的夫妻了，怎么连这点基本的信任都没有了？你看我是那种人吗？再说，都什么年代了，如果我真的在外面有什么情况，也不会愚蠢到用写信这样的方式啊。打电话，发信息，上网，用QQ，什么方式不比写信及时和安全啊，我犯得着用你当初使用的方法吗？段宏伟，不是我说你。你也太落伍了。难怪这么缺乏自信。你是不是应该去看一下心理医生啊。这没有什么的。人到你这个年纪出现一点心理问题很正常，看心理医生也不是一件见不得人的事情。你要是不好意思，我陪你去。怎么样，我陪你去，好不好？哎，你怎么不说话呀？你怎么不说话啊？啊？……"

段宏伟确实没有说话。他张着口，而且嘴巴动了，却没有发出声音。可能是他下意识里发现，他已经用不着说话了，因为自己所想表达的意思已经从安慧君嘴巴里准确无误地表达清楚了。

要搬新房了，何才干下意识地把旧房子防盗门上的外包装揭下来。

　　何才干的举动也不完全是下意识。理性想想，也有道理。既然要搬走了，还用保护它吗？既然不用保护了，还用在好好的防盗门上保留外包装？

　　何才干在为防盗门揭外包装的时候，费了点劲。主要是外包装粘得牢，而且在此后几年的使用当中又细心保养，一有划伤，立刻修补，所以，外包装和防盗门的结合非常完整，像长在一起的。何才干在将它们分离的时候，不忍心破坏自己的劳动成果，比较小心，所以就费了点劲。

　　外包装揭下来之后，里面还有一层薄膜。何才干再接再厉，索性把薄膜也揭下来。

　　防盗门终于露出真面目。

　　门是褐色的，表面有细花纹，摸上去像摸在荷叶上。何才干是学工科的，理解这样设计的奥妙，想，名牌就是名牌。

　　因为是名牌，所以价格比较贵。当初何才干买的时候，老婆还反对，说花那么多钱买一个防盗门，还不如把家里的小彩电换成大彩电。但何才干不这么看。他给老婆讲道理，说别的钱能省，防盗门的钱不能省，只要它发挥一次作用，花出去的钱就全部实现价值了。

　　老婆是地道的都市人，在很多方面看不起何才干的做派，但学历不及何才干，所以，一旦何才干说出"实现价值"这样需要她拐弯才能听懂的话，老婆就感觉自己嫁有所值了，因此，不再吭声，依了何才干。

其实何才干还没有把自己的道理说完，如果要说，那么他就会说门是一个家庭的门面，一个家庭少了大彩电没关系，少门面不行。

但是，这毕竟是一笔大钱，相当于何才干当时一个月工资，所以，装上去之后，何才干没有立刻将外包装揭下来，想着楼上楼下还有那么多人还在搬家，在搞装修，万一擦一下或碰一下，一个单位的，还能跟人家翻脸？为了不跟人家翻脸，何才干决定暂时不拆掉外包装。不但不拆，还用胶纸加固。本来是一项临时性措施，没想到时间长了就生了感情，就感觉这外包装留在上面只有好处，没有坏处，于是，就一直留在上面，而且，一旦遇上划伤，就立刻修补，每次做修补的时候，何才干都庆幸自己的英明，幸亏保留了外包装。久而久之，这外包装就成了门的一部分，猛一下子揭下来，还真有些割舍不得。

就要搬家了，何才干常常下意识地抚摸防盗门，每次摸的时候，都有一种摸在荷叶上的感觉。

何才干想把防盗门带走。当然，想一下而已，并没有真这么做。新房子有统一的防盗门，自己再另外带一个过去，不仅毫无必要，还被别人看成是小家子气。再说，旧房子也不能没有门，所以，带走防盗门的事情也就是那么想一下，并未真做。

搬家的日子越来越近了。何才干抚摸防盗门的频率与日俱增。他感觉自己很冤，又干了一件傻事。早想到迟早要搬走，买这么好的防盗门干什么？就是要买，那么费劲地呵护它干什么？何才干想，如果当初不买这个防盗门，买个大彩电，家里两个彩电，看电视的时候，也就不会跟老婆争频道了。如果不买彩电，拿这笔钱走关系，在局长千金考上大学的时候，送份大礼，自己恐怕不会为科长的位置这么愤愤不平了。如果不去孝顺局长，孝顺自己的丈母娘，自己在岳父岳母面前也就不用那么低眉顺眼了。如果——何才干不想"如果"了，想现实。

何才干觉得应该找刘阳谈一谈。

刘阳跟何才干是同事，比何才干小一拨的同事。这不是关键，关键是何才干搬走之后，这房子就属于刘阳。何才干想找刘阳谈谈。谈他这个防盗门的好处，谈名牌就是名牌，用了这么多年看上去还是新的；谈如果他不留下这个防盗门，那么刘阳搬进来之后一定还要另外买防盗门，而如果还是要买同样的名牌防盗门，那么现在的价钱更贵，花费更大等等。谈到最后，当然只能是在最后，意思是他愿意把这个几乎崭新的名牌防盗门给刘阳留下，但刘阳可以考虑适当给予他一定的经济补偿。

在此后的几天里，何才干对谈话的内容反复斟酌。包括在什么场合以什么方式说，哪句先说哪句后说，哪句话用什么样口气说，设想刘阳听了之后会有什么样的反应，根据这些反应自己该怎么应对等等，何才干在心里做了多次演练和推敲。

何才干相信耳听为虚眼见为实，他决定找机会把刘阳请来，请到自己家里来。当然，是他现在的家，他现在的家也就是刘阳未来的家。请来的理由是告诉刘阳这个家的开关在什么位置，哪里容易漏水，何处容易漏电等等。最后，必须在最后，何才干假装不经意地说到防盗门，说这个防盗门是名牌，并说名牌就是名牌，用了这么多年，还是新的，摸上去不沾手，像摸在荷叶上；说这种防盗门一门顶两门，既能顶替防盗门，又能顶替普通的门，安全，美观，节省空间；说他当初为买这个名牌防盗门跑了很多地方，走了很多关系，花了多少钱等等。当然，说到钱的时候要假装是不经意带出来的，不是刻意说的。如果刘阳识相，听到这里马上表示自己愿意给经济补偿，何才干已经想好了，他一定要表现出自己的高姿态，说实在要给，也不能全给，只按八折就行了。如果刘阳不识相，假装听不懂，不主动提给经济补偿的事，也没关系，何才干就主动说，说他小舅子看好这扇门了，想用自己家的旧门把它换走，并强调当初他搬进来的时候这门本来就是旧的。

想好了。但是还没有说。主要是没有机会说。何才干在等待，等待一个合适机会。

已经开始搬家了。由于挨得近，不需要动用汽车，经与老婆商量，何才干决定采用蚂蚁搬家的战术，每天带点东西过去，如此，整个搬家的过程就比较长。

虽然已经开始搬家了，但何才干还没有找到机会和刘阳谈谈。其实机会倒是有，可就是不好意思开口。有几次几乎已经开口了，但说了一大堆废话，就是进入不了正题。好在天无绝人之路，这一天何才干没有找刘阳，倒是刘阳自己主动找上门来了。

找上门来好，何才干本来就想好要把他请到家里来谈的，现在不用请，刘阳自己找上门来了，不是正好嘛。

刘阳是来看房子的。看何才干正在搬迁的房子，或者说是看他自己即将搬进来的房子。

何才干感觉这是一个机会，最好的机会。本来刘阳如果不自己主动找上门来，何才干或许就不说了。不是不想说，而是实在不好意思说，但现在既然是刘阳自己主动找上门了，是天意，何才干当然要说。

由于事先已经反复斟酌多次演练，所以，那天何才干说得非常自然，非常贴切，既准确地表达了自己的意思，又丝毫没有显露自己的小气或不好意思，特别是说到他小舅子想用自己的旧门换他这扇名牌防盗门而且还打算给他钱的时候，何才干丝毫没有打怵，完全是一副实话实说的样子，显得非常诚恳。

"那好"，刘阳说，"你就给他吧，反正我要重新装修，门肯定是要换的，新的旧的无所谓。"

何才干张着的嘴巴忘记合上。

"您千万不要不好意思"，刘阳说，"我真的要装修，反正要换新门，您留了这个新门给我也没有用。"

刘阳后面还说了什么，何才干没听清楚，想必也不是什么重要的话，无非是含蓄地希望他快点搬走，搬走之后刘阳还要重新装修，装修好了还要在这里结婚等等。

刘阳虽然态度客气，却给何才干出了个不大不小的难题。经济补偿肯定没有了，现在的问题是到底要不要真的换门。不换肯定不合适。话已经说出口了，不换，不等于承认自己说了假话？换，跟谁换呢？小舅子倒是有，但谁家住得好好的干吗要换门？再说各家的门尺寸大小未必一样，不要说相差半寸一公分了，就是相差一条缝也不成啊。何才干苦思冥想了几天，直到自己的东西已经彻底搬走了，房子交给刘阳了，除了后悔自己又干了一件傻事之外，没有想出任何一个解决难题的好办法。最后，还是决定装糊涂，只要刘阳不问，他就不说，如果问，就说算了，小舅子改主意了，搪塞一下。后来刘阳果然一直没有问，何才干也就省得解释了。

刘阳结婚的时候，何才干随同事凑了份子，也随大家一起去他新房坐坐。一切如常，仿佛他们都已经把说过换门的事情忘了。

忘了好，忘了省心。但是，还没有进新房，仅仅是看见刘阳家的门，何才干就省不了心了。

门居然还是原来他那个门。那个几乎是崭新的名牌防盗门！

为了证实，何才干进门的时候特意在上面摸了一下。不错，就是那扇门，一摸就知道，触觉比视觉可靠。

这小子也太不地道了。何才干想。得了便宜连声乖都不愿意卖。如果这时候刘阳适当做一些解释，说他本来打算换的，后来看这门实在太好了，舍不得，就没换，那么，何才干也就不会这么生气了。如果刘阳不做这么多解释，只说声谢谢，那么何才干也不会这么愤怒了。但是，没有，什么也没有，刘阳这小子什么也没有说，仿佛这一切都是天经地义的，仿佛何才干这门是该给他的，或者说这门本来就该是他的。甚至，何才干想，这小子说不定早就看中了这门，从来就没有打算换，却又不想领一点人情，才故意假装无所谓，才说他反正要重新装修要换门的。这么一想，何才干又发觉自己被别人耍了，被比自己小一拨的年轻同事耍了。何才干感到自己窝囊透了。

刘阳旅行结婚回来了。喜气洋洋地回来了。还没进门，只是看见那扇门，脸就扭了。原本崭新的防盗门上被划了两道深深的口子。口子非常显眼，明显是被人用顿器刻意划的，否则不会那么规则，像死刑犯名字上巨大的叉叉。

后 记

虽然还没有"盖棺",但基本上已经可以"定论"。因为,我中风了。

中风后遗症除了手脚不便,更麻烦的是不敢耗脑筋。我恐怕再难有新作了。杨晓升念旧情,整理出版我之前发表的中短篇小说,令我感动,却也不敢妄称属于自己的文学新成果。

人要知足。我更应该知足。2001 年,我 43 岁开始尝试文学创作,一口气出版了约 40 部长篇和大量中短篇小说,自封"高产作家",当不脸红。起初最大的愿望是在有生之年成为一名真正的"作家",十年后,居然混成"一级作家",并担任深圳作协副主席,成为"作家中的作家",还不知足吗?

事实上,早在 20 世纪 80 年代,我就是"高产作家"。我当时在冶金部马鞍山钢铁设计研究院工作,有一次院里搞科技成果展览,我一个人在各类冶金杂志上发表的论文,超过全院 2000 名工程师发表论文的总和,当即获得"高产作家"的雅号。1991 年下海来特区后,一心奔大老板,离"作家"自然渐行渐远。2001 年任高管的上市公司退市,我几乎走投无路。尝试自己创业,文人做生意好比秀才造反,只能是花钱买教训。万般无奈之下,想起自己的"雅号",遂尝试写小说,果真成了正经的"高产作家"。因此我相信写作是有天赋的。青少年时期,我在二胡上下了那么大功夫,每天练习 7 小时,结果,连正式文艺团体都没混进去;下海来深圳后,一心想当大老板,奋斗 10 年,连小老板都没当好;而写小说,我感觉自己并没费什么力气,至少没有像拉二胡或奔大老板那么费力气,就成了"高产作家",没有天赋,怎么解释?

"天赋"来源三个方面：遗传、生活和机缘。

我父亲是位老"作家"，写了一辈子小说，直到2000年去世，若不是只读过4年私塾加上生不逢时，他一定也是"高产作家"。母亲虽不识字，但很会讲故事，任何一个平常事件，到了母亲嘴里，就变得生动有趣，很抓人。我的写作天赋，主要来自于父母。

我的生活经历更比同龄人丰富。小学转了五次学；大学分别在中南大学、安徽师范大学和解放军国际关系学院学了三个不同的专业；当过工、农、兵和科技人员；下海之后，跳槽无数，分别在深圳、广州、海口和武汉给大老板当助手或自己尝试当小老板；特别是我碰巧给中国第一代上市公司金田集团董事局主席黄汉青和中国民营担保第一人中科智的张锴雍当过助手。因此，我虽然不是学金融的，却仍然被媒体称为"中国最具爆发力的金融小说作家。"

至于机缘，其实是"人缘"。在文学创作的道路上，我不断遇到贵人。第一次投稿，遇上《芳草》的杜治洪，他恰好做过企业，喜欢金融题材，不仅接受我的电子投稿，而且当即发表，一下子坚定了我创作的信心；《人民文学》的杨妮，破例连续两期发表我两部中篇小说，让我进一步相信自己是这块料，遂决定以写作为生；当时我连基层作协会员都不是，上不了鲁院，自己掏钱读鲁院的函授，最大的收获是结识了辅导老师杨桂峰，她不仅在《啄木鸟》发表我的中短篇小说，还将我引荐给他们主编孟林老师，由群众出版社出版我的长篇小说；百花文艺的王俊石，是第一个鼓励我写长篇小说的人，还在他负责的《小说月报·原创版》上大量发表我的长篇和中短篇小说；清华大学出版社的张立红，先后出版我五部长篇小说，其中《高位出局》获得2007年畅销书第一名，使我"一举成名"；著名出版家臧永清，无论在春风文艺出版社，还是在现代出版社或中信出版社，都积极出版我的小说；同乡简宁（叶流传），一次出版我四部长篇小说，让我的小说进了商务印书馆并被图书馆收藏；还有《北京文学》的张颐雯、《清明》的苗秀侠、《长江文艺》的俞向午、《中国作家》的李双丽、《广州文艺》的路龙威，等等等等，都是我文学创作道路上遇到的贵人。最后我必须说到杨晓升。他是潮州人。我之前的老板黄汉青就是潮州人。我担任副主席的深圳新阶联班子成员大多数是潮州人。我还是深圳潮汕文化研究会会长蔡文川的顾问。关于潮州人，我自认为很了解，我对他们的整体印象是务实，做人大方、敢于冒险、善于经营、不出卖朋友，等等。但是，杨晓升却比"整体印象"简单，简单到只有两个字——厚道。大家想想，我都"废"了，他还主动帮我出版集子，不是很厚道吗？

我此生最大的遗憾是没能在父亲活着的时候成为作家。倘若父亲能看到我出版这么多小说，他该多高兴啊！前些天，我艰辛移步梧桐山脚，为父亲烧了一堆纸钱。梧桐山和马鞍山虽然隔着千山万水，但毕竟都是"山"，我相信"山连着山"。如今，每当我散步梧桐山下，看到那块痕迹，就仿佛看到了父亲，看到了我的故乡和亲人。

丁力

2015 年 11 月于深圳畔山花园